PIETER ASPE

CASSINO

2008, Editora Fundamento Educacional Ltda.

Editor e edição de texto: Editora Fundamento
Capa e editoração eletrônica: Desdobra - Design do Brasil
CTP e impressão: Sociedade Vicente Pallotti

Dados Internacionais de Catalogação na Publicação (CIP)
(Câmara Brasileira do Livro, SP, Brasil)

Aspe, Pieter
    Cassino/Pieter Aspe; [versão brasileira da editora]. - São Paulo, SP: Editora Fundamento Educacional, 2008.

    Título original: Casino

    1. Romance belga (Francês) I. Título

07-02587   CDD-843

Índices para catálogo sistemático:

1. Romances: Literatura belga em francês 843

Fundação Biblioteca Nacional

Depósito legal na Biblioteca Nacional, conforme Decreto n.º 1.825, de dezembro de 1907.
Todos os direitos reservados no Brasil por Editora Fundamento Educacional Ltda.

Impresso no Brasil

Telefone: (41) 3015 9700
E-mail: info@editorafundamento.com.br
Site: www.editorafundamento.com.br

PIETER ASPE

CASSINO

Capítulo 1

Faites vos jeux. Essas palavras soavam mais familiares aos ouvidos de Hubert Blontrock do que o nome de sua mulher, e ele sempre ficava extremamente empolgado quando eram pronunciadas por um crupiê. Mas, depois da proposta que Willy Gevers lhe havia feito, elas cortavam sua carne como uma faca afiada. "Não", pensou. "Não vou participar disso." Pegou cinco fichas de uma pilha que estava diante dele na mesa de jogo, lançou-as e gritou:

– *Treize et voisins*.

Sem demora, o crupiê puxou as fichas para si e as colocou no número correspondente. Uma mulher de meia-idade – enfiada num casacão marrom-escuro e com uma bolsa de couro puído balançando no ombro – pôs 50 euros nos números ímpares e, em seguida, voltou o olhar para a roleta. Como a maioria dos apostadores, não desgrudaria os olhos da bolinha até ela parar.

O crupiê pegou a bolinha. Por um instante, segurou-a contra a borda do cilindro e só a soltou quando a roleta girava à velocidade máxima.

– *Rien ne va plus*.

Agora ninguém mais podia fazer apostas. A mulher tinha uma chance em duas de ganhar e duplicar o que havia apostado se a bola caísse num número ímpar. Hubert Blontrock teria a chance de aumentar sete vezes o que havia investido se a bola parasse no 13 ou num dos dois números vizinhos. No outro lado da mesa, um homem velho, de nariz aquilino, não parava de piscar e fazer anotações. Era um daqueles jogadores que acreditavam que a seqüência em que a bolinha caía era determinada por um sistema matemático; aquele que conseguisse desvendar esse sistema tinha muito mais chance de ganhar do que alguém que jogasse apenas intuitivamente. Hubert Blontrock o conhecia da mesma forma que conhecia cada um dos que freqüentavam aquele local regularmente. Chamavam aquele senhor de "a esfinge", pois raramente falava e só levantava de sua cadeira para ir ao banheiro.

A velocidade da roda diminuía a olhos vistos, e a bolinha foi parando na madeira lisa e dura. Impassível, o crupiê olhava para a frente. Geralmente, conseguia prever quando ela cairia e, às vezes, até onde. O senhor Blontrock tinha apostado no 13 e nos vizinhos, e tudo levava a crer que ganharia aquele jogo. Toc. A bolinha parou.

– *Vingt-sept, rouge, impair et passe. Rien aux colonnes. Treize et voisins.*

O crupiê contou 35 fichas e as empurrou com o ancinho para o outro lado da mesa. O senhor Blontrock ganhara 700 euros. Um jogador ocasional iria até o caixa receber o lucro, tomaria uns goles no bar e voltaria eufórico para casa. Mas um profissional não sabia parar. Na melhor das hipóteses, poria novamente em jogo uma parte do que havia ganhado; na pior delas, apostaria tudo outra vez. Por isso, o crupiê estranhou o fato de o senhor Blontrock trocar as fichas e sair da sala.

A moça do guarda-volumes deu um amplo sorriso quando o senhor Blontrock lhe enfiou uma nota de 10 euros na mão. Num piscar de olhos, ela desapareceu entre as fileiras de casacos e logo reapareceu com aquele que o homem lhe havia confiado cinco horas antes.

– Tenha uma boa noite, senhor Blontrock – ela disse quando ele se virou e, com seu casaco pendurado no braço, dirigiu-se para a saída.

– Você também, moça – ele disse rouco.

No Zeedijk, um dos diques da cidade, soprava uma brisa suave que secou o suor da testa de Blontrock e levou para longe o cheiro de cigarro que impregnava suas roupas. Apesar do avançado da hora, ainda havia bastante movimento na cidade, Blankenberge. Isso se devia às temperaturas mais altas do que o normal dos últimos dias. Havia tanta gente no Zeedijk que dava a impressão de que ainda era pleno verão, embora já fosse fim de setembro.

Hubert Blontrock acendeu um cigarro e sentou num banco com vista para o mar, ali no dique. Tentou não pensar na proposta de Willy

Gevers, mas não conseguiu. Ela continuava zanzando em sua cabeça. Seu lado racional lhe dizia para não ceder, mas o problema era saber se ele estava em condições de domar a fera que ardia nas profundezas de seu ser. E o que essa fera mais queria era que ele participasse da jogada. Quanto, na verdade, ainda valia a vida de um ser humano?

Um casal apaixonado beijava-se ardentemente um pouco mais adiante. A mão do rapaz desapareceu sob a blusa da garota e, sem um pingo de vergonha, acariciou os seios dela. Hubert Blontrock desviou a cabeça e jogou no chão o cigarro fumado pela metade. Fazia uma eternidade que não tocava nos seios de uma mulher. Não existia mais lugar para o romantismo em sua vida. A única coisa de que Blontrock gostava era o jogo. A roleta era sua amante.

A brisa que antes o refrescara ao sair do cassino agora lhe fazia tremer. Ele vestiu seu casaco e fechou os botões até em cima. Não adiantava nada ficar sentado ali. O que deveria fazer? Beber até cair ou ir para casa? Tirou uma moeda do bolso e a lançou para cima. Quem sabe a sorte ainda continuaria sorrindo para ele naquela noite?

Van In fez um tremendo esforço para sair do carro. Teve de se segurar no alto da porta e de se impulsionar para cima. As articulações de seus joelhos estralaram, e uma expressão amarga se formou ao redor de sua boca. Dois investigadores que andavam pelo pátio interno do posto policial, onde Versavel havia estacionado o carro, viraram a cabeça quase ao mesmo tempo quando ouviram Van In gemer. O olhar dos dois dizia tudo.

– Quer ajuda? – perguntou um deles.

Nesse meio tempo, Versavel havia dado a volta no carro; solícito, estendeu a mão para Van In, mas o gesto não foi bem recebido.

– Não preciso de ajuda, Guido. Vai indo que eu já te alcanço.

Ninguém sabia o que tinha se passado pela cabeça de Van In quando, duas semanas antes, se inscrevera numa academia de ginástica, na qual treinava como louco duas vezes por semana. Ele já tinha passado pela crise da meia-idade e não precisava se matar para conseguir uma mulher bonita, pois já tinha uma.

– Isto aqui não é nada – grunhiu Van In. – Estou me sentindo bem melhor do que ontem.

– Ontem você foi ao cinema com a Hanne, Pieter – disse Versavel.

– Viu só? – retrucou Van In.

Com cara de interrogação, Versavel olhou para o amigo:

– O que é que você está querendo dizer com isso? – perguntou.

Van In parou, pôs as mãos na cintura e puxou os ombros para trás:

– Descansar enferruja, Guido. Era melhor eu ter ido treinar ontem em vez de ficar a noite toda sentado sem fazer nada. Isso é o que acaba deixando a gente duro.

Van In deu um sorriso forçado e, todo duro, andou em direção ao prédio principal. Cada fibra de seu corpo doía. Na entrada, quase foi atropelado por colegas que haviam acabado de receber um chamado urgente e corriam para os carros. Conhecia todos os quatro pelo nome. John, o mais velho, corria cem metros em 12,6 segundos; Hendrik era um maratonista e tanto; Vincent e Karl jogavam futebol na segunda divisão. Ou seja, eram esportistas de verdade, com ombros largos e corpos modelados.

– Você andou emagrecendo, não?

Versavel ficou analisando Van In enquanto os dois subiam a escada. Tinha um olhar afiado para essas coisas. E ele estava certo. Van In parou e deu meia-volta.

– Dois quilos e quatrocentos – ele disse orgulhoso.

– Então está valendo a pena.

– E como! – disse Van In.

– Será que também posso saber o porquê dessa ânsia de emagrecer?

– Não.

– Tudo bem então.

Os dois seguiram pelo corredor até a sala 204. Versavel não entendia por que Van In estava sendo tão misterioso sobre o condicionamento físico, afinal os dois partilhavam todos os segredos, até os mais íntimos.

Mas não adiantava nada insistir. Se Van In quisesse confiar nele, haveria de fazê-lo espontaneamente.

– Bom-dia a todos – falou Van In.

Carine estava classificando BOs à sua mesa, e Bruynooghe, ocupado no computador. Responderam ao cumprimento do chefe quase em uníssono, com um "bom-dia, Pieter", e prosseguiram com suas tarefas. "O dia promete", pensou Van In. Ele se largou pesadamente em sua cadeira e acendeu um cigarro. Versavel foi até a máquina de café. Tudo indicava que seria um dia calmo no serviço de investigação de Bruges. Ainda bem, pois Van In estava torcendo para ter um dia tranqüilo. Ele deu mais uma olhada ao seu redor. Estava diante de uma decisão dificílima: o que faria primeiro? Ler o jornal e depois olhar os BOs lavrados naquela noite ou... Carine o tirou bruscamente de suas divagações.

– Dê só uma lida nisso.

Ela enfiou um BO embaixo do nariz de Van In e chegou bem perto dele – aliás, além do permitido. O homem fez de conta que não estava sentindo a lateral do joelho da moça roçando a sua coxa. Já lhe dissera várias vezes que não devia fazer isso, mas ela não dava a mínima.

– Esse sujeito estava bêbado ou é meio louco? – perguntou Van In.

– 2,14 g por litro – disse Carine. – Um carro da ronda noturna o pegou por volta das três da manhã na região da praça Eiermarkt.

– Ele ainda está na cela?

Ela balançou a cabeça negativamente.

– Acho que foi solto faz uns quinze minutos.

Van In olhou para ela com uma cara de quem não estava entendendo nada.

– Mas tão cedo?

– São 9h20, Pieter.

– Ah.

Ele havia perdido a hora e levara um século para se vestir, mas, mesmo assim, espantou-se quando viu que já era tão tarde.

– Quer café? – perguntou Versavel.

Ele colocou uma bandeja com xícaras e uma garrafa térmica na mesa, pegou uma cadeira e foi sentar com os colegas. Por um breve instante, seu olhar cruzou o de Carine. A desaprovação estava estampada nos olhos dele.

– Quer que eu traga uma cadeira pra você, srta. Neels?

O tom de voz era educado, mas, de modo algum, traduzia o que ele realmente estava querendo dizer. A cadeira em questão estava do outro lado da mesa. Pelo menos assim, ela deixaria Van In em paz.

– Não, obrigada.

Ela se sentiu pega em flagrante e, involuntariamente, deu um passo para o lado. O que é que aquele boiola tinha a ver com o assunto? Será que estava com ciúmes ou simplesmente não a suportava? Ou será que ele estava mesmo de olho em Van In, como alguns colegas insinuavam por aí? Ainda bem que o contrário não era verdade, ela poderia colocar a mão no fogo por isso. "Embora, hoje em dia, tudo seja possível", pensou. Não seria a primeira vez que um homem maduro admitiria publicamente ser um representante dos princípios morais gregos. Van In gay. Só de pensar nisso sentiu um calafrio e ficou com o estômago embrulhado.

– Alguém investigou a história desse sujeito? – perguntou Van In.

Blontrock declarara ter tomado todas e mais um pouco, ciente do que estava fazendo. Havia bebido para espantar da mente um segredo terrível que o estava atormentando a noite inteira. Era algo ligado à roleta. Ele declarara que, em breve, haveria vítimas inocentes. O oficial em serviço que tomara o depoimento não tinha conseguido fazer muita coisa com aquilo. Blontrock falava com a língua enrolada e, teimoso, recusava-se a responder perguntas concretas, o que tornava a história mais inverossímil ainda.

– E quem é que vai atrás de história de bêbado? – resmungou Versavel.

– Temos alguma outra coisa pra fazer?

Os quatro investigadores que, pouco tempo antes, quase tinham derrubado Van In já estavam de volta, estacionando o carro. Parece que o chamado de urgência fora uma briga doméstica inocente, resolvida antes mesmo que eles chegassem lá. Isso acontecia com uma certa freqüência:

as pessoas entravam em pânico quando ouviam um quebra-quebra nos vizinhos e acabavam chamando a polícia, mas, às vezes, exageravam um pouco. Na verdade, o agressor em questão havia espatifado uma xícara no chão.

– Segundo Devriese, no passado, Blontrock explorava o Cour des Flandres, na rua Pieter Pourbus.

Devriese era o oficial em serviço naquela noite, que lavrara a declaração de Blontrock.

– Ah! – disse Van In.

Ele conhecia o Cour des Flandres de nome, mas nunca entrara lá, embora o estabelecimento ficasse nas redondezas.

– Blontrock saiu do negócio em 2001 – disse Carine. – E o homem para quem ele passou a firma também caiu fora depois de um ano e meio.

– Faliu?

– Acho que sim.

– Que estranho.

Van In pegou a garrafa térmica que estava na bandeja e encheu uma xícara com café para si; nem olhou para o açucareiro. Naquela época, o Cour des Flandres não gozava de uma boa reputação, pois alugava quartos para casais apaixonados que, na verdade, não podiam ser vistos juntos.

– O homem que assumiu o Cour des Flandres depois do Blontrock o transformou num restaurante – disse Carine dando uma piscadela. – E parece que o negócio acabou sendo menos rentável do que o esperado.

– Entendi.

Van In tomou um gole do café e leu novamente o BO que estava diante dele.

– Imagino que o Devriese já tenha ido pra casa, não é? – perguntou Van In.

– Quer que eu ligue pra ele? – ofereceu-se Versavel.

Van In deu uma tragada no cigarro:

– Não, não precisa.

Van In já fora protagonista de muitos plantões noturnos no passado e sabia muito bem que era melhor não tirar o colega do seu primeiro sono caso não se tratasse de algo absolutamente urgente. O senhor Blontrock poderia mesmo ter anunciado uma onda de violência, no entanto a chance de ela atingir Bruges antes da manhã seguinte era bem remota.

– Na minha opinião, esse Blontrock não passa de um palhaço sem graça – disse Carine, que muito apreciou o fato de Van In não ter aceitado a sugestão do boiola de tirar Devriese da cama.

– Só tem um jeito de descobrir do que se trata – disse Van In.

Ele apagou o cigarro no cinzeiro e esvaziou sua xícara de café de um gole só. Além de uma briga entre dois traficantes de drogas, não acontecera nada de espetacular naquela noite. Eles podiam muito bem gastar o tempo de forma mais útil fazendo uma visitinha ao senhor Blontrock.

– Bem, pelo menos esse Blontrock não é um pé-rapado – disse Versavel ao estacionar o Golf na frente do solar imponente.

– Faça amor, não faça guerra, Guido. Isso não machuca ninguém, e ainda plantamos algumas sementes.

Felizmente, o tempo em que Bruges se dobrava ao peso de um punhado de puritanos era passado. Na verdade, o senhor Blontrock merecia uma medalha por sua ousadia e abnegação, por ter tido a coragem de, nos anos 70, alugar quartos a pessoas que não podiam saciar seus anseios em nenhum outro lugar.

– Muitas sementes – disse Versavel. – Só a casa já vale uma fortuna.

– Não vai me dizer que você está com inveja?

– Inveja, não, mas...

– Mas o quê?

– Sujeitos que juntam mais dinheiro do que conseguem gastar geralmente não fazem isso de uma forma legal.

– Tudo bem, Guido. Você está certo.

Van In tocou a campainha. Era difícil chamar Versavel de conservador, mas ele assim se tornava quando se tratava da aplicação da lei. O senhor Blontrock ficara rico com uma atividade ilegal, e Versavel considerava isso injusto frente a pessoas que tinham de ganhar seu pão de forma honesta.

Quando a porta da frente se abriu e o senhor Blontrock, com uma expressão gentil, convidou os dois investigadores a entrarem, ficou mais do que claro que o aluguel de quartos fora sua galinha dos ovos de ouro. No saguão, havia um armário antigo no estilo Boulle, com incrustações em tartaruga, mais valioso do que um carro alemão caro. Na parede, pendia um tapete do século 17, representação de uma passagem bíblica; no contorno preto, via-se o bordado de uma letra B em estilo gótico, com uma coroa – isso indicava que o tapete fora tecido em Bruges e que valia dois carros alemães caros.

– Estou realmente envergonhado por causa do meu comportamento na noite passada, senhor comissário – disse Hubert Blontrock depois de Van In ter se apresentado. – Sempre bebo moderadamente, nunca tinha me acontecido uma coisa dessas antes. Quero esquecer completamente a noite que passei numa cela de delegacia. Ainda bem que a Marie-Louise riu de toda essa história.

– Quem é Marie-Louise? – perguntou Van In.

O senhor Blontrock cobriu a boca com a mão e inflou as bochechas como se quisesse reprimir uma gargalhada.

– Marie-Louise é a minha mulher. Ela está passando uns dias na casa da irmã, em Mechelen. Acabei de falar com ela ao telefone e contei o que aconteceu.

Van In acenou afirmativamente com a cabeça. Entendia muito bem que Blontrock houvesse aproveitado para pôr as manguinhas de fora enquanto a esposa estava ausente. Ele provavelmente faria a mesma coisa se Hannelore o deixasse sozinho por alguns dias.

Uma das portas no saguão dava acesso a um amplo salão que servia de sala de estar e biblioteca. Havia sofás chesterfield imponentes e mobiliário inglês elegante no estilo britânico Queen Anne. O assoalho consistia de tábuas de carvalho da espessura de um polegar. O aroma que chegou até Van In era uma mistura de fumaça de cigarro, cera e livros velhos.

– Sentem, por favor. Posso oferecer alguma coisa a vocês? Um cálice de vinho do Porto?

Versavel ergueu as pálpebras espantado e olhou para o relógio, dando a entender que ainda era muito cedo para bebidas alcoólicas. Mas Van In não deu a menor bola.

– Um cálice de vinho do Porto seria ótimo – ele disse.

– E o senhor? – perguntou Blontrock a Versavel.

– O senhor bebe água – disse Van In antes mesmo que o colega pudesse responder.

O senhor Blontrock desapareceu por uma porta lateral.

– Acho que estamos perdendo tempo por aqui – disse Versavel logo depois que Blontrock saiu.

Van In esticou as pernas, colocou as mãos na nuca e se largou confortavelmente para trás, recostando-se no chesterfield.

– É algum problema hormonal ou é só porque você está um dia mais velho?

– O que isso tem a ver?

– Você está ranzinza, Guido. E você não é assim normalmente.

– Tudo bem. Vou fazer o possível pra melhorar.

Versavel passou os dedos pelo bigode. Seus lábios formavam uma linha fina, mas era difícil ver isso sob o bigode. A insinuação de Van In sobre a sua saúde o deixou preocupado. Será que estava tão na cara assim que ele não estava se sentindo bem? Será que Van In sabia que, há algumas semanas, andava tendo problemas de regurgitamento e mal conseguia engolir a comida?

– Uma coisa é fato: o senhor Blontrock não esconde que gosta de jogar.

Numa mesa de carteado perto da janela, havia uma roleta não profissional. Ao seu lado, um minibalcão com pilhas de fichas.

– Mas viciado ele não deve ser – disse Versavel.

– Por que não?

– Pessoas viciadas em jogos de azar põem tudo em jogo. Ou vendem tudo pra poder jogar.

– Parece que você entende desse assunto.

– Nunca contei que...

– Não, Guido, você nunca me contou isso.

Versavel olhou para cima, para o teto decorado com figuras geométricas em gesso.

– O meu ex-namorado jogava. Terminei com ele assim que descobri que estava tirando dinheiro do orçamento doméstico pra jogar. Você não tem idéia de como isso é sério...

A porta lateral se abriu, e o senhor Blontrock entrou. Vinha empurrando um carrinho com uma garrafa de um ótimo vinho do Porto, taças, copos e uma garrafa de água mineral.

– Muito bem – disse Blontrock.

Ele parou o carrinho entre os sofás, encheu duas taças com vinho e um copo com água. O vinho do Porto tinha um leve tom rubi e um aroma frutado e amadeirado. No rótulo, via-se "1975" impresso. Van In segurou sua taça contra a luz, fez o líquido balançar suavemente e só então sorveu um gole. Bem que Versavel tinha razão. Estavam perdendo tempo por ali, mas também não era o fim do mundo. Nunca experimentara um vinho do Porto daquela qualidade.

Merel Deman tinha 23 anos e, há pouco tempo, pesava 59 quilos. Orgulhava-se disso. As pessoas que não a conheceram no passado jamais acreditariam que, alguns anos antes, ela pesava o dobro. Guardava na bolsa algumas fotos daquele tempo e sempre as mostrava quando alguém duvidava de sua história.

Fora um tremendo esforço perder quase 60 quilos, mas ela havia conseguido alcançar o seu objetivo: manequim 38. Postou-se diante do espelho e deixou deslizar pelos ombros o roupão que vestira após a ducha. Sua figura tinha se adaptado bem à nova situação, mas seus seios não haviam passado incólumes pela extrema perda de peso. Eles pendiam em sua barriga como dois saquinhos molengas de chá.

Ela vestiu logo a roupa de baixo e deu as costas ao espelho. Felizmente, logo aquele tormento também teria um fim. Naquela tarde, ela seria operada. Enfiou uma pastilha de hortelã na boca, vestiu-se e encheu um copo com leite. Aquela sensação de euforia que se apossara de Merel na noite anterior, ao se deitar, estava ainda mais intensa. Era o fim dos saquinhos de chá. Tinha vontade de gritar sua sorte para o mundo inteiro ouvir. Dentro de algumas semanas, poderia tirar o sutiã na presença de um rapaz sem se envergonhar. E como ansiava por isso.

Ela tomou o leite, mastigou a pastilha e pegou a pequena mochila arrumada na noite anterior. Não levava muita coisa, apenas o essencial. Com um pouco de sorte, teria de passar somente uma noite no hospital. O acompanhamento posterior poderia ser feito no consultório. Trancou a porta do apartamento cuidadosamente e, animada, desceu as escadas correndo. Lá fora, o sol brilhava e havia muitas pessoas na rua, mas, mesmo que estivesse chovendo e tudo deserto, Merel não teria notado o homem do outro lado da rua que não desgrudava o olho dela. Ele vestia uma calça de linho, uma camisa listrada moderna e um casaco de couro fino. Seu olhar saía enviesado por detrás dos vidros espelhados dos óculos de sol caros. Aquela menina da bicicleta era uma boa candidata. Não tinha namorado nem família, segundo as informações que havia conseguido. Uma vantagem que não podia ser subestimada.

Nathan Six tirou os óculos e esfregou os olhos com as costas da mão. Se tudo desse certo, nos próximos meses, iria faturar uma bolada e tanto. Os jogadores, um por um, haviam se tornado milionários e estavam possuídos pela gana de apostar. O Mestre do Jogo havia planejado tudo direitinho. Nathan seguiu Merel com o olhar até que ela sumisse de sua vista e, então, atravessou a rua.

O prédio datava da década de 50 e parecia meio abandonado. As fechaduras das portas de entrada eram de material barato. Nathan Six foi até o segundo andar, no qual Merel morava, e não levou nem trinta segundos para entrar na casa dela.

O apartamento estava bem cuidado, e a decoração era agradável. Merel havia criado um ambiente aconchegante na sala de estar ao pintar uma parede de marrom chocolate, mas Nathan Six não deu a menor atenção a isso. Aconchego não era algo que lhe interessava. Andou até a cômoda e abriu a primeira gaveta. Havia todo tipo de objetos ali, sem vínculo um com o outro: um livro, um secador de cabelos, duas toalhas de rosto, um conjunto de taças de vinho ainda embrulhado, pilhas, uma bomba para encher pneu de bicicleta e uma caixinha com tinta de cabelo.

Na segunda gaveta, Nathan encontrou três pastas, quatro álbuns de fotografias, vários manuais e uma caixa metálica. Pegou a caixa e abriu a tampa. Estava cheia de cartas, algumas delas escritas em papel colorido. Todas começavam da mesma forma: "Querida Merel". Nathan leu algumas e depois enfiou uma delas no bolso interno do casaco. Em seguida, folheou os álbuns e examinou os momentos que Merel havia guardado dos anos passados. A maioria das fotos era de períodos de férias. Tirou uma delas e também a enfiou no bolso. O fato de possuir objetos que pertenciam a alguém que talvez tivesse de assassinar o excitava. Na cozinha, tirou uma pilha de pratos do armário e os jogou no lixo.

As chances de Merel notar que uma carta e uma foto haviam sumido eram mínimas. Mas, sem dúvida nenhuma, sentiria falta dos pratos e não saberia o que estava acontecendo. Nathan ficou imaginando o que passaria pela cabeça dela quando encontrasse os pratos na lixeira. Ele sorriu. Seria inevitável que ela chegasse à conclusão de que alguém havia invadido seu apartamento. E, a partir desse momento, não teria mais sossego.

— O senhor joga freqüentemente no cassino? — Van In colocou a taça de vinho cuidadosamente na mesa e cruzou as pernas.

Hubert Blontrock não se assustou com a pergunta. Pelo contrário: deu um sorriso afável.

— Gosto de jogar e também gosto de Dostoievski. E mais: foi Dostoievski que despertou a minha curiosidade pelo jogo. Se eu não tivesse lido *O Jogador*, provavelmente jamais teria posto o pé num cassino.

— O senhor jogou ontem?

— Estou aposentado, comissário. Jogo quase todos os dias.

Os olhos de Blontrock brilhavam como estrelas no céu limpo de uma noite de verão.

— Em Oostende, Blankenberge ou Knokke?

– Geralmente em Blankenberge.

Versavel deu uma bicada em seu copo com água. Não estava conseguindo entender muito bem aonde Van In queria chegar. Por que não abordava de uma forma direta a declaração bizarra que Blontrock havia feito na noite passada?

– Sozinho ou com amigos?

Blontrock hesitou visivelmente e procurou manter a pose pegando sua taça de vinho e tomando um gole. Van In o observava insistentemente, à espera de uma resposta.

– Geralmente encontro os meus amigos no salão de jogos.

– Ah, sim.

Van In cutucou o nariz com o polegar e o dedo indicador, segurou um pêlo que já o irritava há algum tempo e o puxou. Uma lágrima brotou em seus olhos, mas o pêlo permaneceu no mesmo lugar. "É só começarem a crescer pêlos para fora do nariz que logo o cara fica impotente", Hannelore havia dito no dia anterior, rindo, quando o apanhou em flagrante diante do espelho com uma pinça na mão. Na mesma hora, ele largou a pinça, que caiu no chão, agarrou a mulher pelos ombros e a jogou na cama. Era por isso que o pêlo ainda estava ali.

– Há algo de errado nisso? – questionou Blontrock.

– É claro que não. Só fico me perguntando o que é que leva as pessoas a jogarem fora o dinheiro que ganham com tanto esforço. Ou será que estou enganado, e as histórias sobre jogadores que fizeram fortuna com um pequeno investimento são verdadeiras?

Um raio de sol atravessou a janela e incidiu na cabeça grisalha do senhor Blontrock, criando uma auréola prateada à sua volta. De repente, ela pareceu bem mais branca do que antes.

– A roleta é um jogo de azar, comissário, e só existe um ganhador: o cassino.

– Foi o que eu pensei. Mas, se as pessoas sabem disso, por que...

– ... jogam mesmo assim?

– Exatamente.

O senhor Blontrock fez um sinal com a mão, dando a entender que era para eles esperarem um segundo. Então se levantou, foi até a mesa de carteado e pegou a roleta e a esteira na qual estavam os números.

– Diga um número de zero a 36 – pediu Blotrock a Van In.

– Treze.

– Certo.

Blontrock girou a roda e lançou a bolinha em sentido anti-horário. Ela ficou pulando enquanto a roleta girava e, depois de meio minuto, parou num número: 34. Blontrock pegou a bolinha e girou a roda outra vez.

– Na teoria, o senhor tem uma chance em 37 de a bolinha cair no 13, mas acho que nem é necessário provar que essa argumentação está errada. Às vezes, é preciso tentar de cem a duzentas vezes até dar certo – disse Blontrock.

Van In apoiou os cotovelos na mesa e a cabeça nas mãos. Sua mãe havia lhe contado várias vezes a trágica história de seu bisavô Benoît, um rico comerciante de tecidos que, no fim do século 18, havia perdido toda a fortuna da família e, em seguida, suicidara-se. Ela costumava dizer que eles seriam ricos se o bisavô tivesse cuidado melhor dos negócios. É claro que isso havia acontecido muito tempo atrás, e Benoît poderia ter perdido toda a fortuna de outra forma. Mas para Van In uma coisa continuava sendo um mistério: como é que as pessoas podiam se viciar num jogo mesmo sabendo que as chances de ganhá-lo eram praticamente nulas?

– E o que eu ganho se, apesar disso, der certo numa só vez?

– Trinta e cinco vezes o que foi apostado.

A bolinha caiu no número seis. Blontrock pegou a bolinha e girou a roleta outra vez.

– É claro que um jogador experiente raramente faz uma aposta direta – ele disse enquanto, pela terceira vez, lançava a bolinha na roleta.

– Aposta direta? – perguntou Van In.

Ele arqueou a sobrancelha e olhou para Versavel, que não demonstrava o menor interesse no que estava acontecendo, fitando o vazio. Afinal de contas, o que aquilo importava?

– Aposta direta quer dizer apostar em apenas um número. Existem muitas outras formas de jogar.

Blontrock parecia estar se divertindo à beça. Enquanto continuava girando a roleta para conseguir o 13, explicava os diversos métodos de jogo. Podia-se jogar em dois números, em três, em quatro, numa fila, numa série ou numa combinação deles. As possibilidades de ampliar as chances de ganhar pareciam ilimitadas.

– E, quase ia esquecendo, também dá pra jogar no vermelho ou no preto, ou ainda em pares ou ímpares.

Van In olhou as horas em seu relógio de pulso. Já eram quase 11h30, e Blontrock ainda não havia contado por que tinha ido até a delegacia na noite anterior. Versavel já bocejara duas vezes.

– Tem mais uma coisa que quero perguntar, senhor Blontrock. Quando os meus colegas o encontraram ontem à noite, num estado um tanto embriagado, o senhor mencionou um segredo que o estava atormentando e comentou que a roleta, em breve, faria muitas vítimas. Será que hoje o senhor poderia me contar mais alguma coisa a esse respeito?

O senhor Blontrock procurou manter a mesma fisionomia, tentando evitar que eles percebessem que todo o seu sistema nervoso tinha entrado em alerta. Na verdade, esperava por essa pergunta – nenhum comissário do setor de investigação da polícia local faria uma visitinha a um bêbado qualquer por pura cortesia. Mas acabou se assustando porque Van In havia demorado muito para tocar no assunto, e ele pensou que não o faria mais.

– O senhor ainda se lembra de ter declarado isso, não é, senhor Blontrock?

O sol desapareceu atrás de uma nuvem e, com isso, sumiu a auréola brilhante, o que fez com que Blontrock, de repente, parecesse mais normal outra vez.

– Eu devia estar muito bêbado quando disse isso.

Ele deu um sorriso, mas os cantos de seus lábios estremeceram. O homem enfiou as mãos nos bolsos da calça para que ninguém notasse que estavam tremendo. Na noite anterior, Willy havia garantido que o jogo continuaria de qualquer forma e que ele precisava se apressar se quisesse participar. A quantidade de jogadores era limitada a 40, e já havia 38 inscritos.

– Pense bem, senhor Blontrock. Eu não ia querer estar na sua pele se, dentro em breve, ocorrer um assassinato em algum cassino.

– Não consigo imaginar que eu pudesse ter dito algo assim.

Blontrock não negava que tivesse dito algo, mas também não admitia nada. E isso atiçou os nervos de Van In, que não gostava de pessoas cautelosas.

– Quer dizer então que o senhor não falou com ninguém ontem no cassino? – disse ele bruscamente.

Blontrock franziu a testa e fingiu estar fazendo um tremendo esforço para tentar se lembrar de alguma coisa. Em seguida, balançou a cabeça de leve.

– Sabe, comissário, não tenho certeza de...

– O senhor acabou de dizer que encontra seus amigos no salão de jogos. Então não tinha nenhum conhecido por lá ontem?

Van In falou isso num tom cortante. As narinas de Blontrock começaram a tremer por causa da tensão acumulada. Versavel não tirava o olho do apostador. Quando Van In "apertava" alguém, muitas vezes isso acabava proporcionando informações úteis.

– Monique estava lá – respondeu Blontrock.

Monique não era exatamente uma amiga, mas ele não poderia revelar que ficara uma boa meia hora conversando com Willy Gevers.

– Mais ninguém?

– Não que eu me lembre.

– Quem sabe o senhor já estivesse bêbado nessa hora?

A pergunta deixou Blontrock confuso. Seus olhos iam e vinham sem cessar, como os de um animal acuado. Ele raramente bebia álcool quando estava no salão de jogos, qualquer crupiê confirmaria isso se fosse interrogado pelo comissário; quando bebia, fazia-o moderadamente. Já haviam passado quase três anos desde que, conscientemente, bebera até cair. O dia em que a polícia veio avisá-lo de que a sua filha se jogara com o carro contra uma árvore estava marcado nitidamente em sua memória: 18 de outubro de 2002.

– Sinceramente, comissário, não sei o que me deu ontem. Fazia anos que eu não ficava bêbado.

Blontrock parou de morder o lábio inferior, fechou os punhos nos bolsos da calça e olhou Van In direto nos olhos. Por que estava se preocupando? Afinal de contas, não precisava se desculpar como uma criança só por ter bebido um pouco além da conta, não é?

Van In pegou seu copo, esvaziou-o de um trago só e trocou um olhar com o assistente, que seguira toda a conversa em silêncio. Versavel se levantou e tirou um pozinho imaginário do ombro. Van In seguiu seu exemplo e estendeu a mão para Blontrock.

– Esperamos não ter tomado demais o seu tempo. Mas, o senhor sabe, temos que fazer o nosso trabalho – ele disse num tom formal.

Blontrock apertou a mão estendida em sua direção. Sua pulsação havia diminuído, e ele tentou dar um sorriso mais ou menos descontraído.

– É claro, comissário.

Van In soltou a mão do homem e foi até a porta. No entanto, antes de tocar a maçaneta, virou-se subitamente.

– Se o senhor se lembrar de alguma coisa mais tarde, não hesite em me contatar.

Ele tirou um cartão da carteira e o entregou a Blontrock.

Turistas têm três características malcriadas: sempre querem muita coisa, pagar pouco e, de preferência, o mais depressa possível. Um passeio por Bruges leva, em média, umas duas horas; nesse período, eles querem conhecer toda a cidade e saber tudo a respeito dela.

Não se pode levar os brugenses a mal por tentarem se adaptar às vontades de seus visitantes. O lema nessas horas é: o dinheiro que ficar por aqui não será gasto em outro lugar. Assim, a maioria dos restaurantes acaba oferecendo menus bem em conta, com comidas direto do microondas para o prato. Os cozidos de peixe, por exemplo, são 70% molho e 30%

pedacinhos de fibra com textura de borracha e gosto de peixe.

Os turistas em geral não se importam com isso, mas Van In evitava esse tipo de estabelecimento como o diabo foge da cruz. Ele tinha uma lista de locais onde ainda se servia comida de verdade. O Vlaamsche Pot, na Rua Helm, era um deles. O restaurante exibia uma decoração agradável, o vinho era bom e não muito caro e, no inverno, um dos pratos do menu era coelho com ameixas.

– O que você acha desse Blontrock? – perguntou Van In.

Ele puxou uma cadeira perto da janela. Versavel se acomodou do outro lado. Já se passara um bom tempo desde a última vez em que haviam almoçado juntos durante o expediente. E isso não tinha nada a ver com o fato de o comissário-chefe, De Kee, tê-los proibido terminantemente de fazer isso – Van In não dava a mínima para tal proibição. É que simplesmente não haviam tido tempo para isso. Mas agora tudo estava tranqüilo. Não tinham muito que fazer, e havia pombo no menu.

– Bem, ele não estava nem um pouco à vontade – foi a resposta de Versavel.

Van In acendeu um cigarro e inalou a fumaça até ter um acesso de tosse. Na semana anterior, tinha ido correr um pouco na floresta de Tilleghem com Simon e não ficara muito satisfeito. Mal havia corrido cem metros, foi obrigado a parar e a procurar apoio numa árvore; por pouco, não pôs todo o almoço para fora. Assim que a tosse passou, o garçom apareceu para anotar o pedido.

– Eu vou ficar com o pombo – disse Van In. – E você?

– Prefiro uma salada – falou Versavel.

Van In pediu também uma garrafa de vinho Canon de Fronsac. Versavel continuou na água mineral. As bebidas foram servidas logo em seguida, acompanhadas de uma entrada: torradinhas com camarão e nacos de linguado ligeiramente defumado.

– Pra mim, pareceu um sujeito normal – disse Van In.

Ele deu uma tragada rápida e depois apagou o cigarro no cinzeiro. Isso arrancou um olhar de aprovação de Versavel.

– Mas estava com medo.

– Será que ele estava escondendo alguma coisa?

– Acho que sim – disse Versavel.

Em sua longa carreira na polícia, ele havia observado dezenas de pessoas e dificilmente errava na avaliação.

– A pergunta é: por quê? Esse lance de ter contado uma história enquanto estava bêbado me parece tão improvável que...

– ... que é improvável que ele a tenha inventado do nada – completou Versavel.

Com o garfo, ele pegou um naco de linguado e o levou à boca. O crime organizado andava ativo no norte da província de Flandres Ocidental, sobretudo na região costeira, onde se localizava a maior parte dos cassinos. Será que Blontrock, por puro acaso, ouvira uma conversa entre mafiosos a respeito de algum projeto sombrio e, num momento de senso de responsabilidade, quis pôr a polícia a par do assunto? Era uma tese plausível. Ele a apresentou.

– Quem sabe – foi a resposta de Van In.

Ele pegou uma torrada com camarão e a enfiou na boca. A maionese não era industrial, e os camarões eram grandes, saborosos. Setembro era o melhor mês para consumi-los.

– Quer que eu dê uma sondada nos federais pra ver se eles sabem de alguma operação criminosa no meio dos apostadores? – sugeriu Versavel.

Van In sacudiu a cabeça negativamente e pegou mais uma torrada.

– Não adianta acordar porcos adormecidos, Guido.

– Porcos? Não seriam feras?

Van In limpou a boca com o guardanapo.

– Que seja.

Capítulo 2

A rua em que Hubert Blontrock morava estava completamente vazia, assim como quase todas as demais ruas das redondezas. Eram 22h30. Bruges era uma cidade morta. Mesmo que lady Godiva passasse galopando nua em seu cavalo, ninguém a teria notado. Nathan Six deslizou como uma sombra ao longo de fachadas de tijolo vermelho. Vestia uma calça jeans e um anoraque preto. Um boné de beisebol com a aba cobrindo os olhos o tornava quase imperceptível. Na mão direita, carregava uma maleta de executivo com quinas reforçadas e fecho com segredo. Recebera um telefonema do Mestre do Jogo naquela tarde, informando-o de que dois investigadores da polícia haviam estado na casa de Hubert Blontrock e, por isso, fora incumbido de arrancar do velho apostador o que é que eles tinham ido fazer lá.

Nathan Six tocou a campainha e ficou esperando a luz se acender no corredor antes de pegar a arma, que estava escondida. Depois disso, tudo aconteceu muito rápido. Bastou aparecer uma fresta na porta para que Nathan jogasse todo o seu peso em cima dela, o que fez Blontrock perder o equilíbrio e cair para trás. Nathan deslizou silenciosamente para dentro, deu um chute na porta, fechando-a atrás de si, e jogou-se em cima do agora perplexo Blontrock, montando nele como se monta num cavalo, com o cano da pistola enfiado na cabeça do velho.

— Uma palavra errada e você vai ser um homem morto. Entendido?

Blontrock fez que sim com a cabeça. Estava atordoado por causa da queda e com o cotovelo amortecido por causa da pancada, mas o sujeito com a arma não deu nenhuma trégua. Ele se ergueu ligeiramente e deu dois passos para trás, mantendo a vítima sob a mira da arma o tempo todo, tudo isso com movimentos ágeis.

— Tire toda a roupa e venha comigo.

Estupefato, Blontrock olhou para o homem com a arma. Deus do céu, por que tirar toda a roupa?

— Eu não estou armado — sussurrou ele com voz rouca.

Nathan Six curvou o dedo no gatilho. Seus olhos não revelavam nenhuma emoção, mas dentro dele surgiu uma sensação quente e vibrante que, a partir daquele momento, só aumentaria. Imagens de um velho filme de guerra com o respectivo diálogo, que se encaixava bem na situação, passaram pela sua cabeça.

— Vou poupar a sua vida se você fizer o que eu mandar — ele disse no tom mais dramático possível.

Deu certo. Blontrock se levantou desajeitado e, mecanicamente, como um robô, fez o que foi mandado. Vestia apenas um pijama e um robe. Assim, houve pouca coisa a despir. Primeiro o robe, depois a blusa do pijama e as calças. Hesitou um instante na hora de tirar as calças, mas bastou um gesto com a arma para que continuasse. Sempre tinha achado natural as garotas se despirem na sua frente. Mas o fato de ele ser obrigado a fazer a mesma coisa diante dos olhos de outro homem era uma tremenda humilhação.

— Pra dentro.

Blontrock foi na frente. No salão anexo à biblioteca, havia uma poltrona de braços em estilo Luís XVI. Nathan mandou que ele se sentasse nela e colocasse os braços nos braços da poltrona. Em seguida, abriu a maleta, tirou dois pares de algemas e prendeu as mãos e os pés de Blontrock aos braços e aos pés da cadeira. Era uma cena cômica: um homem gordo e nu algemado a uma cadeira antiga.

— Vou fazer a pergunta uma vez, sem causar nenhuma dor, sr. Blontrock. Depois disso, vou decidir quanta dor o senhor vai ter de suportar até que eu acredite no que está dizendo. Está claro?

— Pelo amor de Deus, o que o senhor quer saber de mim?

Nathan se postou de pernas afastadas diante de Blontrock e o olhou bem fundo nos olhos. Gostava de infligir dor nas pessoas e desfrutava da sensação de poder que isso proporcionava.

– O que o senhor contou à polícia hoje cedo?

– À polícia?

Blontrock se sentiu mal quando começou a imaginar por que o homem tinha invadido sua casa. Provavelmente, queria saber se alguma coisa da conversa com Willy Gevers no cassino havia vazado.

– O seu tempo está correndo, sr. Blontrock.

Nathan se virou, se curvou sobre a maleta aberta e dela tirou quatro tiras estreitas de pano acolchoado. Blontrock olhou para ele estupefato. Como é que se poderia infligir dor a alguém com algumas tiras de pano? Mesmo quando Nathan amarrou os pés e as mãos de Blontrock com as tiras e depois tirou as algemas de metal, o velho apostador ainda não conseguira imaginar o que estava por vir. Somente quando Nathan tirou uma caixinha metálica de dentro da maleta e desenrolou o cabo que fazia parte do conjunto foi que Blontrock entendeu qual era o plano. Num lado do cabo, havia um eletrodo; no outro, um pino que se encaixava no pequeno contato, na parte de trás da caixinha metálica. O botão giratório na caixa, sem dúvida nenhuma, servia para regular a intensidade da corrente.

– Eu não contei nada à polícia.

– Nada – Nathan deu um sorriso. – Segundo minhas fontes, a visita deles demorou bem mais de uma hora.

– Estou querendo dizer que não contei nada de especial. Eles vieram por causa de uma queixa que um dos meus vizinhos fez contra mim – disse Blontrock ainda tentando se safar.

Mas era tarde demais. Nathan prendeu o eletrodo nos testículos de Blontrock com fita adesiva, encaixou o cabo no contato da caixinha e, com outro cabo, alimentou o conjunto com energia elétrica.

– Não gosto de pessoas que mentem, sr. Blontrock.

Nathan tirou uma pequena bola de borracha de dentro do bolso, fechou as narinas de Blontrock e ficou esperando. Quando este finalmente teve de abrir a boca para respirar, Nathan enfiou a bolinha dentro dela e a prendeu com fita adesiva para evitar que fosse cuspida. Em seguida, postou-se ao lado da caixinha, que havia sido colocada em outra mesa, e girou o botão para a regulagem mais baixa. O corpo de Blontrock se arqueou para cima e para baixo. A gordura em sua barriga se moveu em ondas. O grito bestial que subiu de dentro do seu íntimo ficou entalado na boca, abafado pela bola de borracha. Desesperado, ele tentou se soltar de suas amarras, mas pulsos e tornozelos estavam bem presos com as tiras de pano acolchoado. A dor, que parecia uma faca em brasa cortando seus testículos e órgãos internos, não cessava. Nathan Six deixou Blontrock se contorcer por três minutos antes de girar o botão para a esquerda outra vez.

– Eles vieram por causa de Willy Gevers? Acene para a frente se sim e balance a cabeça se não.

Os olhos de Blontrock se arregalaram. Seu coração batia desenfreado, mas felizmente a dor tinha desaparecido tão depressa quanto havia sido infligida. Se acenasse, seu algoz sem dúvida nenhuma o mataria; se balançasse a cabeça, certamente continuaria a torturá-lo.

– Seu tempo acabou – disse Nathan quando a resposta não veio.

Ele girou o botão e aumentou a intensidade da corrente. Todo o corpo de Blontrock começou a se sacudir. Seus olhos arregalados quase pularam para fora das órbitas, e a madeira seca da cadeira Ludovico XVI rangeu sob o corpo que se contorcia violentamente. Nathan Six acendeu um cigarro, deu algumas tragadas e bateu a cinza num cinzeirinho metálico com tampa, que sempre carregava consigo e no qual, mais tarde, depositaria também o toco. Tinha a noite toda se fosse necessário.

Toda quinta-feira, Hubert Blontrock jogava cartas com os amigos, e qualquer um que o conhecesse sabia que não perderia esse programa por nada no mundo. Por isso, Miel Vanhove estranhou quando o amigo não veio abrir a porta. Tocou a campainha mais uma vez e, tenso, ficou esperando. Passaram-se alguns minutos, mas ele não ouviu nenhum movimento dentro da casa. "Tem algo de errado", pensou Vanhove. Com cuidado, tirou do bolso o celular que havia ganhado da filha, procurou o número de Blontrock na memória do aparelho e apertou o botão verde para fazer a ligação. Ninguém atendeu. Vanhove ligou para o amigo três vezes no intervalo de alguns minutos, mas não obteve nenhuma resposta.

Após ter tomado uma ducha, Van In se secou bem com uma toalha de banho grande. Assim que terminou, subiu na balança. O número que apareceu arrancou dele um sorriso: 84,6. Em duas semanas, perdera quase 5 quilos. E o espelho confirmava isso. Ele se virou de lado, observou o próprio reflexo e encolheu a barriga.

– Mais uns seis meses de condicionamento e você vai poder participar de qualquer desfile de moda.

Hannelore estava rindo no vão da porta. Ela o havia conhecido com uma barriguinha e os pneuzinhos em volta da cintura, e isso nunca a incomodara. Para ela, ele não precisava emagrecer.

– Pode rir – disse ele.

– Eu não me atreveria.

Ela mordeu o lábio inferior, e seus olhos começaram a brilhar.

– Sabe, nunca transei com um homem musculoso – ela soltou de repente.

– Ah, é? E o que foi que fizemos ontem?

Ele se aproximou de Hannelore arrastando os pés, inspirou bem fundo e fez o tórax aumentar de tamanho. Como ela estava provocante naquela camisola fininha, ainda mais contra a luz. Vista através do tecido, a silhueta das coxas dela fez o sangue de Van In correr mais rápido nas veias.

– Ontem você ainda não estava tão musculoso, amor – ela se encostou em Van In e fez sua mão fria deslizar pelo ombro dele. – Quanto tempo ainda temos?

Van In levantou a camisola dela e a puxou contra si:

– Dez minutos.

– Então não temos tempo a perder.

Ele jogou os braços em volta da cintura dela, ergueu-a e a colocou em cima da mesinha onde normalmente havia toalhas de rosto e alguns rolos de papel higiênico – naquele momento, entretanto, estava vazia, pois Hannelore ia passar uma demão de tinta na mesa. Ela servia perfeitamente para o que os dois queriam fazer.

Versavel tocou a campainha um pouco mais cedo e, em vez de ficar irritado porque ninguém abriu a porta, simplesmente esperou mais dez minutos antes de tentar outra vez. Assim, dava tempo de Van In fumar seu cigarro com calma. Quando tocou a campainha pela segunda vez, ouviu um barulho na escada.

– Desculpe ter deixado você esperando tanto tempo, Guido. A Hannelore estava tomando banho, e eu, sentado no trono.

– É, dá pra perceber mesmo – disse Versavel, apontando uma mancha no pescoço do amigo. – Seu eu fosse você, usaria um cachecol hoje.

Van In colocou a mão na mancha avermelhada e fez de conta que estava indignado.

– É, não tem jeito, mulher só dá dor de cabeça.

– Palavras de um homem que se orgulha quando sua mulher deixa uma marca de amor nele de vez em quando.

– Tá bem, Versavel, já chega.

Van In deu meia-volta e apertou o cinto do seu roupão de banho. Quase não tinha segredos com Versavel quanto à sua vida sexual. E não adiantava nada tentar esconder alguma coisa dele, pois sempre percebia quando tinha feito amor – com ou sem mancha...

– Quer café?

Versavel recusou com um gesto quando Van In estendeu o braço para pegar o bule de café.

– Nós vamos nos atrasar, Pieter. Além disso, acabou de entrar um chamado.

– Assassinato?

– Um amigo de Hubert Blontrock está afirmando que não consegue falar com ele desde ontem à tarde. Perguntou se não podemos dar uma passada na casa dele.

– Por que você não disse isso logo?

– Não dava pra tirar você do trono, não é? – Versavel sorriu irônico.

– E, depois, você ainda queria fumar um cigarrinho...

– Me dê cinco minutos.

Van In cruzou com Hannelore na escada. Na pressa, ela vestira uma calça jeans e uma blusa de lã abotoada, da qual havia arregaçado as mangas. O jeans estava colado a ela como uma segunda pele, e os três botões de cima da blusa estavam abertos, o que tornava muito sensual aquela peça sem graça.

– Problemas?

Ela deu um beijo em Versavel e encheu uma xícara com café para o amigo, sem perguntar se ele queria.

– Esse Blontrock, a quem fizemos uma visita ontem, não está mais atendendo a porta nem o telefone.

– Quem sabe ele só quer ficar em paz.

Versavel tomou um gole de café e inclinou a cabeça.

– Isso é o que nós vamos descobrir.

– O senhor ligou pra nós? – perguntou Van In.

Miel Vanhove jogou o cigarro fumado pela metade no chão e o apagou com o calcanhar. No dia anterior, tentara falar com Hubert o dia inteiro, porém sem sucesso. Naquele dia, pela manhã, havia tentado mais algumas vezes e também não tinha conseguido nada.

– Hubert e eu somos amigos há mais de trinta anos. Ele nunca faltou a um compromisso. Só pode ter acontecido alguma coisa.

Van In analisou Vanhove. O homem trajava um terno esmerado e usava um linguajar bem elevado, que também podia ser compreendido por alguém que não conhecesse o dialeto de Flandres Ocidental. Não aparentava ser o tipo de pessoa que entrava em pânico muito fácil. Mas será que a suspeita de que algo grave tinha acontecido a Blontrock era justificativa suficiente para invadir sua casa? Não seria a primeira vez que a polícia teria de pagar por uma porta arrombada após fazer uma intervenção e descobrir que não havia acontecido nada.

– A mulher dele não está? – indagou Van In.

– Marie-Louise está passando uns dias com a irmã em Mechelen.

— Por que o senhor não ligou pra ela então?

A pergunta soou meio grosseira, mas não tinha sido essa a intenção de Van In. No entanto, ficou mais do que claro que Vanhove tinha se ofendido.

— Porque eu não tenho o número do celular dela — ele reagiu indignado.

O que é que aquele tira estava pensando? Que ele era um idiota?

— Será que o senhor sabe de alguém que tenha uma chave reserva? — questionou o policial.

Era mais freqüente do que se imaginava pessoas de mais idade deixarem uma chave reserva com seus filhos ou algum parente próximo para o caso de, por acidente, ficarem trancadas fora de casa.

— Não tenho idéia — foi a resposta de Vanhove.

Ele estava de saco cheio. Desde jovem, nunca nutrira muita simpatia pela polícia, que considerava um bando de debilóides autoritários. A maneira com a qual Van In o estava tratando comprovava, mais uma vez, que ele tinha razão. Os dois valentões não tinham sido capazes de tomar nenhuma atitude. Ficaram só olhando para a porta da frente, como se estivessem à espera de um milagre.

— Talvez seja mais fácil entrar pelos vizinhos — sugeriu Versavel depois de ter dado uma boa olhada naquela porta maciça.

— Por mim, tudo bem — concordou Van In.

— Quer que eu avise Bruynooghe e Carine, para o caso de...

Versavel não terminou a frase. Van In fez que sim com a cabeça logo que ouviu o nome Bruynooghe. Se algo tivesse acontecido a Blontrock, toda ajuda seria bem-vinda.

O doutor Decoopman sorriu para Merel. Ela ainda sentia dificuldade em manter os olhos abertos. Fazia uma hora que havia sido operada, e a anestesia ainda não passara completamente.

— Como você está se sentindo? — perguntou o médico.

Merel também tentou sorrir, embora ainda estivesse muito sonolenta. No entanto, dar um sorriso para o médico era o mínimo que podia fazer.

Se tudo tivesse corrido bem, agora teria dois seios firmes, e nunca mais ia se envergonhar de tirar a roupa na frente de um homem.

– Deu tudo certo?

O doutor Decoopman segurou a mão dela e a apertou de leve.

– Você nem vai acreditar no que vai ver – ele disse.

Já fazia mais de dez anos que Van In tinha subido numa escada de madeira, e fazer isso novamente não o entusiasmava nem um pouco. O muro que separava o jardim de Blontrock do de seu vizinho tinha quase 4 metros de altura. Versavel sabia muito bem que Van In não estava nem um pouco confortável, mas não tinha nada de mais atormentá-lo um bocadinho.

– Já se acostumou com a altura?

Van In olhou para baixo. Suas pernas tremiam feito vara verde, e as palmas das mãos estavam úmidas de suor, mas preferia morrer a admitir que não se sentia muito seguro quando estava a uma pequena altura do chão.

– Cada um merece o lugar que conseguiu conquistar – Van In gritou em resposta. – Fique aí onde você está. No nível inferior.

– Não se preocupe. Eu me viro.

O vizinho de Blontrock, um representante de vendas aposentado, ficou prestando atenção no diálogo dos policiais cada vez mais abismado. Quanta besteira aqueles dois estavam falando.

– Está vendo alguma coisa?

Nesse momento, Van In tinha quase alcançado o topo da escada.

– Espere aí.

Ele colocou a cabeça do outro lado do muro e olhou para baixo. Na parte de trás da casa, Blontrock mandara construir uma varanda bem moderna. Havia uma fresta na porta de correr que dava acesso ao jardim.

– Acho que estamos com sorte – Van In gritou.

Ele desceu da escada e, logo em seguida, acendeu um cigarro.

– Vamos mandar o Bruynooghe dar um jeito nisso ou...

— Não. Você vai dar um jeito – interrompeu Van In.

— Eu?

— É, você.

No fim das contas, foi necessário chamar os bombeiros, pois a escada do vizinho não tinha o comprimento suficiente para que eles conseguissem pular o muro. Van In agradeceu ao representante de vendas aposentado por sua colaboração e saiu com Versavel. Os dois ficaram esperando na entrada da casa de Blontrock até que o bombeiro, que pulara o muro, viesse abrir a porta.

— Em todo caso, o sujeito tem bom gosto – disse Van In quando entraram no saguão.

— Vamos torcer pra que nada tenha acontecido a ele – reagiu Versavel preocupado.

Mas foi uma esperança vã. Quando Van In abriu a porta do salão anexo à biblioteca, na mesma hora viu o corpo nu de Hubert Blontrock no chão. E não havia dúvidas de que ele estava morto. Metade do crânio fora arrancada. Havia um monte de pedacinhos de tecido pálido espalhados sobre o tapete.

— Acho que ele levou um tiro pela boca – disse Van In.

A hipótese de suicídio estava completamente descartada, pois, se isso tivesse acontecido, a arma teria de estar perto do corpo.

— Quer que eu chame o resto do pessoal? – ofereceu-se Versavel.

— Sim, faça isso – respondeu Van In.

Ele acendeu um cigarro e voltou para o saguão. Tinha de esperar até que o médico-legista e o pessoal da perícia técnica tivessem feito seu trabalho antes que pudesse entrar em ação. Estava torcendo para que fosse o turno do doutor Zlotski. Fazia muito tempo que os dois não se encontravam.

— Você tem razão, Pjetr. Mataram o cara com um tiro na boca.

Van In, Versavel e Zlotski haviam se retirado para a cozinha, pois a investigação forense ainda continuava fazendo a sua pesquisa, e os três acharam melhor não ficar no caminho de Klaas Vermeulen, pois o chefe da perícia técnica abominava que o atrapalhassem. Van In acendeu mais um cigarro – o enésimo. O fato de Blontrock estar nu o incomodava.

– O amigo dele ainda está por aqui? – perguntou Van In.
– Vanhove? – questionou Versavel.
– Esse mesmo.
– Acho que sim.
– Pode trazê-lo até aqui, por favor?
– O.k.

Versavel se levantou e saiu. Após menos de dois minutos, estava de volta com o senhor Vanhove, que, inflexível, olhava para a frente. Van In apontou uma cadeira para o homem e tentou quebrar o gelo lhe oferecendo um cigarro, mas Vanhove se manteve impassível. Continuou duro, olhando para a frente. A morte de Blontrock o havia atingido profundamente.

– Eu sei que este não é o melhor momento, senhor Vanhove, mas tem uma coisa que preciso lhe perguntar. E, por favor, não me leve a mal se, com isso, eu acabar ofendendo o senhor.

Versavel franziu as sobrancelhas. Zlotski fez uma careta de estranhamento. Os dois sabiam que Van In nunca pedia desculpas antes de fazer uma pergunta. Nem mesmo Vanhove entendeu muito bem o porquê de toda aquela deferência. Em resposta, também reagiu de uma forma bem menos agressiva do que antes.

– Pode perguntar, senhor comissário.

Van In fez a pergunta, porém, em vez de respondê-la, o senhor Vanhove começou a gritar e a soltar impropérios.

– Seu tira imundo! Como é que você se atreve a acusar Hubert disso? Diabos, ele era casado, não se envolvia com homens. Você só pode ser um canalha mesmo pra acusar alguém de uma coisa dessas.

Van In deixou Vanhove extravasar toda a sua ira. Os argumentos que ele estava usando para defender a reputação de seu amigo não eram grande coisa – embora Van In tenha achado melhor não mencionar o fato de homens casados também se envolverem com outros homens –, mas a veemência da defesa a tornava bastante fidedigna. Se ele estivesse certo, então continuava em aberto a questão de Blontrock estar nu antes de ser assassinado. Um dos integrantes da equipe de Vermeulen havia encontrado o pijama dele sem uma gota de sangue sequer.

– Garanta que o senhor Vanhove vai chegar bem em casa, Guido.

Van In se levantou, foi até o salão e perguntou como estavam as coisas. Infelizmente, foi Klaas Vermeulen quem o ouviu. Todo mundo sabia que os dois não se bicavam, mas não havia outro jeito: precisavam trabalhar juntos. No entanto, uma característica ambos tinham em comum: respeitavam pessoas que conheciam a fundo a sua especialidade, portanto respeitavam um ao outro, embora jamais haveriam de admitir. Vermeulen podia ser um verdadeiro fanfarrão, só que raramente deixava passar alguma coisa.

– Encontramos fibras de tecido no braço esquerdo da cadeira que está ao lado da vítima – ele disse depois que Van In lhe perguntou se alguma coisa em especial havia chamado a sua atenção.

– Elas eram do pijama?

– Acho que não – disse Vermeulen. – As fibras estavam presas na parte de baixo do braço.

– Você também usou a fita adesiva no outro braço?

Vermeulen lançou um olhar antipático para Van In.

– É claro que sim.

– Nos pés também?

Por mais que Vermeulen estivesse indignado, compreendeu que Van In não tinha feito a pergunta para provocá-lo.

– Um momento, vou averiguar.

Vermeulen questionou o seu pessoal, mas ninguém havia pensado em examinar os pés da cadeira com a fita.

– Vamos tratar disso já – ele disse.

O uso de fita adesiva era uma técnica bastante recente na investigação forense e, mesmo sendo tão óbvia, levou bastante tempo para começar a ser usada. Os especialistas forenses aplicam uma fita adesiva especial em objetos ou partes do corpo suspeitas de terem entrado em contato com o autor do crime. Ao remover a fita, partes minúsculas desse material ficam aderidas à cola da fita e, assim, podem ser analisadas. Geralmente, trata-se de fluidos corporais do criminoso, mas às vezes também um pozinho microscópico ou uma fibra podem proporcionar informações valiosas para a equipe de investigadores.

Foram necessários apenas alguns minutos para aplicar a fita adesiva nos pés da poltrona Luís XVI.

– Está vendo alguma coisa?

Van In estava ao lado de Vermeulen, que, com uma lente de aumento potente, analisava a camada de cola na fita.

As fibras encontradas no lado de baixo do braço da poltrona eram um tanto grosseiras. Algumas até podiam ser vistas a olho nu. Se a suspeita do comissário Van In se confirmasse, e fibras semelhantes tivessem ficado presas aos pés da cadeira, isso poderia ser constatado visualmente. E a suspeita se confirmou. Vermeulen se levantou, apontou para um lugar no meio da fita adesiva e passou a lente de aumento para Van In.

– Acho que você tem razão – ele disse.

Se um leigo analisar uma ecografia, é bem provável que nem mesmo consiga identificar o feto; um ginecologista, por outro lado, ao bater os olhos no exame distingue com toda a segurança a cabecinha, os pezinhos e as mãozinhas do embrião. Van In estava diante de um problema muito parecido. Por mais que olhasse a fita, não conseguia, de forma nenhuma, identificar as fibras que Vermeulen havia lhe apontado. Só conseguia enxergar a superfície irregular da camada de cola.

– Você consegue perceber se as fibras são as mesmas?

Vermeulen inclinou a cabeça e inspirou bem fundo, como se tivesse sentido cheiro de caça. Desfrutava do fato de que Van In tinha de se fiar em seu conhecimento.

– Para descobrir isso, teremos de realizar uma análise mais precisa – ele disse com um leve sorriso nos lábios. – Mas, na minha opinião, são as mesmas, sim.

Van In tinha quase certeza de que Vermeulen estava se pavoneando – era impossível que alguém, a olho nu, pudesse afirmar se tratar das mesmas fibras –, mas uma discussão a esse respeito não ia levar a lugar nenhum. O simples fato de que havia fibras nos braços e nos pés da poltrona já embasava a hipótese que surgia em sua mente quando Vermeulen o informou de seu achado.

– Bom-dia, senhores.

Van In e Versavel reconheceram a voz na mesma hora. Os outros se viraram curiosos para ver quem era. Uma juíza instrutora enfiada numa calça jeans era algo que se via todo dia, mas uma juíza instrutora lindíssima em calças jeans era algo único. Hannelore foi até Vermeulen, apertou a mão dele e acenou com a cabeça para os auxiliares metidos em seus guarda-pós brancos. Em seguida, lançou um olhar para Blontrock, que ainda jazia de costas no chão. Os colegas de Hannelore diziam que ela haveria de se acostumar com aquele tipo de cena, mas estavam enganados. Continuava se sentindo mal quando via os corpos. Van In foi até ela e, sem que ninguém visse, deu um apertão de encorajamento no traseiro da esposa. O jeans justo, que apertava suas carnes sob o tecido, fez com que ele se lembrasse daquela manhã. Hannelore pôs um fim nos devaneios de Van In enfiando o cotovelo nas costelas dele e dizendo:

– Alguém tem idéia do motivo do assassinato?

Na sala, não havia sinais de luta e, à primeira vista, nada havia desaparecido. Num dos dormitórios, Bruynooghe havia encontrado um envelope com mais de 800 euros, e havia obras de arte em todos os cantos da casa. Van In chegou mais perto de Hannelore.

– Ontem não contei nada sobre... – ele tentou sussurrar no ouvido da esposa, mas ela não o deixou completar a frase.

– O que foi que você escondeu de mim desta vez?

Hannelore cruzou os braços e olhou séria para ele. Ela se fazia de esposa-juíza-instrutora-dominante e se divertia à beça cada vez que Van In caía na dela. Ele reagiu exatamente como ela esperava. O rosto do homem adotou a expressão pela qual ela tinha se apaixonado quando o conheceu: a de um menino levado que tenta manter a pose de quem não fez nada.

– Já era tarde quando cheguei em casa e...

Ali, em público, não dava para dizer por que naquela manhã também não tivera oportunidade de contar.

– Blontrock foi preso duas noites atrás por embriaguez em público – disse Versavel.

– Ele foi assassinado por isso? – perguntou Hannelore.

– Creio que não – respondeu Versavel.

Van In resumiu em poucas palavras o motivo que os tinha levado à casa de Hubert Blontrock dois dias antes. A intenção tinha sido averiguar a história dele.

– Quem sabe ele tinha dívidas de jogo – disse Hannelore.

– Pode até ser, mas me parece muito improvável.

O sol saiu de trás de uma nuvem cinza escura e lançou uma mancha de luz através da janela. Um raio de sol incidiu na chapa de madeira de um gaveteiro do século 18 situado entre a lareira e um belíssimo relógio carrilhão de Liège também do século 18. Uma fina camada de tecido cobria a chapa de madeira de castanheiro. No centro dela, via-se um círculo sem tecido de uns 20 centímetros de diâmetro. Dentro dessa circunferência, a madeira brilhava como se tivesse sido encerada naquele momento.

– Talvez o assassino tenha levado alguma coisa – disse Van In.

Ele examinou o buraco no tecido. Certamente havia um objeto sobre o gaveteiro que havia sido mudado de lugar ou retirado dali.

– Onde estão Bruynooghe e Carine? – perguntou Van In.

Versavel ergueu os olhos.

– Acho que estão lá em cima.

Nem bem terminou de falar, a porta se abriu, e Bruynooghe entrou na sala, trazendo uma pasta preta embaixo do braço.

– Achou alguma coisa, Robert? – perguntou Van In.

– Você nem imagina o quê – foi a resposta.

Bruynooghe era um policial robusto à moda antiga que ainda acreditava na ordem e na justiça. As pessoas que cometiam um crime não podiam escapar do castigo merecido. Seu lema era: cada um arca com as conseqüências do que faz.

– Vamos pra cozinha – disse Van In. – Lá está mais calmo.

Ele pegou a pasta que Bruynooghe lhe estendeu, mas a abriu só na cozinha. O seu conteúdo provava que Blontrock, de fato, não tinha nenhuma atração por pessoas do mesmo sexo. As fotos que Van In espalhou sobre a mesa da cozinha falavam por si só.

Hannelore as olhou de relance. Pareciam ilustrações extraídas do *Kamasutra* e, sem sombra de dúvida, Blontrock era o homem que estava experimentando as posições.

– A maior parte de sua vida, Blontrock gerenciou um hotel que alugava quartos por hora, mas isso me parece mais um bordel do que outra coisa.

Van In pegou as fotos uma por uma e as estudou com atenção. Eram todas bem nítidas e bem iluminadas, como se tivessem sido tiradas por um profissional, algo incomum nesse meio.

– Mais um pouco e seus olhos vão pular pra fora das órbitas – disse Hannelore com ironia.

Van In levantou os olhos e balançou a cabeça.

– Não é o que você está pensando, Hanne.

– Sei, sei, conta outra.

Uma pitada de ciúme podia até esquentar uma relação, desde que não fosse em demasia. Com o avançar da idade, Hannelore estava ficando cada vez mais sensível quando Van In demonstrava certo interesse por outras mulheres, especialmente quando ela achava que eram mais jovens e mais bonitas do que ela. Tinha de admitir que também não ficava impassível quando se deparava com um belo exemplar masculino e que até chegava a admirá-lo com um interesse considerável. Afinal de contas, olhar não tirava pedaço de ninguém, tirava?

– Obrigado pelo elogio, amor – ele reagiu, dando um duplo sentido à resposta.

– Bobão.

Eles riram.

Por uma fresta na porta, Van In viu passarem dois bombeiros empurrando uma maca pelo corredor. Em cima dela, jazia o corpo dentro de um saco.

Nathan Six colocou no armário a estatueta de bronze roubada da casa de Blontrock, numa prateleira onde ainda havia espaço livre entre dois candelabros de prata. A estatueta representava Mercúrio, o deus grego que protegia os viajantes. Ela tinha cerca de 30 centímetros de altura e datava da segunda metade do século 18. Mas Nathan Six não se interessava pelo valor da peça; apenas a levara consigo porque cabia numa bolsa que achara num dos armários de Blontrock. Em seguida, ele acendeu a luz e fechou as cortinas. Da parede, pendia uma televisão de plasma e, ao lado dela, um *rack* abarrotado de DVDs. Ele escolheu um e o colocou no aparelho.

Na cozinha, ainda havia uma sobra de carne de porco assada e uma garrafa de vinho; no armário-despensa, restava um saco enorme de batatas fritas com pimenta. Nathan Six acendeu um charuto e colocou o assado, o vinho e as batatas fritas numa bandeja. Nunca comia à mesa, sempre no sofá, enquanto via televisão. A bem da verdade, só tinha duas paixões na vida: ver televisão e matar pessoas. Quando criança e depois como adolescente, deve ter visto uns dois mil filmes. Às vezes, ia ao cinema quatro vezes por semana, independentemente do que estivesse passando. De preferência sozinho, no seu lugar preferido, na décima fileira. Ele analisava tudo. Ficava excitado quando ouvia o zunir dos grandes projetores rodando nas velhas salas mal iluminadas, nas quais um bilhete custava 50 centavos, e era possível se aconchegar em poltronas almofadadas de veludo vermelho.

Antes de se acomodar no sofá, tirou o DVD do aparelho e o enfiou na gaveta. *Seven – os sete crimes capitais* estava programado para aquela noite. Nathan tirou os sapatos, cortou a carne em pedaços grandes e desarrolhou a garrafa de vinho. Ocupara-se durante quatro horas com Blontrock, e uma das descargas de energia elétrica que percorreram todo o corpo de sua vítima quase fora fatal. Mas Nathan conhecia o seu ofício. Nenhuma vítima morria sem o seu consentimento. Pegou um pedaço de carne e encheu a boca com ele. Se pudesse acreditar no que Blontrock havia dito, o comissário Van In só sabia que, em breve, haveria uma série de assassinatos, e que esses crimes estariam ligados à roleta. Não se tratava de uma informação sem importância, mas Nathan Six não achou que, por isso, o jogo tivesse de ser cancelado. Naquele mesmo dia, conversara com Willy a esse respeito, e este também achava que as informações que a polícia possuía eram insuficientes. Mas quem decidia se o jogo ia continuar ou não era o Mestre do Jogo.

Um táxi parou na frente da casa dos Blontrock. Uma senhora de idade e cabelos pintados de violeta pagou o motorista e ficou esperando até que ele abrisse a porta do carro para ela.

– Será que é a dona da casa?

A interrogação estava nos olhos de Versavel.

– É bem possível – disse Van In.

Ele foi até ela, se apresentou e, em poucas palavras, contou o que havia acontecido. Evidentemente, omitiu os detalhes escabrosos. A mulher o analisou de cima até embaixo, assoou o nariz como se estivesse resfriada e, em seguida, com um leve movimento de cabeça, deu a entender que acreditava nele. Ele não notou nem um pingo de tristeza em seus olhos, e o tom velado de escárnio em sua voz fazia supor que ela não se chocara nem um pouco com o assassinato do marido.

– Eles acabaram de levar o corpo para o necrotério. Logo depois da autópsia, se a senhora quiser, poderá se despedir dele lá.

A sra. Blontrock conhecera o marido quarenta e um anos antes, na quermesse anual. Ele se postara ao seu lado perto dos carros de trombada, local em que antigamente as mulheres se juntavam para caçar um rapaz, e logo estavam conversando. Na primeira volta com o carrinho, ele colocou o braço em seus ombros e, em seguida, tudo aconteceu muito depressa: o primeiro beijo de língua, carícias sob a blusa e depois o matinho. Ficaram fissurados um pelo outro e logo se casaram, completamente apaixonados. O que, à primeira vista, não parecia ser a melhor das decisões – Hubert Blontrock não só estava desempregado como não conseguia ficar longe de um rabo-de-saia – mais tarde, acabou dando certo, quando ela começou a se ocupar da parte financeira do estabelecimento comercial e alugou o segundo quarto a amantes secretos que antes tinham de saciar sua sede no carro.

– Alguma coisa foi roubada? – Van In perguntou.

Marie-Louise Blontrock se virou para ele, que estava logo atrás.

– Eu acho que não – ela respondeu. – Logo vamos descobrir.

Não haviam passado nem trinta segundos quando ela percebeu que a estatueta de bronze, que ficava em cima do guarda-louça, tinha sumido. Com o dedo, ela apontou para o círculo no tecido que Van In já havia percebido antes.

– Era uma peça valiosa?

– Não tenho idéia – disse Marie-Louise Blontrock. – O Hubert adorava juntar cacarecos, coisas pelas quais ninguém daria um tostão.

Ela descreveu a estatueta e, quando acrescentou que a imagem tinha uma espécie de capacete, com asas dos dois lados, Versavel soube que se tratava de uma imagem do deus Mercúrio.

– O seu marido tinha problemas? – Versavel perguntou.

Eles estavam em pé no centro da sala de estar, anexa à biblioteca. Embora houvesse cadeiras e sofás à vontade, a sra. Blontrock não os convidou a sentar. Versavel ficou analisando a mulher, o modo como se mexia e como reagia às perguntas de Van In. Na rua, se mostrara firme e autoconfiante, mas agora dava sinais de hesitação.

– Problemas... – ela repetiu. – Hubert estava sempre metido em problemas, mas...

– Mas nunca tão sérios a ponto de alguém querer assassiná-lo por isso – completou Versavel.

– Não, eu acho que não.

A senhora Blontrock deu um suspiro. Num gesto automático, sentiu se o cabelo ainda estava ajeitado e, com a mão, tirou um pozinho invisível do busto.

– A senhora pode nos contar mais alguma coisa sobre o seu marido? Sobre as pessoas com quem ele andava, o que ele fazia... – Van In deu continuidade à conversa.

– Hubert era um apostador fanático – ela disse, interrompendo-o. – E nem sempre freqüentava os melhores lugares. É isso que o senhor quer saber?

Van In fez que sim com a cabeça e se acomodou num dos sofás chesterfield, mesmo sem ter sido convidado. A sra. Blontrock não deu nenhum sinal de que havia levado a mal essa liberdade de Van In. Ao contrário, desculpou-se pela indelicadeza e se ofereceu para fazer um café.

Já era bem mais de meio-dia quando Van In e Versavel se despediram da sra. Blontrock. Quase não havia nenhum resquício da forma áspera e rude com que ela os tinha tratado no começo. E a explicação para isso era bem simples: Van In não aceitara o café; quando ela, então, perguntou se podia lhe oferecer outra coisa, ele aceitou um uísque, bebida que também ela apreciava muito. Os dois tinham conseguido acabar com uma garrafa de Glenfiddich.

— O que você acha? — perguntou Van In a Versavel quando os dois entraram no Golf.

— Bem, em todo caso, não é a primeira vez que a sra. Blontrock bebe uísque de estômago vazio — respondeu Versavel.

A bebida torna as pessoas mais falantes e, assim, elas acabam contando coisas que, de outra forma, omitiriam. No entanto, a senhora Blontrock não havia cedido. Na verdade, não contara nada que eles já não soubessem.

Os jogadores foram entrando no salão em pequenos intervalos. Sem nenhuma exceção, eram apenas homens, a maioria deles de meia-idade. Todos trajavam terno, e seus sapatos brilhavam. Numa mesa situada num canto da sala, havia baldes com gelo e garrafas de champanhe de uma marca cara. Havia também taças, mas não se via nenhum garçom, ou qualquer pessoa que fosse, para servir os jogadores. Quem quisesse beber deveria ir até a mesa e se servir.

Em primeiro plano, sob a luz tênue de um candelabro antigo, chamava a atenção uma mesa original de roleta. Os parlamentares belgas tinham de ter um jogo de cintura e tanto para conseguir impor determinadas leis ao grande público. Por exemplo, existe uma lei que proíbe a posse de radares que identificam os postos de controle de velocidade instalados ao longo das estradas, no entanto a venda desses dispositivos não é proibida. Com os jogos de azar, acontece a mesma coisa. Na verdade, eles só podem acontecer em cassinos. Na Bélgica, existem sete cassinos, mas todo mundo sabe que os jogos de azar correm soltos em muitos outros lugares: hotéis, cafés populares ou quartinhos escuros nos fundos de estabelecimentos. Não é preciso ir até um cassino com roleta para perder dinheiro. Em carteados e jogos de dados, também rola muita grana. Mas uma mesa de roleta num salão privativo é algo bem mais raro.

  Willy Gevers apertou a mão de um dos jogadores. O nome do homem que ele estava cumprimentando era Evarist Oreels, um baixote com testa empinada e olhos castanhos escuros que refletiam a luz como bolinhas de gude, mas que, de resto, não revelavam nenhuma emoção. O nome Evarist Oreels podia ser inexpressivo, mas a empresa homônima era exatamente o oposto. Quem é que não conhecia a E&O? Todos os belgas que exerciam alguma atividade relacionada ao transporte eletivo de doentes sempre acabavam lidando com uma filial da E&O. A empresa tinha vários estabelecimentos em cada província e dispunha de uma frota de ambulâncias impressionante e moderna. O envelhecimento da população acabara sendo uma verdadeira galinha dos ovos de ouro para Oreels. Nos últimos quinze anos, o movimento havia crescido vertiginosamente e parecia que, num futuro próximo, nada poria um fim a essa tendência.

  – Ainda vai demorar muito? – perguntou Oreels.

  Era melhor não se indispor com aquele homem. Felizmente, o Mestre do Jogo havia advertido Willy Gevers de que Oreels era impaciente e esquentado.

  – Vou perguntar agora mesmo ao Nathan Six se ainda vai demorar muito – disse Willy Gevers com um amplo sorriso. – Um momento, por favor.

  Na verdade, ele estava era mais do que feliz por ter um motivo para fugir de Oreels. A maioria dos jogadores era mais do que milionária, mas Oreels era o único que, desde a introdução do euro, ainda podia ser chamado de multimilionário.

Gevers se dirigiu para o fundo do salão, cumprimentando aqueles com quem cruzava. Não conhecia a maioria, somente sabia que todos eram apostadores contumazes e que não conseguiam resistir a um novo desafio. O Mestre os selecionara pessoalmente, e ninguém, exceto Hubert Blontrock, havia hesitado um instante que fosse em participar do jogo. Praticantes de *bungee jumping* sempre querem pular de prédios cada vez mais altos, usuários de drogas dão tudo por um novo coquetel, e alguns ricaços gastam fortunas em joguinhos decadentes. Logo ele anotaria as apostas, e a bolinha decidiria quem deveria morrer nas próximas vinte e quatro horas.

♠

Capítulo 3

Van In estava deitado de costas com as mãos na nuca. Uma gota de suor balançou em seu queixo, e ele respirou pesadamente. "Só mais um", pensou. Seu rosto se contraiu quando ele ergueu o torso apenas com a ajuda dos músculos da barriga. Cento e cinqüenta abdominais, dez a mais do que na manhã passada. Ao iniciar o treinamento algumas semanas antes, nunca teria imaginado que conseguiria chegar a esse resultado. Agora estava quase lá. Ele deu um gemido prazeroso depois do último esforço muscular e, finalmente, esticou o corpo na esteira.

– Só mais algumas semanas e você vai estar como novo.

Van In abriu os olhos e deu de cara com o sorriso irônico de seu personal trainer, um sujeito jovem de ombros enormes e músculos maciços extremamente bem torneados.

– Não sei se agüento até lá, John.

– Se você desistir, contrato um assassino pra te pegar.

John herdara uma casa de sua avó mais ou menos meio ano antes e a transformara numa moderna academia de ginástica. Investira todas as suas economias na reforma do local e na compra de equipamentos. Van In era um de seus primeiros clientes, e John não estava disposto a deixá-lo desistir fácil.

– Você não tem cacife pra isso – Van In se ergueu desajeitadamente e secou o suor da testa com o antebraço.

– Então só me resta chantagear você.

– Pode ficar tranqüilo – disse Van In. – Vou continuar até o doloroso final.

John era o único que sabia por que Van In malhava três vezes por semana na academia – e prometera manter isso em segredo.

– Mais um café, Guido?

Hannelore estendeu o braço para o bule de café antes mesmo que ele tivesse tempo de responder que sim, encheu a xícara e lhe ofereceu o açúcar. Depois disso, começou a preparar os sanduíches das crianças, que ainda estavam deitadas. Naquele momento, tudo estava calmo. Dentro de dez minutos, logo que elas descessem fazendo todo o habitual barulho, não seria mais assim. Versavel tinha chegado um pouco mais cedo que de costume.

– Ele está agüentando firme, não acha? – comentou Hannelore.

Ela levantou os olhos cheios de expectativa e os voltou para Versavel. Era difícil acreditar que ele não soubesse por que Van In ia até a academia uma vez por semana antes do raiar do dia (as outras duas vezes, ia à noite). Versavel sentiu o olhar cortante da esposa do amigo, mas, antes que pudesse responder que também não sabia de nada, a porta da frente se abriu. Van In vestia um jeans bem justo, uma camiseta e, por cima, um casaco esporte vermelho escuro. Quando ele encolhia a barriga, quase não se percebia mais que ela brotava por cima do cós da calça.

– E aí? Treinou bastante? – Hannelore perguntou, levantando-se e lhe dando um beijo.

Ele estava com um cheirinho bom de banho. Enquanto o beijava, ela deslizou a mão involuntariamente pelo ventre do marido. Isso a deixou um pouco excitada. Ah, se Versavel não estivesse ali...

– Algum problema? – Van In perguntou.

Hannelore tirou a mão da barriga dele.

– Comigo ou com você? – retrucou ela.

– Com você, é claro.

Van In se sentou à mesa e encheu uma xícara com café.

– Comigo está tudo bem – disse Hannelore.

Van In acenou com a cabeça e tomou um gole de café.

– É isso que eu gosto de ouvir – ele disse e sorriu.

Hannelore se virou para Versavel e deu de ombros, sem saber o que dizer. Será que ninguém sabia o que estava acontecendo?

Embora Zlotski não precisasse temer que os familiares do homem cujo esterno estava serrando pudessem processá-lo por erro médico, ele manejava a serra circular com a mesma precisão com que um cirurgião manuseava o bisturi num paciente ainda vivo. Estava tão compenetrado em sua tarefa que nem notou a entrada de Van In e Versavel na sala de autópsia. Só quando Van In pôs a mão no ombro de Zlot é que este percebeu que tinha visitas.

– Santo Deus, o que é que você veio fazer aqui, Pjetr?

Zlotski desligou a serra circular e depositou o aparelho ainda rodando na mesa de autópsia, logo atrás dos pés de Hubert Blontrock, que pareciam feitos de mármore branco. Van In desviou a cabeça daquele impressionante corpo nu, cujo abdome ainda estava inchado. O cheiro nauseabundo que subia do tórax aberto quase o fez vomitar.

– Pensei que você fosse fazer a autópsia ontem. Mas, quando perguntei no balcão, me informaram que ainda nem tinha começado.

Em toda a sua vida, Van In assistira somente a uma autópsia, e ela não lhe caíra nada bem. Quando o médico-legista removeu a calota craniana, retirou o cérebro e o deixou deslizar para dentro de uma bacia metálica, ele desmaiou. Foram quase dez minutos até voltar a si novamente. Isso já fazia mais de vinte anos. Desde então, ele sempre dá um jeito de se esquivar gentilmente toda vez que perguntam se quer presenciar um exame *post mortem*. Dez minutos antes, quando ficara sabendo que Zlotski mal tinha iniciado a autópsia, num acesso de orgulho infundado, resolveu vencer a sua repugnância por cadáveres abertos e acompanhar a autópsia. Assim, não precisaria esperar o laudo de Zlotski.

– Ontem à tarde, acabei me encontrando com alguém – disse Zlotski se desculpando. – Você sabe como são essas coisas.

Van In fez que sim com a cabeça. Quando Zlotski dizia que havia se encontrado com "alguém", sem dúvida esse alguém era do sexo feminino e trabalhava no hospital. Zlotski podia não ser um homem bonito, mas era médico, e todo mundo sabia que as enfermeiras faziam de tudo para conquistar os médicos.

– Marie-Jo de Chantelle?

Zlotski olhou perplexo para Van In.

– Não conheço ninguém com esse nome, Pjetr.

O legista franziu a testa, virou-se, pegou a serra circular e a pôs para funcionar. A moça que lhe havia proporcionado algumas horas maravilhosas no dia anterior se chamava Vera.

– Mas você se divertiu, não foi?

– Eu sempre me divirto, Pjetr.

Zlotski deu um largo sorriso irônico e apoiou a serra circular no esterno, já serrado pela metade. Van In virou a cabeça para o outro lado. Tinha horror às brocas dos dentistas e às perfurações que as milhares de rotações por minuto faziam; aquele uivo da serra circular lhe agradava menos ainda. Imagens terríveis começaram a vir à sua mente, embrulhando seu estômago. A sensação piorava à medida que os dentes afiadíssimos da serra cortavam o esterno e o cheiro de cabelo queimado exalava. Ele deu um passo para trás e ficou esperando até Zlotski ter retirado e pesado os pulmões.

– Você notou algo de diferente antes de começar toda essa carnificina?

Um fio de líquido corporal escoava por uma canaleta na mesa de autópsia até um caninho de descarga. Esse som também era insuportável para Van In.

– Havia traços de cola ao redor da boca e no testículo esquerdo.

– Fita adesiva?

– Provavelmente sim.

Zlotski meteu as duas mãos na cavidade abdominal e tirou o fígado lá de dentro. A visão daquele monte de carne marrom escura meio molenga fez Van In apertar a barriga com as mãos. Sem dúvida nenhuma, ficaria um bom tempo sem comer fígado.

– E encontrei um pedacinho de borracha na garganta dele.

Van In tentou afastar aquele mal-estar horrível, que agora também começava a se apoderar da região torácica.

– Achou mais algum indício de violência?

Zlotski deu de ombros. Numa primeira análise superficial, não dera muita atenção a isso, mas depois, num segundo exame mais minucioso, deparou-se com sinais de violência e acabou decidindo que registraria em seu relatório a presença de uma pequena mancha vermelha no testículo esquerdo de Blontrock.

– Você tem alguma explicação pra isso? – perguntou Van In quando Zlotski o pôs a par do fato.

– Na minha opinião, trata-se de uma queimadura superficial.

Zlotski foi até a ponta superior da mesa de autópsia e se preparou para retirar o crânio parcialmente destruído de Blontrock. A essa altura, Van In achou que já tinha dado o melhor de si. Sinalizou para Versavel que queria ir embora.

– Puxa, mil perdões... – falou o rapaz.

Hannelore balançou a cabeça e sorriu, apesar de estar sentindo uma tremenda dor no dedão do pé em que ele havia pisado acidentalmente.

– Não foi nada – ela disse bem-humorada.

O jovem advogado, que também estava no elevador, era bonitão e tinha grandes olhos castanhos.

– A senhora vai representar alguém hoje?

Sem dúvida nenhuma, era a primeira vez que ele vinha ao tribunal, pois, do contrário, a teria reconhecido e saberia que ela não era advogada.

O elevador parou no térreo. Quando a porta se abriu, ele deu passagem a ela.

– Eu sou a juíza instrutora Martens – ela disse com um sorriso de expectativa nos lábios. – E quem é o senhor?

– Meu nome é Olivier. Olivier Vanderpaele.

– Vanderpaele – repetiu Hannelore. – Como o...

– Isso mesmo, sra. Martens. Vanderpaele, como o cônego Van Der Paele, na famosa pintura de Van Eyck.

O quadro era uma das obras mais importantes do museu Groeninge. Todo mundo em Bruges o conhecia.

– É a primeira vez que o vejo por aqui – disse Hannelore.

Ela foi andando com ele sem se dar conta de que não era para aquele lado que deveria ir. Enquanto isso, Olivier ia contando que fazia um mês que tinha saído de Lier, onde morara por mais de dez anos, e que tinha vindo de mala e cuia para Bruges. Sem nenhum receio, respondeu o porquê da mudança.

– Eu me divorciei – ele disse. – A Roxanne ficou com a casa em Lier. Estou morando com um colega, só por ora. Com um pouco de sorte, logo me mudo pra rua Beenhouwers. Depois eu vou procurar uma casa.

Hannelore não teve coragem de perguntar por que Roxanne havia ficado com a casa, embora quisesse muito saber. Será que ele tinha traído a mulher e o juiz havia dado a razão a ela? Ou será que ela o havia deixado porque não queria mais tomar parte em suas fantasias sexuais bizarras? Qual seria a sensação de ser agarrada violentamente por um homem? Certa vez, Van In a havia jogado na cama, arrancado sua calcinha...

– A senhora saberia me dizer qual o modo mais fácil de ir a pé daqui até a rua Beenhouwers?

– Desculpe – disse Hannelore, virando a cabeça na direção do rapaz. – Eu estava distraída.

– Perguntei como se faz para ir até a rua Beenhouwers.

A juíza instrutora Martens era muito atraente, sem sombra de dúvida. Mulheres que após os 35 anos continuavam bonitas normalmente permaneciam assim mesmo quando mais velhas. A pele dela era lisa e firme, e Olivier tinha quase certeza de que poucos homens notariam a diferença se ela estivesse sem sutiã.

– Mas que coincidência – riu Hannelore. – A rua Beenhouwers fica perto daqui.

Os dois acabaram parando no fim do corredor, num lugar onde nenhum deles tinha de estar. Olivier olhou abismado à sua volta. Uma das portas levava para fora do prédio, e a outra tinha uma placa com o desenho de uma mangueira contra incêndio.

– Na verdade, eu estava procurando o escritório do juiz de paz.

"E eu só estava esticando as pernas", foi o que Hannelore pensou em dizer, mas não disse. Olivier Vanderpaele a atraía de uma forma bastante singular, e ela não sabia muito bem como lidar com isso. Van In soltava fumaça pelas ventas só de suspeitar que algum homem estava interessado nela. O melhor a fazer era não brincar com fogo e simplesmente explicar ao moço onde ficava o escritório do juiz de paz. Mas não foi o que ela fez.

– O juizado de paz fica em outro prédio – ela disse. – Se o senhor não se importar, posso acompanhá-lo até lá.

É claro que Olivier Vanderpaele não se importou nem um pouco. Na sua cabeça, uma orquestra sinfônica executava o Aleluia de *O Messias*, de Haendel.

– Não estou com vontade de voltar direto pra delegacia agora – disse Van In quando ele e Versavel saíram do hospital.

Ainda estava pálido por causa do confronto com o cérebro de Blontrock, e, além disso, queria fumar um cigarro. Já fazia mais de uma hora e meia que tinha posto o último na boca.

– L'Estaminet ou Vlissinghe? – Versavel perguntou ao amigo qual restaurante ele preferia.

– Qual é o mais perto?

– O Vlissinghe.

Van In acendeu um cigarro, entrou no Golf e abriu a tampa do cinzeiro:

– Então vamos até o Vlissinghe.

Ele inalou bem fundo e assoprou a fumaça à sua frente. Versavel fechou a porta e abriu a janela. Ele não se incomodava muito em ser um fumante passivo, afinal de contas, o ar que respirava na cidade era tão poluído quanto o que estava dentro do carro. O que realmente o aborrecia era o cheiro de cigarro que impregnava as suas roupas. Ainda bem que o trânsito estava tranqüilo. Van In ainda nem tinha terminado de fumar quando chegaram ao local.

Versavel estacionou, e Van In saiu do carro. Já conseguia fazer isso de forma bem mais elegante – e menos dolorida – do que alguns dias atrás. Os dois entraram na estreita Rua Blekers, que estava praticamente vazia. Acima de suas cabeças, o farfalhar das folhas anunciava o início do outono. Fazia um pouco de frio, pois o sol já estava bem baixo.

O salão do restaurante estava quentinho e claro. Van In escolheu uma mesa grande de carvalho perto da janela e acendeu mais um cigarro.

– Uma cerveja Duvel e uma água Perrier? – perguntou Grietje, que surgiu de repente de trás de um balcão.

Van In fez cara de quem era o sujeito mais infeliz deste mundo e, com o olhar, seguiu a fumaça que subia espiralada da ponta do cigarro.

– Melhor me dar um café – ele sussurrou, embora não houvesse mais ninguém perto da mesa que pudesse ouvi-lo.

– Você não está doente, está? – perguntou Grietje.

A moça passou um pano úmido na mesa e foi buscar os pedidos. "O mundo está perdido mesmo", ela pensou. "Terroristas assassinam cidadãos inocentes, furacões e tsunamis devastam o Caribe e a Ásia, a política belga é um lixo... Mas Van In pedir um café – isso sim é o fim do mundo."

– Sabe, essa história dos restos de fita adesiva no testículo está me incomodando – disse Van In. – Deus do céu, por que é que alguém colaria fita adesiva no saco do homem?

O assassino havia amarrado os pés e as mãos da vítima numa cadeira com tiras de tecido. Por que com tiras de tecido? E por que nu?

– Eu também não tenho a menor idéia – disse Versavel.

A moça tinha voltado com a bandeja:

– Será que eu consigo ajudar? – ela se intrometeu na conversa enquanto colocava a xícara de café na frente de Van In e enchia o copo com água mineral.

– Acho que não – disse Van In.

– Não porque mulheres são muito bobas, ou não porque os homens não suportam a idéia de que mulheres também conseguem resolver problemas? – retrucou ela.

Ao terminar de falar, Grietje colocou a bandeja na mesa e pôs as mãos na cintura. Van In e Versavel agüentavam uma provocação, e não raro ela conseguia mostrar uma luz no fim do túnel. Van In deu de ombros:

– Porque não.

Ele expôs o problema sem, é claro, dizer de quem se tratava, mas isso não fazia muita diferença. Os jornais haviam publicado matérias detalhadas sobre o assassinato de Blontrock, e ela era suficientemente perspicaz para saber de quem os comissários estavam falando. Afinal de contas, não havia tantos assassinatos assim em Bruges.

– Você sabe se o Blontrock fez algum exame no hospital recentemente? – perguntou Grietje.

Van In não fez o menor esforço para negar que se tratava de Blontrock.

– Por que você está perguntando isso?

Grietje jogou a cabeça para trás. Achava o máximo o fato de o melhor investigador de Bruges pedir conselhos a ela.

– Porque às vezes, em exames, eles prendem eletrodos no corpo da gente.

Van In, que nesse momento abria um envelopezinho de açúcar, parou na mesma hora e olhou para Grietje com um sorriso de admiração. De fato, os médicos prendiam eletrodos pelo corpo todo – mas até no testículo? A verdade é que Van In deveria ter deduzido tudo sozinho: as tiras de tecido com que Blontrock fora amarrado na cadeira eram para evitar que ele se ferisse quando os choques atravessassem seu corpo. Foi por isso também que ele teve de tirar a roupa. O assassino havia torturado Blontrock antes de matá-lo. E tortura era um método utilizado para arrancar informações de alguém. A pergunta principal era: que informações? Será que elas tinham alguma ligação com aquela história esquisita que Blontrock contara na delegacia? Provavelmente sim.

– É, acho que vou querer uma Duvel, Grietje.

Ele empurrou a xícara de café para o lado, apagou o cigarro no cinzeiro e acendeu outro em seguida.

A maioria das pessoas na Europa Ocidental já não sabia mais o que era crueldade, mal conseguiam imaginar que existissem pessoas capazes de infligir dor ao próximo das formas mais bestiais possíveis. Uma pessoa obriga uma mãe a ver seu bebê ser assado no fogo e depois a força a comer a carne desse bebê para evitar que o segundo filho tenha o mesmo fim. Quando isso aconteceu? Na Idade Média? Não, na ex-Iugoslávia, há menos de uma década.

Hannelore adorava lírios, e já fazia muito tempo que Van In não a surpreendia com um ramo de flores. Para todo mal existe um remédio, e para todo problema, uma solução. Se um homem chega muito tarde em casa, mas, apesar disso, se dá o trabalho de comprar flores, sem dúvida nenhuma conquista uma grande dose de compreensão. Van In comprara as flores por volta do anoitecer, antes mesmo de saber que chegaria tarde em casa. Só que tentar convencer Hannelore disso naquela hora era perda de tempo. O melhor a fazer era deixar as flores falarem por si mesmas.

– Oi, Hanne, cheguei.

Van In entrou na cozinha com o rosto escondido atrás do ramo de flores, mas, como não veio nenhuma resposta logo em seguida, abaixou o ramo. E deu de cara com um sujeito sentado à mesa da cozinha. Ombros largos, sem barriga e sapatos feitos na Inglaterra.

– A sra. Martens foi até o porão – disse o invasor.

– Ah – foi tudo o que saiu da boca de Van In.

Ele colocou as flores na pia de modo que os lírios ficassem voltados para a porta do porão. Assim, ela os veria tão logo subisse. Em seguida, acendeu um cigarro. Mas que diabos ela tinha ido fazer no porão? Será que tinha ido pegar uma garrafa de vinho? Mas ainda havia oito garrafas, sendo cinco delas Saint-Julien, e ele não estava com a menor vontade de dividi-las com um sujeitinho completamente estranho. Aliás, nem as outras três.

– Acho que é melhor eu me apresentar, comissário – reagiu Vanderpaele assim que percebeu que Van In não estava gostando nem um pouco daquela visita.

Ele empurrou a cadeira para trás, levantou-se e estendeu a mão. Nesse momento, Hannelore entrou.

– Que bom que vocês já se apresentaram.

Ela segurava uma garrafa de vinho na mão direita. Com a outra, pegou o ramo de lírios que estava na pia, olhou para Van In com um ar divertido e disse:

– Obrigada pelas flores, amor.

Ele não acreditou no que viu – ela tinha mesmo ido pegar uma garrafa do Saint-Julien no porão. Hannelore explicou que Olivier Vanderpaele era um colega novo. Ele mal conhecia a cidade, e a moça da imobiliária, com quem havia marcado de ver a casa na rua Beenhouwers, não tinha aparecido. Antes de ela tirar o saca-rolhas da gaveta do armário da cozinha, sorriu mais uma vez para Van In.

– Também vai tomar um pouco, amor?

"Amor" era uma palavra que Hannelore usava muito pouco e, raramente, mais do que uma vez por dia. Van In franziu a testa. Mas o que é que aquele sujeito tinha ido procurar por ali?

O que Hannelore falou depois deu a impressão de que tinha lido os pensamentos do marido.

– Pode ser que o senhor Vanderpaele venha morar aqui perto – ela disse. – Na Beenhouwers. Acabei indo com ele até lá.

– Ah – rosnou Van In.

"Acabei indo com ele até lá." Oras, e para que servem os mapas? Além do mais, se ela queria tanto assim saciar a sede do sujeito, podia muito bem ter oferecido uma cerveja.

– Ouvi falar que o senhor está investigando um caso de assassinato.

Olivier Vanderpaele procurou não seguir todos os movimentos de Hannelore, mas era difícil manter os olhos afastados dela. Quem sabe se começasse a conversar com o troglodita – era assim que ele chamava Van In em seus pensamentos – conseguiria desviar a atenção, embora achasse meio difícil que o tira pudesse dizer alguma coisa inteligente.

– Isso mesmo – disse Van In.

– E aí, amor? Já tem algum suspeito? – perguntou Hannelore quando se instalou um silêncio constrangedor na cozinha depois dessa resposta curta.

Ela desviou seu olhar do dele quando lhe passou a taça de vinho. Pieter Van In era um sujeito muito ciumento. Parece que não tinha sido uma idéia muito boa convidar Olivier para ir até a sua casa e lhe oferecer vinho.

– Não posso falar sobre o caso, Hanne. Vocês deviam saber disso.

Ele tomou um gole de vinho e deu meia-volta. Tinha de pôr aquele almofadinha para fora dali o mais depressa possível.

– É brincadeira do Pieter – disse Hannelore, ainda tentando salvar a situação, mas Olivier Vanderpaele tinha entendido a mensagem. Esvaziou seu copo, agradeceu rapidamente a Hannelore por sua hospitalidade e fez de conta que havia se lembrado de um compromisso urgente. Van In o acompanhou até a porta da frente. Pelo menos assim, ia ter certeza de que o folgado não tentaria beijar sua mulher às escondidas.

– Você foi o charme em pessoa – disse Hannelore quando ele se sentou à mesa outra vez.

– Não gosto desse cara.

– Eu também não. Mas você podia, pelo menos, ter sido cordial.

– Fique feliz por eu não ter metido um soco na cara dele.

Hannelore tentou manter a calma. Ela sabia muito bem que um deslize seria suficiente para fazê-lo explodir.

– Você chegou tarde hoje.

Van In tomou um gole daquele vinho maravilhoso, enquanto matutava como poderia convencê-la a acompanhá-lo ao cassino naquela noite.

Merel Deman fechou as cortinas, postou-se diante do espelho e, com cuidado, tirou a blusa. Os movimentos que teve de fazer para isso causaram dor, dando a nítida impressão de que os pontos podiam se abrir a qualquer momento.

– Não se preocupe – o doutor Decoopman sussurrara gentilmente para ela ao deixar o hospital. – Dentro de alguns meses, tudo vai estar perfeito.

No sutiã, os seus seios pareciam bonitos e firmes. Olhou para eles e acariciou as curvas superiores. "Que tal vestir uma blusinha justa e dar uma volta por aí esta noite, em vez de ficar enfurnada dentro de casa?", pensou. Assim, teria uma amostra do que estaria à sua espera dali a algum tempo. Ainda era muito cedo para dançar, mas isso não a impedia de deixar que a admirassem numa danceteria qualquer. Ainda tinha sobrado um pouco de dinheiro da operação e, se ela se apressasse, daria tempo de pegar o último trem para Blankenberge, aonde costumava ir com freqüência antigamente.

Nathan Six desligou o computador, levantou-se e analisou a lista de nomes que havia imprimido e que agora pendia na parede diante dele. Estavam todos criteriosamente numerados de 1 a 36. Custara suor, sangue e lágrimas para compor a lista, mas ele tinha conseguido. Junto de cada nome, havia uma história e um número. Nunca alguém tinha tramado uma série de assassinatos mais interessante do que ele, Nathan Six. O cenário encaixava-se perfeitamente e, apesar de o plano ser completamente calcado numa lógica, ninguém conseguiria decifrá-la, pois cada passo era determinado pelo acaso.

Ele trancou a porta de seu escritório cuidadosamente. As pessoas não mereciam compaixão. O mundo era podre e corrupto. Ninguém poderia censurá-lo. Ele era o produto de uma sociedade egoísta, que se preocupava somente com duas coisas: dinheiro e prazer. Nathan se jogou no sofá e pegou um livro de cima da mesinha de centro. *Confissões de um assassino em série*. A capa exibia a foto de um homem com um largo sorriso sardônico, olhos claros e um queixo de traços fortes e enérgicos. Ken Myers tinha 48 anos e, nos últimos vinte e cinco, estuprara, torturara e matara mais de 100 mulheres e meninas. O livro já vendera mais de 3 milhões de cópias no mundo inteiro. Havia rumores de que Ken Myers desfrutava de tratamento preferencial na prisão e de que os guardas contrabandeavam prostitutas até a cela dele, fato totalmente negado pelas autoridades.

Nathan abriu o livro e leu mais uma vez a passagem em que Myers descreve como adestrou uma menina de 17 anos para que ela fizesse tudo o que ele mandava. Uma coisa era certa: quem lesse o livro jamais esqueceria Ken Myers. E o que mais seria a vida eterna se não continuar vivo na mente dos outros? A única diferença entre Ken Myers e ele era que ele nunca iria parar na prisão. Ficaria famoso somente depois de sua morte. Nathan pôs o livro de lado e pegou um charuto de uma caixa de ébano, um Cohiba. Nas lojas, custava mais de 20 euros a peça, mas ele os comprava de um amigo por um preço bem menor.

Algumas pessoas – estraga-prazeres existem em qualquer lugar – achavam que a reforma do cassino de Blankenberge não tinha ficado boa. Van In não era besta. Raramente se envolvia nesse tipo de discussão. Como diz o ditado, gosto não se discute. Ele entregou o casaco para a moça do guarda-volumes e pegou o de Hannelore. Ela estava usando um vestido longo preto, de cetim liso, com um decote em V que mostrava mais do que se imaginava à primeira vista. Para Van In, estava divina.

– Eu já disse que você está linda hoje, amor?

– As pessoas podem te ouvir, seu bobão.

Ela olhou tímida ao seu redor. Além do porteiro, que com as costas da mão tentava disfarçar um bocejo, e de um grupo de mulheres mais velhas, que conversavam um pouco mais adiante, o grande saguão do cassino estava às moscas. Van In riu.

– *Rien ne va plus, chérie.*

Apesar de já não ser mais obrigatório o uso de traje a rigor nos cassinos, Van In tinha vestido um terno cuja calça, para Hannelore, estava meio curta, mas ninguém haveria de notar isso. Todos os olhares se voltariam para ela, não para ele. Depois de preencherem a ficha de registro, o que era obrigatório, eles receberam o ingresso do dia. O porteiro, que a distância dava a impressão de ser meio lerdo, reagiu de pronto quando o casal andou em sua direção. Acenou hospitaleiro para os dois e abriu a porta que dava acesso ao salão de jogos, que era exatamente como Van In tinha imaginado: luz amarelada, madeira brilhante, carpete grosso e resistente e uma profusão de vozes que só era sobrepujada pelo tique-tique das fichas, sendo puxadas com o ancinho, e pelo pingar da bolinha.

No balcão oval do bar, havia duas mulheres mais velhas que tinham ido até lá na esperança de ganhar um bom dinheiro, mas que acabaram saindo sem um tostão no bolso. Na última hora e meia, aquelas senhoras – que eram do sul de Flandres Ocidental – tinham perdido mais de 6 mil euros. Em suas bolsas Delvaux, só tinha sobrado um trocado para tomar uma bebida.

– Você está pensando em jogar mesmo? – perguntou Hannelore.

Ela escancarou os olhos quando viu Van In sacar uma nota de 100 euros do bolso e ir até o guichê para comprar fichas.

Cassinos não são conhecidos por serem lugares transparentes em termos de administração. O lema é: quanto menos se sabe, menos se pode revelar. Somente as pessoas que trabalham nessa área há anos conseguem, de vez em quando e depois de muito tempo, descobrir exatamente o que se passa nos bastidores. E, normalmente, também mantêm tudo em segredo. Para elas, a discrição faz toda a diferença. E pode resultar desde um aperto de mão que vale ouro até uma demissão sumária. Afinal de contas, o negócio dos cassinos é dinheiro, literal e figuradamente. E, em lugares onde muito dinheiro muda de dono, as regras são rígidas. Os problemas geralmente são detectados bem depressa, pois as câmeras não perdem os clientes de vista. Pessoas ou movimentos suspeitos são informados ao gerente geral, que imediatamente adota as medidas cabíveis para pôr as coisas nos eixos.

– Você tem certeza de que é ele?

– Certeza absoluta.

O gerente geral acenou para o homem magro e careca, que viera informá-lo de que o chefe do serviço local de investigação tinha acabado de comprar 100 euros em fichas. Teoricamente, não era permitida a entrada de gente da polícia no salão de jogos, mas, na prática, era raro vedar o acesso de alguém por esse motivo. Entretanto, o gerente ficou se perguntando o que é que Van In estava fazendo ali.

– Quem está na mesa três?

– Max – disse o funcionário careca.

– Coloque o Didier no lugar dele imediatamente e avise o gerente de mesa que estou descendo.

O funcionário careca só esperou mais um momento para ter certeza de que o gerente não tinha mais nada a acrescentar.

– Mais alguma coisa, sr. Devilder?

O gerente geral coçou o saco sem a menor cerimônia. Seus olhos escuros tinham um ar pensativo. Estava nesse ramo havia mais de trinta anos e, apesar de saber exatamente como lidar com gente da polícia, uma onda de intranquilidade foi tomando conta dele. Van In tinha fama de ser incorruptível, e afirmava-se que sua mulher não abria concessões quando se tratava de fazer o que era certo.

– Ofereça uma bebida a eles.

O funcionário careca fez que sim com a cabeça, pegou o telefone e mandou o barman oferecer uma bebida a Van In e a Hannelore.

– Que pena que não tem Duvel – disse Van In depois que um garçom perguntou o que ele queria beber.

– Pode ser uma taça de champanhe? – sugeriu o rapaz.

Van In tentou demonstrar surpresa com a oferta, embora soubesse muito bem a que se devia toda aquela gentileza. Ele arqueou as sobrancelhas e se virou para Hannelore.

– O que você acha, amor? Vamos de champanhe, ou você prefere outra coisa?

– Prefiro vinho branco.

Eles estavam no meio da semana e, apesar disso, até que havia bastante gente no salão. Hannelore deslizou o olhar pelas costas e pela parte de trás da cabeça dos jogadores. Muita gente apostava alto. A cada girada da roleta, um homem de meia-idade, papudo e todo cheio de manchas róseas, como se tivesse trabalhado a vida inteira no campo, perdia pelo menos 500 euros, perda que aparentemente não lhe importava nem um pouco. Ele simplesmente continuava a jogar. A seu lado, havia um homem de porte atlético que, por um instante, levou-a a pensar em Olivier Vanderpaele – mas não era ele. O cabelo de Olivier era curto e, além disso, sua nuca... Ela espantou o resto da mente, envergonhada por estar pensando nele quase a noite inteira.

– Algo errado? – perguntou Van In.

Hannelore projetou o queixo para a frente, e Van In a analisou.

– Estava distraída – ela disse.

– Pra mim, você estava em Marte.

Van In achou Hannelore esquisita a noite toda. Será que aquele advogadozinho de meia-tigela andava tentando alguma coisa com ela? Ele continuava achando estranho o fato de sua mulher ter acompanhado aquele homem até a Rua Beenhouwers e depois tê-lo convidado para tomar vinho.

Há quanto tempo Van In e Hannelore se conheciam? Uns dez anos. Não era possível que depois de tanto tempo...

– Comissário Van In.

Donald Devilder sorria. Seu smoking lhe caía como uma luva, e seus dentes brilhavam como platina polida. Autoridade e saúde emanavam daquele homem. Ele apertou a mão de Van In e, em seguida, voltou-se para Hannelore.

– Sra. Martens. Sejam bem-vindos ao nosso cassino.

Hannelore conhecia as rígidas regras de segurança existentes em cassinos, mas, mesmo assim, assustou-se com o fato de a presença deles ter sido notada tão depressa. É claro que Devilder estava curioso para saber se estavam ali por prazer ou a trabalho. Van In foi direto ao assunto:

– O senhor conhecia Hubert Blontrock?

– Li o que aconteceu com ele no jornal – respondeu Devilder.

– Então quer dizer que o conhecia.

– Ele era um freqüentador assíduo.

Pessoas que têm algo a esconder raramente respondem uma pergunta com sim ou não. Preferem ser evasivos ou vagos de forma que, se for necessário, possam corrigir alguma coisa mais tarde. Esse tipo de pessoa tirava Van In do sério, mas ele ficou calmo e repetiu a pergunta.

– O senhor o conhecia pessoalmente?

Devilder sorriu outra vez e deu de ombros, fazendo pouco caso.

– O que o senhor quer dizer com "pessoalmente", comissário?

Com um gesto, ele convidou o casal a se sentar a uma mesa na qual o garçom, nesse ínterim, havia colocado dois baldes com gelo. De um deles, saía o gargalo de uma garrafa de champanhe e, do outro, o de um borgonha branco.

– Que tipo de jogador ele era?

Todos se sentaram. Devilder gentilmente puxou a cadeira para Hannelore. Faria qualquer coisa por uma mulher daquelas. Van In percebeu o olhar de desejo daquele homem. Antigamente, ficava furioso com isso, mas, hoje em dia, se orgulhava de saber que a esposa despertava esse tipo de sentimento nos homens. Ela era dele, somente dele. Pelo menos é o que ele esperava. No dia seguinte, iria incumbir Bruynooghe de procurar os antecedentes do mestre em direito, o dr. Olivier Vanderpaele. Estava imaginando o que essa pesquisa poderia revelar.

– Na verdade, o sr. Blontrock era um jogador profissional.

Devilder serviu o vinho a Hannelore, um chablis excelente, e depois, com um estouro, desenrolhou o champanhe, um Krug de ano especial. Com o preço médio das duas garrafas, dava para uma família de classe média passar um fim de semana na Disneylândia.

– Alguém que nunca joga mais do que ganha? – perguntou Van In.

– É, pode-se dizer dessa forma, comissário – respondeu Devilder.

– Então quer dizer que ele não era viciado?

Devilder meneou a cabeça.

– Vamos dizer que ele tinha o seu vício sob controle.

– E existe uma coisa dessas? – perguntou Hannelore.

Pelo tom que ela usou para fazer a pergunta, deu para notar que não punha muita fé no que Devilder tinha dito.

– Eu sei que Blontrock mantinha um livro-caixa e também sei que, nos últimos seis meses, por duas vezes ganhou uma boa bolada na mesa três – contou Devilder.

– O que o senhor quer dizer com uma boa bolada? – perguntou Van In.

– Cento e vinte mil.

– Preciso trabalhar um ano inteiro pra ganhar esse dinheiro todo – disse Van In, fazendo uma piadinha.

Hannelore tratou logo de pô-lo no seu lugar:

– Seu bobão.

Ela tomou um gole do chablis. Delicioso. Em pouquíssimas ocasiões, saboreara um vinho tão bom.

– Quer tentar? Ofereço a você algumas rodadas por conta da casa.

Era uma proposta perigosa. Se alguém da imprensa viesse a descobrir que o comissário Van In e a juíza instrutora Martens haviam jogado por conta do cassino, a reputação deles estaria arruinada. Devilder percebeu a hesitação. Ele tirou cinco fichas, de 20 euros cada, do bolso da calça e as colocou sobre a mesa, formando uma pilha.

– Vamos lá, comissário.

Hannelore olhou para Van In. Seus olhos brilhavam sapecas, e isso significava que ela estava com vontade de tentar.

– Então vamos lá – concordou Van In.

Eles foram até a mesa três. Van In pôs o montinho de fichas na mesa. Cem euros. Muitas pessoas tinham de trabalhar duro um dia inteiro, ou até mais, para ganhar tanto dinheiro assim.

– O que vamos fazer? – perguntou Hannelore.

Não havia muito tempo para decidir. Com olhares enviesados, os outros jogadores avisavam que era melhor jogar logo. Didier, o crupiê da mesa três, e Devilder trocaram olhares.

– Vinte seis e vizinhos – disse Van In.

Didier inclinou a cabeça e puxou as fichas para si. Pegou a bolinha entre o polegar e o dedo indicador e pôs a roda para girar.

– *Rien ne va plus.*

A bolinha emitia um som seco cada vez que tocava a madeira lisa da roda, que girava sem parar. Todos estavam vidrados na roleta, exceto Pieter Van In. Ele acendeu um cigarro e, com os olhos, seguiu a fumaça que assoprou para cima, em direção ao teto.

– Acho que nós ganhamos, amor.

– Como assim? – ele se espantou.

Hannelore apontou para a roda. A bolinha tinha parado no número 35, o vizinho mais distante do 26. Didier anunciou o número vencedor e empurrou as fichas no valor de 700 euros para Van In.

– Sorte de principiante – disse Devilder rindo. – Isso sempre acontece.

Van In acenou afirmativamente com a cabeça e apostou os 700 euros no 10 e nos vizinhos. Ganhou novamente. Quatro mil e novecentos euros dessa vez. Como um rastilho de pólvora, espalhou-se pelo salão a notícia de que havia alguém ganhando muito na mesa três. Cinco minutos depois, pelo menos umas 50 pessoas se apinhavam em volta dessa mesa.

– É melhor parar por aqui, amor.

Hannelore não conseguia acreditar naquilo. Os montes de fichas cresciam a olhos vistos. O burburinho das pessoas ao redor foi ficando cada vez mais intenso. Algumas até pareciam estar numa espécie de êxtase. Elas voltavam seus olhos para cima, como se quisessem agradecer a algum ser superior pelas dádivas que os jogadores desconhecidos estavam recebendo. Outras tentavam chegar o mais perto possível do ganhador. Já os mais sensatos começaram a apostar nos números em que Van In jogava.

– Quando isso acontecia com o senhor Blontrock, ele separava metade das fichas e continuava jogando com a outra metade, até tê-las perdido ou até ter duplicado seu investimento – disse Devilder quando viu que Van In estava completamente abismado.

Na sua frente, havia pelo menos 20 mil euros em fichas. Isso era um pouco menos do que a sua renda anual. Durante a última meia hora, investira um valor alto quatro vezes e ganhara três vezes. O que aconteceria se jogasse tudo no 26 e nos vizinhos? E se ganhasse? Com 140 mil euros, dava para comprar uma casinha no sul e, quem sabe... Van In sentiu um nó na garganta e, com a voz tremida, declarou:

– Tudo no 26 e nos vizinhos.

♦

Capítulo 4

O tempo estava calmo e claro. O mar quase lembrava um espelho. Ao longe, no horizonte, viam-se passar as silhuetas bem nítidas dos cargueiros contra o céu de um azul intenso, como se tivessem sido recortadas em cartolina. Era uma pena que essa vista maravilhosa atraísse poucos admiradores. Os turistas ainda estavam dormindo, e os moradores da cidade raramente apareciam no Zeedijk pela manhã. Só se viam pessoas que tinham ido dar uma volta com o cachorro antes de trabalhar e alguns bêbados que se dirigiam cambaleantes para casa depois da noitada.

No lado oeste do conjunto portuário, onde começava a zona das dunas, tudo estava mais calmo ainda. A trilha endurecida de conchas que se contorcia através das dunas, indo de Blankenberge até Wenduine, estava completamente às moscas. Felix Louagie morava perto do mar havia mais de trinta anos e, em todo esse tempo, somente deixara de dar a sua caminhada matutina uma vez: no dia em que sua mulher morreu durante a noite, dormindo, quase quatro anos antes.

Ele encostou sua bicicleta num poste e subiu a encosta que levava ao mirante, que avançava mar adentro, e às dunas. No alto do dique, no caminho que acompanhava o conjunto portuário, perambulou o olhar pelo horizonte e inspirou o ar fresco do mar, enchendo os pulmões. Se seguisse pela praia, seria um passeio de cerca de 3 quilômetros até Wenduine. Os trajetos de ida e de volta eram uma caminhada e tanto, sobretudo para um homem de 68 anos, mas lhe faziam bem e sempre traziam algo de novo.

Pessoas que não conheciam a praia às vezes a comparavam a um deserto, onde a única coisa que se podia ver era areia. Mas para Felix Louagie cada passeio era uma caminhada exploratória. Podia perder horas admirando a cor da areia, a diversidade das conchas e das algas trazidas pelas ondas – junto com um monte de lixo –, os leves aclives e declives do terreno que mudavam constantemente sua forma por influência da água e do vento. Mesmo depois de tantos anos, continuava achando tudo aquilo fascinante. Reparava nos mínimos detalhes. Portanto, aquelas pegadas na areia chamaram imediatamente a sua atenção. Ele as analisou cuidadosamente. Estavam mais fundas do que o normal e seguiam na direção de um poço raso. Felix Louagie foi até lá. Na beira do poço, havia uma mulher. De barriga para baixo. O rosto voltado para a esquerda. Ela vestia um agasalho cinza escuro e tênis esportivos vermelhos. Felix Louagie estimou que não tivesse mais de 30 anos. Ela estava morta. Disso ele não tinha dúvida nenhuma. Já vira muitos corpos mortos no passado.

– Logo Blankenberge vai superar a Antuérpia – disse Van In antes de sair do Golf.

– Como cidade portuária?

Versavel tirou a chave do contato e soltou o cinto de segurança.

– Não, Guido. Como cidade do crime. Esse já é o segundo assassinato em menos de seis meses. Se as coisas continuarem nesse ritmo, vou ser obrigado a alugar um apartamento por aqui.

– Se você tivesse ficado com o dinheiro que ganhou ontem, já dava quase pra comprar um.

Naquela manhã, Hannelore havia feito um relatório completo sobre a desastrosa ida ao cassino. Ela e Van In acabaram discutindo feio porque ele tinha perdido não só os 20 mil euros ganhos no jogo, como também todo o dinheiro que levara consigo.

– Tudo bem, Guido. Eu aprendi a lição.

Van In fora obrigado a passar a noite no sofá, e Hannelore não o beijara ao sair de casa naquela manhã – algo raríssimo de acontecer. Ele balançou os ombros e inspirou bem fundo algumas vezes. O ar fresco do mar foi até seus pulmões. Quando o excesso de oxigênio começou a doer, ele acendeu um cigarro. Versavel ficou olhando para o amigo, balançando a cabeça desconsolado. Inspirar ar fresco e, logo em seguida, inalar fumaça é a mesma coisa que vestir um guarda-pó branco e ir trabalhar nas minas.

– Apostar vicia tanto quanto fumar, Pieter.

Van In ficava extremamente irritado quando alguém tentava lhe dizer o que era bom ou não, especialmente quando esse alguém tinha razão.

– Eu já disse que aprendi a lição, não disse? – ele replicou grosso para Versavel que, felizmente, o conhecia bem o suficiente para saber como evitar uma discussão mais grave.

– O.k., não vou falar mais nada. Tudo bem?

Van In engoliu a indignação que a observação de Versavel lhe havia despertado. A noite no sofá tinha sido péssima. O tilintar das fichas e o som da bolinha correndo na roleta o perseguiram o tempo todo. Será que ninguém conseguia entender que, em menos de meia hora, ele havia ganhado 20 mil euros?

– Não vai me dizer que você acha que eu estou interessado num joguinho inocente desses – falou Van In.

– É claro que não. Afinal de contas, pessoas inteligentes não se deixam envolver por joguinhos inocentes – alfinetou Versavel.

Van In estava no limite de sua paciência, mas não reagiu ao comentário de Versavel. Já tinha problemas demais em casa.

– Por acaso você sabe mais alguma coisa sobre a vítima? – ele perguntou.

Versavel balançou a cabeça negativamente.

– Só sei que ela estava sem documentos e que provavelmente não é de Blankenberge. Nenhum dos detetives locais a conhece.

– Quem a achou?

– Felix Louagie, um capitão da guarda real aposentado que toda manhã faz a mesma caminhada – disse Versavel em voz baixa.

Van In se virou bruscamente. Embora a reforma policial tivesse ocorrido há vários anos, o termo "guarda real" ainda era bastante usado, e sua adrenalina sempre subia vertiginosamente toda vez que alguém citava esse nome.

– Não me diga.

Versavel acenou afirmativamente.

– Também não posso fazer nada – ele disse num tom de "você não vai começar uma ladainha sobre isso agora, vai?".

– Os colegas já o interrogaram? – perguntou Van In.

– Acho que sim.

– Ótimo.

Van In deu uma tragada no cigarro, que já havia sido consumido até a metade por uma brisa suave que começara a soprar. Que pecado, dinheiro jogado fora. Ele deu mais duas tragadas rápidas, uma em seguida da outra, jogou a bituca no chão e parou no topo da duna. Hannelore havia ligado uns quinze minutos antes avisando que iria ao local do crime, e ele achava isso meio chato em vista das circunstâncias. Mas, por outro lado, ficou feliz, pois assim não sentiria falta dela o dia inteiro.

– É melhor esperarmos a Hannelore chegar – ele disse. – Até lá, sem dúvida nenhuma, a equipe da perícia técnica também já deverá ter chegado.

A respiração do doutor Zlotski estava pesada por causa do esforço. Não estava acostumado a patinar em areia fofa.

– Tudo bem? – perguntou Van In.

Cerca de meia hora antes, ele tinha percorrido o trajeto do local em que estava o corpo até o mirante, onde os carros estavam estacionados, e notara que sua capacidade pulmonar tinha melhorado bastante desde que começara a ir à academia três vezes por semana.

– Caramba – reclamou Zlotski.

O médico corpulento pôs sua bolsa no chão e secou o suor da testa com as costas da mão. Hannelore, que havia chegado nesse meio tempo, cumprimentou-o com um beijo na bochecha e recebeu um sorriso em retribuição. Zlot bebia mais do que o recomendado para um ser humano, mas era um homem de coração tão grande que a maioria dos seus amigos acabava levando isso numa boa. Hannelore não era exceção. Ela o adorava.

– Do que é que você está reclamando? – ela falou e riu. – Na Polônia, você tinha que andar o mesmo tanto só pra chegar até um banheiro.

Zlotski adorava exagerar as condições precárias em que vivera e trabalhara no passado e gostava de dar uma cutucada naqueles "ocidentais" que não agüentavam uma provocação. Mas algumas de suas histórias soavam tão inacreditáveis que Hannelore, de vez em quando, não podia deixar de esfregar isso no nariz dele. Porém Zlotski não se abalava. Ao contrário, punha mais lenha na fogueira.

– As coisas eram muito piores, minha querida. Eu tinha que correr até o povoado seguinte se quisesse papel higiênico.

– Sei – Hannelore riu. – Que tempos difíceis, hein!

Pessoas que freqüentemente lidavam com a morte e a desgraça acabavam desenvolvendo um senso de humor particular. O confronto com o corpo da mulher jovem não foi nada fácil para Hannelore. Ela não sabia lidar bem com pessoas mortas. O pensamento de que mais um assassinato tinha ocorrido a deixava revoltada, e ela tentava compensar isso com piadinhas sem graça. Qual era o valor da vida de um ser humano? Dez euros? Cinco minutos de prazer? Aquilo não estava com cara de latrocínio, por causa do local, tampouco parecia se tratar de um crime de cunho sexual, pois a vítima estava completamente vestida.

– Para os fabricantes de máquinas de lavar ou para os de papel higiênico? – riu Zlotski.

– Poupe a gente do resto – disse Van In se intrometendo na conversa. – É melhor você me contar como a mulher morreu.

Geralmente, as piadinhas de Zlotski iam evoluindo de ordinárias, passando por grosseiras, até ficarem rançosas, e ele tinha o péssimo costume de prosseguir eternamente com elas se ninguém chamasse sua atenção – embora às vezes ele não desse a menor bola para isso. Mas dessa vez ele reagiu de pronto.

– Você está certo, Pjetr.

Zlotski tirou as roupas da mulher, examinou-a em busca de ferimentos e hematomas e estabeleceu o horário da morte.

– Há quanto tempo ela está morta? – quis saber Van In.

Normalmente, os médicos-legistas não informavam nada a esse respeito aos investigadores; somente após a autópsia é que lhes encaminhavam um relatório oficial. Zlotski também agia assim – menos quando trabalhava com Van In.

– Umas seis horas.

Van In deu uma olhada no relógio de pulso de Versavel. Eram 10h45. Ladrões profissionais sabem muito bem que o melhor horário para atacar é entre 2 e 4 horas da madrugada, pois as pessoas estão em seu sono mais profundo. O assassino tinha escolhido o local e o horário a dedo. Era praticamente impossível que alguém o tivesse notado nas dunas naquele horário.

– Causa da morte?

Embora à primeira vista o corpo não apresentasse sinais de violência, Van In duvidava muito que a jovem mulher tivesse tido uma morte natural. Zlotski ergueu os ombros em sinal de dúvida. Nada indicava que ela tivesse morrido de forma violenta.

– Não sei dizer, Pjetr. A única coisa que posso afirmar com certeza é que essa mulher passou recentemente por uma cirurgia de correção do busto. Se bem que... – ele acrescentou com um suspiro – não é preciso ser legista pra constatar isso.

Van In e Hannelore franziram as sobrancelhas ao mesmo tempo.

– O que você quer dizer com "recentemente"?

– Há uns dois dias. Talvez até menos.

Cerca de vinte anos atrás, quando as cirurgias corretivas dos seios ainda eram raras, provavelmente bastariam algumas ligações para que se descobrisse qual médico tinha feito a intervenção. No entanto, nos últimos tempos, o número de mulheres "siliconadas" tinha aumentado tanto que tentar descobrir o cirurgião era praticamente o mesmo que procurar uma agulha num palheiro.

— Você entende alguma coisa de cirurgia estética, Zlot? — perguntou Van In num tom de quem estava pouco convencido.

Zlotski não era um especialista nessa área. A única coisa que fazia era abrir corpos sem vida, então não precisava se preocupar com pontos e cicatrizes. A resposta não tardou nem um segundo.

— Eu conheço muita gente que precisa urgentemente de um lifting facial. E pode acreditar: dá pra fazer milagres com uma cara feia, mas nunca vai ser possível transformar um tira num Einstein — disse Zlotski num tom antipático.

O legista tinha se ofendido com a pergunta de Van In. Ele podia ser um anatomopatologista, mas sabia muito bem diferenciar uma costura comum da alta costura.

Van In não sabia o que tinha feito de errado.

— Eu disse algo que não devia?

— Não, não disse — respondeu Hannelore, que entendia por que Zlotski tinha ficado ressentido. — É o jeito que você pergunta as coisas.

Zlotski olhou para Hannelore com um sorriso amplo estampado no rosto. Ele tinha uma quedinha por ela, e sempre que possível gostava de mostrar isso, mesmo que ela não correspondesse.

— A Hannelore, em todo caso, não vai engordar o bolso de nenhum cirurgião plástico — Zlotski resmungou para Van In. — Já de você não dá pra dizer o mesmo. Só pra começar, tem essas bolsas embaixo dos olhos e...

Enquanto eles ficavam se alfinetando, os investigadores da perícia técnica vasculhavam a praia e as dunas em busca de algum vestígio importante. Trabalhavam com tanta paciência e tanto empenho que só podiam despertar respeito e admiração. A procura de vestígios levava horas, às vezes dias, e os investigadores precisavam ficar atentos o tempo todo. No entanto, era um trabalho que não recebia o devido valor. Quando não achavam nada, eram acusados de não terem procurado o suficiente, mas, quando encontravam algum vestígio que pudesse ser compatível com o criminoso, o responsável pela investigação era quem ficava com os créditos.

– Vou dar um beijo no primeiro que parar com esse papo-furado.

Hannelore achou que a discussão sobre quem devia trocar ou recuperar qual parte do corpo já estava se estendendo demais. Se continuassem assim, os dois iam esquecer que estavam ocupados com um assassinato.

– Só conheço um ou dois cirurgiões que costuram tão bem assim – disse Zlotski.

Ele ganhou três beijos antes mesmo que Van In conseguisse perguntar qual era o nome deles. Versavel se aproximou.

– Agora eu sei o que preciso fazer pra você parar de tagarelar – ele brincou com Van In.

Versavel colocou o braço em volta do ombro de seu superior e fez de conta que ia dar um beijo nele. Perplexos, dois investigadores da polícia de Blankenberge ficaram olhando aquela cena.

– Bem que eu tinha ouvido falar que acontecem coisas estranhas em Bruges – disse um deles. – Mas nunca ia imaginar que Van In fosse gay.

O outro investigador, que estava mais interessado em Hannelore, deu de ombros.

– Gay ou não, eu queria era estar no lugar dele.

– Sério mesmo?

– Seriíssimo – disse o outro acenando afirmativamente. – Você já deu uma olhada na mulher dele?

Versavel estacionou o Golf ao lado de um Bentley cupê azul-escuro. Nunca tinha visto um Bentley cupê, aliás, nem mesmo sabia que existia. Mas a marca na tampa do radiador não mentia.

– Acho que o Zlotski está certo – ele disse.

– Será que esse é o carro do médico? – perguntou Van In.

– Não sei quem mais teria condições de ter uma máquina dessas – respondeu Versavel que, ao contrário de Van In, entendia alguma coisa de carros.

Um Bentley comum chegava a custar 250 mil euros; um cupê, sem dúvida nenhuma, era bem mais caro.

– Bem, podemos perguntar isso pessoalmente pra ele logo mais – disse Van In.

Na entrada da clínica havia uma placa em letras bem grandes: *Cosmipolis*. Os dois policiais seguiram a setinha e chegaram a um saguão amplo, banhado pela luz que entrava por um teto espelhado. Uma torre metálica gigantesca dividia o espaço. Aquela coisa parecia vir do nada, mas, quando Van In olhou para cima, viu que a construção se apoiava em outra parte da torre. Todo o conjunto tinha um visual extremamente moderno, assim como os sofás, que eram retangulares e revestidos de couro em cores vivas.

– Nem parece uma clínica – disse Van In.

– Não – respondeu Versavel, admirando as litogravuras e os quadros que decoravam aquele imenso espaço.

Os dois policiais andaram até o balcão que, como o resto, era meio futurista. Uma garota de mais ou menos 25 anos – alta, esguia e muito bonita – perguntou com um sorriso espontâneo:

– Posso ajudá-los em alguma coisa, senhores?

Qualquer cirurgião estético não poderia ser abençoado por uma propaganda melhor do que aquela. Com uma mulher assim atrás do balcão, o dr. Decoopman não precisava convencer ninguém da sua competência profissional. O modelo falava por si só.

– Eu sou o comissário Van In e este é o investigador-chefe Versavel. Será que podemos falar com o dr. Decoopman?

A moça sorriu, abafou um suspiro e olhou Van In compassivamente.

– É mais fácil conseguir uma audiência com o rei do que uma consulta com o dr. Decoopman. Ele anda trabalhando tanto nos últimos tempos que a agenda tem até lista de espera.

Se isso tivesse saído da boca de outra pessoa qualquer, teria soado arrogante, mas o sorriso da moça era tão amável que Van In não conseguiu levá-la a mal.

– Só preciso de dois minutos – ele disse. – Queremos falar sobre um assassinato.

A moça pareceu hesitar; ela olhou para o relógio que usava no pulso. Eram 11h45. O dr. Decoopman estava operando desde mais ou menos 6 horas. Geralmente, tirava uns quinze minutos de descanso por volta das 12h30, e ela sabia que não gostava de ser incomodado nessa hora; mas, por outro lado, não tinha como dispensar o comissário.

– O senhor pode aguardar um momento, por favor? Vou ver o que posso fazer.

Ela pegou o interfone e teclou o número da sala de operações. Levou mais de um minuto até que alguém da enfermagem, que estava assistindo a operação, atendesse o interfone, e depois mais três até ela transmitir a resposta do dr. Decoopman.

– O doutor vai poder recebê-los dentro de uns quinze minutos – disse a moça, pondo o fone no gancho outra vez. – Enquanto os senhores esperam, posso oferecer alguma coisa para beber? Uma xícara de café, um suco ou uma água?

Van In aceitou um café; Versavel preferiu água. Os dois se acomodaram num dos sofás de cores vibrantes. Na seção de ortodontia, havia algumas pessoas esperando para serem atendidas.

– Você sabia que existia uma clínica destas em Bruges?

– Não sabia – disse Versavel.

O teto de vidro espelhava o espaço abaixo e tudo o que se encontrava dentro dele. Versavel se sentia como um passarinho pousado num galho. No reflexo, tudo parecia diferente. Os sofás lembravam caixas de sapatos alongadas, o balcão tinha um aspecto de foice. Das pessoas, só se via a parte de cima da cabeça. Bem no meio do cocoruto de Van In, Versavel descobriu um lugar sem cabelos. Será que o amigo já havia notado isso?

– Olha, tem também uma seção pros cabelos.

Versavel apontou com os olhos na direção de uma placa em que se lia "Clínica de Cabelos".

– É – disse Van In com um suspiro. – Esse é um lugar do qual eu quero distância.

Ele tomou um golinho do café trazido pela moça. Estava bem gostoso, não era fraquinho como os de hospital. Depois disso, lançou um olhar furtivo para a placa da clínica de cabelos. Embora muito provavelmente jamais poria o pé ali, sentia-se muito confortável em saber que ninguém mais era obrigado a exibir a careca até o fim da vida. A medicina atual conseguia corrigir várias deficiências e imperfeições do corpo, e isso havia se tornado tão comum quanto consertar a carroceria do carro. Tudo voltava a ser lindo e maravilhoso.

– Comissário Van In.

O dr. Decoopman vestia um terno cinza de corte italiano impecável e uma gravata de seda combinando. O médico estendeu a mão para Van In quando este se virou para ele. O relógio Rolex dourado em seu pulso chamou a atenção na mesma hora.

– Obrigado por nos conceder alguns minutos, doutor – disse Van In.

– O senhor está com sorte – disse Decoopman sorrindo. – Por acaso, tenho uma hora livre, pois uma das minhas pacientes ligou hoje pela manhã avisando que vai chegar um pouco mais tarde.

Eles seguiram por um corredor largo. Também ali se viam pendurados nas paredes quadros modernos com cores alegres. Um retrato de Marilyn Monroe, o padrão de beleza, tinha especial destaque.

– O que o senhor acha da decoração?

O que é que Van In poderia responder? A única coisa em que estava pensando era que morria de medo de, um dia, ter de entrar numa sala de cirurgia. Não entendia por que tanta gente se submetia à faca de livre e espontânea vontade.

– Bem, um dia eu gostaria de conhecer o seu decorador.

– Tudo bem, mas só profissionalmente.

O dr. Decoopman empurrou a porta de seu consultório e fez um amplo gesto, convidando-os a entrar. Seus olhos cintilavam.

– Posso perguntar o que o senhor quis dizer com isso?

– É que a responsável pela decoração daqui é a minha filha – Decoopman falou e riu. – O senhor acabou de conhecê-la. Quando as coisas apertam, ela vem me ajudar na recepção.

Em vez de recebê-los em seu escritório, o dr. Decoopman os levou até um recinto ao lado, decorado como uma sala de descanso, onde ele descontraía um pouco depois de um dia pesado de trabalho, antes de ir para casa. Essa recepção diferenciada serviu para quebrar o gelo de uma vez por todas.

Versavel se lembrou de repente do que havia lido certa vez a respeito desse homem. Ele era o primeiro cirurgião em Flandres que havia permitido a presença de uma equipe de televisão na sala de cirurgia, e isso alvoroçara alguns colegas na época, pois eles achavam que Decoopman estava se rebaixando ao trabalhar com um programa de televisão. É claro que todo mundo sabia que não passava de uma enorme ciumeira, mas isso não evitou que o Conselho Regional de Medicina instaurasse um processo contra ele por concorrência desleal. Foi uma longa briga da qual Decoopman saiu vitorioso, mas a inveja continuou a existir. No entanto, ninguém podia acusá-lo de uma coisa: de não conhecer a sua especialidade. Zlotski trabalhava com confecção comum; Decoopman, com alta costura.

O médico falou resumidamente sobre o surgimento da clínica e sobre os planos para o futuro.

– Mas imagino que vocês não estejam aqui pra visitar a clínica – disse ele depois de uns quinze minutos. – Em que posso ajudá-los?

Van In enfiou a mão no bolso e sacou a foto, tirada com uma polaróide, da garota que Felix Louagie havia encontrado morta na praia, entre Blankenberge e Wenduine.

– O senhor conhece esta moça?

O dr. Decoopman examinou a foto por cinco longos segundos. A mão que há cerca de meia hora manejava habilmente um bisturi tremeu.

– Operei Merel há três dias.

Ele colocou a foto na mesa de centro e, num gesto desconsolado, passou a mão pelos cabelos. A operação levara quase quatro horas, e ele tinha ficado muitíssimo satisfeito com o resultado. Quando tudo estivesse cicatrizado, os novos seios devolveriam a auto-estima a Merel. Agora ela estava morta, e ele achava isso muito lamentável.

– Há três dias?

Incrédulo, Versavel olhou para o dr. Decoopman. Quando teve o apêndice retirado, ficara dez dias internado.

– A maioria dos meus pacientes é ambulatorial. Só aqueles que são operados à tarde é que passam a noite aqui.

A clínica dispunha de quatro quartos, que não perdiam em nada para qualquer hotel de luxo.

– Não sabia disso – Versavel disse enquanto, embaraçado, passava a mão pelo bigode.

Estava envelhecendo e ficando desatualizado, duas coisas que ele odiava.

– Na verdade, tivemos muita sorte por Zlotski conhecer bem o trabalho de seus colegas – disse Van In, fazendo uma brincadeira quando, uma hora mais tarde, entraram no carro.

O dr. Decoopman tinha sido muito prestativo. Pegou a ficha de Merel Deman e copiou os dados de que eles precisavam. Depois disso, ainda conversaram um pouco, até aparecer a paciente que havia avisado que chegaria um pouco atrasada.

– É um pecado matar uma garota que se operou pra ficar mais bonita – refletiu Versavel.

Balançando a cabeça, ele se sentou atrás do volante e enfiou as chaves no contato. Estava ficando desanimado com toda a desgraça que via quase diariamente. Se era difícil acreditar que o mundo tivesse surgido de uma simples explosão, mais difícil ainda era entender que pessoas sedentas de sangue houvessem sobrevivido à evolução.

– Não se deixe envolver demais, Guido.

Van In acendeu um cigarro e girou a maçaneta, abrindo a janela do carro. Sentia as mesmas coisas que o amigo, mas era perda de tempo ficar remoendo pensamentos sobre isso. Tinham muito trabalho pela frente.

Na maioria dos assassinatos, podia-se afirmar quase com certeza que assassino e vítima se conheciam. Para encontrar uma pista do suspeito, geralmente era necessário entrevistar uma série de pessoas próximas à vítima. Havia grandes chances de que o assassino pertencesse a esse círculo. Mas no caso de Merel, não havia muita gente a ser investigada. Seus pais já haviam morrido, e seu único irmão, com quem raramente falava, morava na Dinamarca. Também não tinha namorado e, segundo suas próprias palavras, levava uma vida bem reclusa por causa da imagem negativa que tinha de si mesma. Os policiais haviam conseguido todas essas informações com o dr. Decoopman, que descobrira uma ou outra coisa a respeito de Merel quando ela contou que não poderia pagar pela cirurgia. O cirurgião se sentia bem por ter feito um acordo com a garota, que pagaria os honorários em prestações mensais.

– Não é possível que ela não tivesse nenhum amigo – disse Versavel, para quem era difícil entender que uma garota jovem vivesse reclusa como uma freira.

– Vamos primeiro dar uma olhada na casa dela – disse Van In. – Quem sabe descobrimos alguma coisa.

Versavel concordou com a cabeça e deu a partida no carro. Merel Deman morava na Rua Boeverie, numa casa que era propriedade do Centro para o Bem-Estar Social. Não foi preciso chamar um chaveiro para abrir a porta. A zeladora do prédio tinha uma chave reserva de cada apartamento.

Será que era apenas coincidência o fato de Olivier Vanderpaele entrar no L'Estaminet justamente numa das raras vezes em que Hannelore estava lá almoçando?

– Olá.

Ele estendeu a mão e ficou esperando que ela o convidasse a se sentar. Como ela não o convidou imediatamente, ele se aproximou mais e, sem cerimônia, perguntou se podia se sentar.

Hannelore tinha acabado de pedir uma salada grega e uma taça de vinho tinto. Assim que Vanderpaele se sentou, ela chamou o garçom de volta. Mas por quê? Tinha quase certeza de que ele estava dando em cima dela, e nem em sonho queria imaginar o que poderia acontecer se Van In entrasse ali por acaso. Ainda bem que era raro o marido almoçar naquele lugar.

– A senhora vem muito aqui sozinha?

Olivier Vanderpaele não fazia a menor questão de disfarçar suas intenções.

– Não – disse Hannelore. – Pieter e eu costumamos vir aqui somente à noite.

Vanderpaele acenou afirmativamente com a cabeça. Hannelore tinha acabado de dar uma indicação de que o terreno era seguro. Ele achou isso mais do que ótimo. Cada minuto que podia passar sozinho com ela era uma dádiva.

– É a primeira vez que venho aqui – ele disse.

– O senhor descobriu o L'Estaminet sozinho ou foi indicação de alguém? – ela perguntou sem demonstrar maior interesse.

Hannelore não podia deixar Vanderpaele perceber que ela tinha discutido com Van In naquela manhã. Sabia, por experiência própria, que os homens logo iam pondo as manguinhas de fora quando percebiam que havia algo errado numa relação.

– Nenhum dos dois. Eu simplesmente a segui – ele disse sem papas na língua.

Hannelore, que tinha acabado de pegar a taça de vinho para tomar um gole, quase derramou tudo. Não era a primeira vez que um colega a cantava, mas nenhum tinha sido tão ousado. O seu primeiro pensamento foi que devia dar um corte no sujeito sem dó nem piedade, mas tinha de admitir que, na verdade, não estava achando aquilo tão ruim assim. Vanderpaele era muito bonito e, segundo alguns colegas com os quais secretamente tinha conseguido algumas informações, era um jurista entusiasmado.

Nas histórias em quadrinhos, o desenhista às vezes usa um diabinho para ilustrar que o herói está enveredando pelo caminho errado ou que está sendo tentado a isso. Hannelore espantou o diabinho de seu pensamento e ficou esperando o anjinho aparecer. Vanderpaele era um mulherengo arrogante, e não tinha sido muito prudente da parte dela descobrir informações a seu respeito junto aos colegas.

– Advogados não fazem esse tipo de coisa. Era melhor que você tivesse...

Ela não terminou a frase, pois de repente se deu conta que inconscientemente havia mostrado a ele o caminho até ali.

– ... sido detetive particular? – Vanderpaele completou.

Hannelore o olhou boquiaberta. Será que ele tinha o dom de adivinhar pensamentos?

– Mas é claro que você não é – ela disse rindo de um jeito meio inocente e sentindo suas faces enrubescerem.

– Não. É claro que não. Você sabe muito bem por que eu a segui até aqui.

– Você quer me perguntar alguma coisa em relação à casa que quer alugar ou...

Ela hesitou. Ou o quê? O suor começou a brotar por todos os poros. Nunca um homem a havia encurralado com tão poucas palavras. Era como se ele conseguisse olhar através dela. Nesse momento, percebeu o olhar dele em seus seios.

– Não, Hannelore. Não quero lhe perguntar nada em relação à casa – ele balançou a cabeça negativamente sem desgrudar os olhos dos seios dela. – Se eu fosse o seu marido, jamais a deixaria almoçar sozinha.

Vanderpaele não só havia admitido descaradamente que a havia seguido, como também tivera a coragem de declarar em alto e bom som, sem qualquer rodeio, que queria ter um caso com ela. Hannelore estava completamente atordoada. Sentia frio e calor ao mesmo tempo.

– O senhor é bem folgado, hein, senhor mestre-doutor...

– Me chame simplesmente de Olivier – ele a interrompeu. – Só vou deixar você me chamar de mestre se eu realmente puder ser isso pra você.

Os olhos dele cintilaram, ainda fixos nos seios. Será que ela estava entendendo tudo errado, ou ele, na maior cara-de-pau, estava insinuando que queria ter uma relação de mestre-escrava com ela? Sem fazer nenhuma pergunta, Hannelore completou sua taça com vinho da garrafa que havia pedido.

– Eu acho que é melhor o senhor mudar de mesa, dr. Vanderpaele.

Outro homem qualquer talvez tivesse feito o que lhe havia sido pedido. Mas Vanderpaele simplesmente encheu uma taça com vinho para si, ergueu-a e fez um brinde a Hannelore.

– Você não sabe o que está perdendo, mulher.

Ela sentiu o joelho dele tocar o seu e levou quase cinco segundos para reagir.

– Se o senhor não mudar de mesa, então eu vou mudar.

– Não estou assustando a senhora, estou?

Olivier tinha um domínio perfeito do olhar. Naquele momento, estava suave e compreensivo, em vez de desejoso. Hannelore teve de fazer um grande esforço para fugir dele. Vanderpaele era um homem repulsivo, mas ela não podia negar que a excitava. Esse último pensamento fez sua face enrubescer novamente.

– Acho que está na hora de eu me retirar, mestre-doutor Vanderpaele.

Hannelore se levantou, pegou a bolsa e saiu.

A salada grega ficou intocada na mesa. Olivier Vanderpaele pegou o prato e os talheres e começou a comer. O pensamento de que a comida que deveria estar na boca dela estava indo parar na dele dava-lhe um prazer todo especial.

A zeladora, uma mulher franzina de mais ou menos 50 anos, ombros caídos e rosto sulcado por rugas profundas, sorriu quando Versavel elogiou o chão tão bem encerado do saguão do prédio.

– Duas vezes por ano, eu passo cera de verdade, senhor – ela disse inocentemente.

Van In se virou e sorriu para a mulher.

– Duas vezes por ano? – ele perguntou. – E ainda por cima com cera de verdade? Isso não é muito trabalho?

Versavel deu uma cotovelada nas costas de Van In e estendeu a mão para a zeladora.

– Depois nós devolveremos a chave, senhora.

A mulher hesitou. Na verdade, não podia entregar as chaves a ninguém, mas aqueles homens eram da polícia. Além disso, o mais velho parecia ser um sujeito de confiança.

– Vou ficar o dia todo em casa – ela disse, passando a chave para Versavel.

Examinar a casa de uma pessoa era menos demorado quando se sabia de antemão o que procurar. Van In resmungou quando entraram na sala de Merel. Havia quatro estantes entulhadas de coisas até o alto.

– É melhor começarmos pelo quarto – ele disse sem desanimar.

Pessoas que têm algo a esconder geralmente fazem isso no quarto em que dormem. Pelo menos, era o que diziam as estatísticas.

– Por mim, tudo bem. Então eu fico com a cozinha.

– Como assim "eu fico com a cozinha"?

– Ora, você não disse que ia começar pelo quarto?

– Eu disse "começarmos", no plural, Guido.

Era difícil Van In e Hannelore chegarem em casa no mesmo horário. Mas raro mesmo era ela não beijá-lo quando ele chegava.

– Tem alguma coisa de errado com as crianças? – perguntou Van In.

Ele ouvira Simon e Sarah chorando antes mesmo de entrar em casa.

– Acho que estão pegando uma dessas doenças de criança – ela respondeu.

Hannelore tentara consolar os dois de todas as formas possíveis, mas nada tinha adiantado. Foi só por volta das 20h45 que eles sossegaram e que ela pôde colocá-los na cama.

– Finalmente – suspirou ela.

Hannelore tirou os sapatos e os largou ao lado do sofá. Van In estava sentado na frente dela, numa poltrona reclinável, com uma Duvel ao alcance da mão. A quarta desde que havia chegado em casa, pois, por causa de todo o estardalhaço das crianças, ainda não tinham conseguido comer nada.

– Você bebe demais, Pieter.

– Estou com fome.

– Então vá comer alguma coisa.

– Então me diz o que é que eu devo comer, amorzinho. Tem uma lata de legumes e uma garrafinha de ketchup na geladeira. É só isso que temos em casa.

Tinha também uma lata de feijão branco com molho de tomate, mas Van In preferia morrer de fome a pôr uma colherada daquele troço na boca. No entanto, não ia conseguir ficar de estômago vazio até o dia seguinte. Nenhum dos dois estava com vontade de jantar fora e, além disso, não havia ninguém para ficar com as crianças.

– Peça uma pizza. Eu vou deitar cedo.

Ela não perguntou: "Você também vem?" Portanto, Van In deduziu que ainda estava brava.

– Estou mais a fim de uma porção de fritas com maionese e bolinho de carne.

Ela se espreguiçou, e sua a blusa subiu, revelando a barriga lisa. Se ele saísse para comer as batatas fritas, sem dúvida nenhuma ia dar uma passada no boteco, e era bem possível que ficasse um tempo por lá. Até que não era má idéia para alguém que, de qualquer jeito, teria de passar a noite no sofá.

– Faça o que tiver vontade, amor – disse ela.

O dia inteiro ela havia tentado, sem êxito, tirar Olivier Vanderpaele da cabeça. A insinuação que ele havia feito despertara fantasias das quais ela se envergonhava tremendamente.

– Vou pelo menos ganhar um beijo? – perguntou Van In.

Ele se levantou, se curvou sobre ela e ganhou um beijo rápido.

– Até mais tarde.

– Até amanhã – ela disse.

Van In fechou a porta atrás de si e foi a pé pela Rua Vette Vispoort até chegar a Rua Moer. Não adiantava fazer tempestade em copo de água por causa da Hannelore, então ele desviou o pensamento para a casa que tinham ido examinar naquela tarde. Ficou matutando qual era a foto que faltava no álbum de Merel e por que alguém teria jogado uma pilha de pratos bons no lixo.

♣

Capítulo 5

Quando se procura arranjar uma explicação para a tentação, ela só aumenta mais ainda. O aforismo não vinha da boca de um desses filósofos profundos, mas era um pensamento obsessivo que não saía da cabeça de Van In. Ele estava deitado de lado no sofá, com os joelhos encolhidos e a cabeça apoiada no braço do móvel. Seu pescoço estava começando a ficar enrijecido, e as costas já doíam há algum tempo. Não era a primeira vez que passava a noite no sofá, e normalmente isso nem o incomodava tanto assim. Na verdade, o sofá até que era bem confortável. O pescoço duro e as costas doloridas não passavam de desculpa para se levantar, fumar um cigarro e tomar uma decisão: ceder ou não à tentação que o perseguia desde que havia jogado na roleta.

Nunca tinha conseguido compreender como é que as pessoas podiam ser tão burras a ponto de perder até o último centavo no jogo. Mas agora lutava contra aquela voz interna premente que não saía de sua cabeça, dizendo que tinha de ir ao salão ainda naquela noite e que aquele aperto na garganta só ia sumir se desse ouvidos à voz que não se calava dentro dele.

Van In não podia reclamar da vida. Sua infância não havia sido ruim, e ele tivera muito mais namoradas do que a maioria de seus amigos. Sua carreira na polícia era praticamente imaculada. Ele tinha um verdadeiro amigo, Versavel, e era quase tão saudável quanto um touro – quase. Além disso, havia Hannelore e as crianças, que eram a melhor coisa que poderia lhe ter acontecido. Sentia-se feliz, mas será que era mesmo? A vida era breve demais para deixá-la escorrer como água entre os dedos.

Tanto ele quanto Hannelore ganhavam bem, mas, no fim do mês, nunca sobrava muito. Quando havia despesas extras, eram obrigados a recorrer às economias. Não era inacreditável que, na mesa de jogo, em apenas uma hora, fosse possível ganhar o salário de todo um ano? Só que a voz insistente dentro de sua cabeça não mencionava que ele também tinha perdido o lucro todo de uma só vez.

Uma fisgada na nuca o obrigou a se sentar reto. Hannelore estava dormindo profundamente e, como sempre depois de uma briga, não deixaria as coisas passarem em branco. Na verdade, ele já tinha tomado a decisão. A pergunta era: como chegaria a Blankenberge a uma hora daquelas?

Com um sorriso, o chofer do táxi agradeceu a generosa gorjeta que recebeu de Van In. Costumava ganhar gorjeta dos clientes que conduzia até o cassino – mas nunca dos que levava para casa. Entrara apenas uma vez num cassino com alguns amigos, movido pelo seguinte lema: uma pessoa deve experimentar de tudo na vida; felizmente, aquela foi a única vez. Ele não conseguia entender como as pessoas podiam jogar fora um dinheiro que ganhavam com tanto suor.

O homem que estava na porta do salão de jogos reconheceu Van In na mesma hora, acenou com a cabeça e segurou a porta aberta para ele. Nem dez segundos depois, Donald Devilder já sabia que o comissário Van In estava no salão. Ele ligou imediatamente para o chefe e perguntou até onde podia ir. Depois disso, substituiu o crupiê que estava na mesa de Van In por alguém que tinha mais experiência em manipular a bolinha. Dinheiro, drogas e mulheres. Os homens sempre queriam mais.

Van In deu uma boa gorjeta para o chofer do táxi que o deixou na Rua Moer às 4h30 e foi para casa pela Vette Vispoort a passo acelerado. Em poucas horas, ganhara quase 7 mil euros, mas Hannelore não ia gostar nada daquilo. Ele torceu em silêncio para que ela ainda estivesse dormindo. Na frente de casa, perto da porta, tirou os sapatos, enfiou a chave no trinco com todo o cuidado e a girou bem devagar para não fazer nenhum barulho. Clique. Ficou esperando durante um minuto, munindo-se de coragem para abri-la. Como tudo estava quieto, ele se esgueirou para dentro como um gato, fechou a porta com todo o cuidado e a trancou.

Ufa! Ninguém tinha ouvido nada. "Nunca mais vou fazer isso", ele pensou ao se acomodar no sofá outra vez. Tinha bebido um pouco, o que acabou aumentando mais ainda a sensação de culpa, fazendo com que levasse pelo menos mais uma hora até conseguir pegar no sono.

Todo o trajeto da Vette Vispoort até a delegacia foi percorrido em completo silêncio no Golf. Era difícil para Van In se libertar da sensação de que Versavel sabia o que havia acontecido na noite anterior e que demonstrava a sua desaprovação não dizendo nada.

– Como vai o Frank?

Frank era o namorado de Versavel. Já se conheciam havia mais de dez anos, mas era raro Van In perguntar sobre ele.

– O Frank vai bem.

A resposta de Versavel foi acompanhada por um olhar de esguelha. Van In olhava fixo para a frente. Precisava contar o seu segredo para alguém, e Versavel era o único que... Van In balançou a cabeça involuntariamente.

– Algum problema? – perguntou Versavel.

– Comigo?

– Não, com esse sujeitinho que está pentelhando dentro da sua cabeça.

– Não bebi ontem, Guido – mentiu.

Nesse momento, eles passavam pela Praça Zand, que já estava com o trânsito bastante intenso, mas isso não importava. Independentemente do trânsito, intenso ou tranqüilo, a praça sempre fascinava Versavel. Mesmo a arquitetura modernosa do Concertgebouw, a casa de concertos e exposições, não o incomodava. O que o estava deixando preocupado era o estado de seu amigo.

– A notícia é boa ou má?

Van In mordeu o lábio inferior. Versavel podia ser o seu melhor amigo, mas, mesmo assim, ele sentia uma tremenda vergonha de contar o que tinha feito na noite anterior.

– Eu ganhei quase 7 mil euros.

Versavel entrou na rua Hauwer. Ainda era cedo, e havia pouco movimento em torno da delegacia.

– E agora conte a boa notícia.

– Essa foi a boa notícia, Guido.

Van In contou o que havia acontecido. Versavel ficou branco. Ele desceu do carro e entrou na delegacia sem dizer uma palavra sequer. Van In mal conseguiu acompanhá-lo escada acima. Chegou arquejando à sala 204, onde Carine estava à sua espera.

– O dr. Zlotski ligou cinco minutos atrás. Está te esperando no escritório dele, na Markt, o mais depressa possível.

Todo mundo sabia o que o médico da polícia queria dizer com aquelas palavras. Van In olhou para Versavel. Ainda era cedo, mas precisava tomar uma Duvel.

– Você vem, Guido?

Versavel estacionou o carro na frente do café Craenenburgh, na Markt, a praça do mercado. Ele preferia não ter ido, pois estava bravo com Van In, mas a curiosidade para saber o resultado da autópsia era tanta que acabou acompanhando-o. Zlotski estava sentado perto da janela, no seu lugar cativo. Diante dele, uma Duvel que acabara de ser servida. Médicos comuns que precisavam dar o exemplo aos seus pacientes não podiam se dar ao luxo de se enfiar num botequim logo cedo para tomar um trago, mas isso não se aplicava ao legista polonês. Seus pacientes apenas o viam quando já estavam mortos.

– Bom dia, Pjetr.

Ele estendeu a mão para Van In e, com a outra, deu um tapinha no seu ombro. Versavel ganhou um beijo na bochecha, e o cheiro de álcool penetrou suas narinas. O investigador olhou envergonhado à sua volta. Graças a Deus, ainda não tinha muita gente no salão.

Van In ergueu a mão e pediu à garçonete duas Duvels e uma Perrier.

– E aí? – perguntou.

— Ela era uma menina bonita – disse Zlotski. – E ia ficar muito mais bonita depois da plástica nos seios. Mas fazer o que, né?

Ele deu de ombros e tomou um gole da sua Duvel. Tinha gente que acreditava que, para saborear melhor uma bebida, era necessário sorvê-la em goles pequenos. Mas quem pensava assim não levava em conta que alguém poderia esbarrar no copo a qualquer momento e derrubá-lo. Merel Deman era uma garota saudável com uma expectativa de vida normal. E agora estava morta. Provavelmente assassinada. Alguém havia derrubado seu copo.

— Você conseguiu descobrir a causa da morte? – perguntou Van In.

Zlotski acenou afirmativamente. Não tinha sido nada fácil descobrir o lugar onde o assassino injetara algo em Merel.

— Primeiro ela foi sedada e, depois, o assassino injetou ar na sua artéria.

— Tem certeza disso?

Armas usadas para assassinar pessoas geralmente são objetos comuns encontrados em todo lugar ou que podem ser facilmente obtidos. Ar tinha de monte por aí, e seringas podiam ser compradas em qualquer lugar.

— Certeza absoluta.

— O que ele usou para sedá-la?

— Lorazepam.

Van In acendeu um cigarro. Das duas, uma: ou Merel conhecia o seu assassino e o acompanhou de livre e espontânea vontade, ou acabou se deixando atrair por um desconhecido. Mas por que é que uma garota que tinha acabado de passar por uma cirurgia ia se deixar atrair por um desconhecido? Agora tinha quase certeza absoluta de que não fora morta na praia. Era muito estranho o fato de o assassino ter se arriscado a arrastar o corpo pelas dunas. A não ser, é claro, que ele morasse por ali e a praia fosse o lugar mais próximo para desovar o cadáver.

— Ela foi estuprada?

— Não.

— Que estranho.

– Isso é problema seu, Pjetr. Você é o investigador.

Dois assassinatos com um intervalo de poucos dias. E logo depois do aviso de Hubert Blontrock, a primeira vítima, de que uma onda de assassinatos inundaria Bruges, todos eles, de alguma forma, ligados à roleta. Blontrock era apostador, mas era mínima a chance de que Merel Deman, algum dia, tenha posto o pé num cassino. Além disso, não havia qualquer ligação entre a forma como os dois tinham sido assassinados. A única coisa comum nos dois casos era o fato de ter desaparecido algo pessoal. Da casa de Blontrock, sumira uma estatueta; e da casa de Merel, uma foto de um álbum. Não havia quase nenhuma dúvida de que o assassino havia roubado a estatueta, mas afirmar que somente o assassino, e mais ninguém, teria tirado a foto do álbum era uma hipótese um tanto vaga.

– Sou investigador, sim, mas nenhum Sherlock Holmes. Preciso de motivos e de ligações. A única coisa que posso pensar no momento é que Blontrock e Merel tinham dívidas de jogo, não podiam pagar e por isso foram...

Van In não terminou a frase, pois se deu conta de que estava falando asneira.

– Acho melhor partir da hipótese de que não existe nenhum vínculo entre os dois assassinatos – disse Versavel, intrometendo-se na conversa. – Melhor ainda: vamos até mesmo considerar que os dois assassinatos não têm ligação nenhuma com o meio da jogatina. Não se esqueçam de que Blontrock estava bêbado quando declarou que Bruges seria atingida por uma onda de assassinatos.

Versavel tinha o dom de ficar ouvindo durante horas a fio antes de fazer uma observação, mas, quando abria a boca, o que dizia sempre fazia sentido. Van In franziu a testa e, pensativo, olhou para o amigo.

– É, pode ser que você tenha razão – ele disse.

– Senhora juíza instrutora.

Embora Hannelore tivesse reconhecido a voz de Olivier Vanderpaele, ela fez de conta que se assustou. No entanto, quando se virou, acabou dando um sorriso involuntário ao perceber que ele tinha sido obrigado a dar um pique para alcançá-la. Todos os colegas que se encontravam no corredor nesse momento ergueram os olhos. Alguns até chegaram a tecer comentários sobre aquela cena incomum – todo mundo partia do princípio de que Hannelore era inconquistável. Mesmo os que ficaram calados, sem dúvida, pensaram a mesma coisa. Mas algo era certo: dentro de meia hora, todo o prédio saberia que provavelmente havia algo entre Hannelore e Vanderpaele.

– Posso lhe oferecer um café, senhora juíza instrutora?

Vanderpaele riu com seu ar juvenil, e seus olhos cintilaram levemente quando os voltou para Hannelore.

– Agora?

Depois da insinuação que ele fizera ontem, ela não devia aceitar o convite – e certamente não teria aceitado se Van In não tivesse saído às escondidas na noite passada e voltado umas quatro horas depois. Ele não tinha ido ao L'Estaminet, isso ela já havia verificado. Mas aonde é que tinha ido então? E com quem? Em todo caso, ele merecia uma lição.

– Por que não? – foi a resposta que Vanderpaele ouviu.

O advogado lançou os olhos à sua volta para se certificar de que Hannelore e ele continuavam sendo o centro das atenções. E, já que continuavam, avançou mais um pouco. Como um amigo bem chegado, colocou o braço ao redor dos ombros dela e, sentindo-se o dono da situação, levou-a até a cafeteira. Ela não se opôs.

– Acho que devemos dividir as tarefas – disse Van In. – Nós ficamos com a investigação de Merel Deman, e vocês, com a de Blontrock.

Todos estavam sentados ao redor da grande mesa de carvalho. Versavel fazia anotações, e Bruynooghe folheava um dossiê. Carine era toda ouvidos para Van In. Mesmo que ele estivesse lendo o catálogo telefônico, ela o acharia interessante. A reunião durou uma hora e meia, e eles decidiram interrogar algumas pessoas ainda naquele mesmo dia.

– Você está falando sério? – perguntou Versavel quando Carine e

Bruynooghe saíram da sala. – Essa história de dividir as tarefas é pra valer?

– É claro que é – disse Van In.

– Duvido.

Van In dividir tarefas era algo tão improvável quanto uma mulher lindíssima ainda ser virgem.

– Mas é a pura verdade.

– E você também vai analisar os fatos com eles?

É, Van In também havia dito isso, que todos os dias eles analisariam os fatos – embora todo mundo estivesse careca de saber que isso era algo que ele abominava fazer.

– Estamos no século 21, Guido. Já faz tempo que investigadores não trabalham mais sozinhos. Vamos logo, vamos ouvir algumas testemunhas.

– Você não está me fazendo de besta, não é?

– Nem me passa pela cabeça uma coisa dessas.

Van In fez uma careta de quem estava sofrendo a maior injustiça desse mundo. Versavel tinha ficado o dia inteiro meio emburrado, e estava mais do que hora de animar as coisas.

– Talvez você tenha razão – disse Versavel quando eles desceram as escadas. – Quem sou eu pra julgar o que você fez na noite passada?

Segundo o vizinho do andar de cima, às vezes Merel Deman dava um pulinho no De Zes Billetjes[1], um café popular que ficava perto da estação e era freqüentado não só por trabalhadores, mas também por estudantes. O lugar geralmente lotava, e aquele dia não era exceção. Quando Van In e Versavel entraram no estabelecimento, o salão estava metade cheio. Era impossível conseguir um lugarzinho no balcão para beber alguma coisa, e um olhar foi mais do que suficiente para saber por que é que tinha tanta gente lá: as moças atrás do balcão vestiam saias bem curtinhas e blusas com decotes amplos. Antigamente, quem cuidava do café era uma mãe e as suas duas filhas, que, para atrair os freqüentadores, vestiam minissaias curtíssimas. Por isso, o nome: De Zes Billetjes.

[1] N.T.: As Três Bundinhas

– Será que posso tomar um pouco do seu tempo?

Van In mostrou sua identificação policial a uma das moças e disse por que estava ali. O olhar que recebeu de volta podia muito bem ser descrito como apocalíptico.

Num dialeto particular da cidade, que mostrava que ela era uma brugense nata, a moça perguntou se ele não poderia voltar outra hora. O dialeto era tão carregado que Van In quase não conseguiu entender o que ela disse.

– Não, não posso voltar outra hora.

– Algum problema, Claire?

Outra mulher – de perto, ela parecia bem mais velha do que de longe – pôs o pano na beirada da pia e fez um movimento com a cabeça que podia ser interpretado de várias formas. Então, naquele dialeto particular, a moça disse:

– O tira tá aqui por causa da Merel.

A mulher mais velha mudou de atitude na mesma hora. Passou rapidamente as mãos pelos cabelos tingidos e saiu de trás do balcão.

– Desculpe, comissário. A Claire é nova por aqui. E hoje em dia está difícil de achar pessoal qualificado.

– Não precisa se desculpar, minha senhora. Só queremos conversar um instante. Será que tem um lugar tranqüilo pra isso?

A fofoca de que a juíza instrutora Martens estava atraída pelo charme do dr. Vanderpaele aumentou mais ainda quando, depois do almoço, os dois foram tomar um café na Rua Lange, cujos principais freqüentadores eram juristas.

– Eu acho que vou ficar com a casa na Beenhouwers – disse Vanderpaele quando o garçom serviu as bebidas. Hannelore já estava na quinta taça de vinho.

– Vai mesmo? Não acha que uma casa com quatro quartos é meio grande pra um homem solteiro?

Hannelore, com o queixo apoiado na mão esquerda, olhava para ele e piscava sem parar. "Olivier Vanderpaele", ela disse a si mesma, "você nem imagina o que está fazendo comigo agora."

– Quem disse que eu vou continuar solteiro?

Um assunto puxou o outro e, quando ela se deu conta, eles estavam falando de sexo.

– As mulheres se excitam de muitas maneiras – sussurrou Vanderpaele. – Nem mesmo precisam se tocar. Conheci uma que ficava excitada só de passar ao lado da seção de chuveirinhos.

– Sem dúvida nenhuma, eu não sou desse tipo.

Hannelore tentou dar um sorriso inocente, mas mesmo um cego teria notado que ela estava tentando arranjar uma desculpa para si mesma. Nem mesmo Van In sabia que ela de vez em quando...

– É claro que não – riu Vanderpaele. – A maioria das mulheres age de forma bem mais refinada.

A rede havia se fechado, e a presa estava dentro dela. A única coisa que Vanderpaele se perguntava era até que ponto ainda podia avançar naquele dia. Se fosse muito enfático, sem dúvida nenhuma, ela fugiria. Por outro lado, também poderia ficar frustrada se ele não a pegasse de jeito. "Vai saber do que ela sente falta?", pensou. Ela e aquele comissário de meia-tigela já estavam juntos há quase dez anos. Quantas vezes por mês será que transavam? Uma? Duas? Tentara arrancar isso dela, mas não tinha conseguido descobrir nada.

– Às vezes, um livro bem escrito pode fazer milagres – ele disse. – Isso também acontece com você, de às vezes ficar excitada com uma passagem em que, na verdade, as coisas são apenas sugeridas?

Os pelinhos nos braços de Hannelore se eriçaram. Em seguida, um formigar gostoso se aninhou entre seus ombros e, três segundos depois, foi descendo até morrer suavemente em suas coxas.

– É, isso acontece às vezes – ela disse.

A sala dos fundos do café De Zes Billetjes era ampla e agradável. Da chaminé pendia uma foto emoldurada das três bundinhas originais. Uma delas até lembrava um pouco a proprietária atual.

– Aceitam algo pra beber?

Sobre um gaveteiro antigo, havia dezenas de garrafas de bebidas fortes e uma bandeja com copos.

– Não, obrigado – disse Van In.

Versavel levou um susto e tanto. Tinha ouvido direito? Será que precisava dar um beliscão nele mesmo para ter certeza de que não estava sonhando?

– Um café, então?

A dona do De Zes Billetjes apontou para a cafeteira Senseo que estava na pia, como se quisesse deixar claro que se tratava de um café gostoso. Ela ainda era magra para a sua idade e tinha batatas da perna musculosas. Pena que o pescoço e a parte superior do busto estivessem enrugados de tanto sol. Além disso, a saia era um tanto curta para alguém da sua idade.

– Aceito com prazer – disse Van In.

Ele era pago para observar as pessoas, mas a experiência tinha lhe mostrado que nem sempre a primeira impressão corresponde à realidade. Partindo do visual e da forma de se expressar da mulher, deduzia-se que ela era de origem simples e que, provavelmente, não tinha feito outra coisa, em toda a sua vida adulta, que não fosse servir cerveja. Os dois livros no parapeito da janela – com os dorsos voltados para ele, o que lhe permitia ver títulos e autores – não se encaixavam na imagem que havia feito da mulher. O *Pêndulo de Foucault*, de Umberto Eco e *De Ontdekking van de Hemel*[2], de Harry Mulisch, não eram exatamente livros que se esperava encontrar na sala dos fundos de um lugar como aquele.

– Está tudo bem com a Merel, não está? – perguntou a dona do café enquanto enchia o reservatório da cafeteira com água da torneira.

Van In coçou atrás da orelha esquerda. Ela ainda não podia saber que Merel estava morta. O jornal matutino só publicara que haviam encontrado um corpo ainda não identificado na praia de Blankenberge naquela madrugada.

– A senhora leu o jornal hoje?

A proprietária se virou bruscamente.

– Não vai me dizer que...

---

[2] N.T.: Obra não traduzida para o português: A Descoberta do Céu.

Ela olhou para Van In, temendo pelo pior.

– Sinto muito, mas é verdade.

É comum as pessoas levarem um tremendo susto quando ficam sabendo que um conhecido está morto. Van In não sabia que relação a dona do bar e Merel tinham, mas, pela reação da mulher, deu para notar que a notícia a tinha abalado profundamente. Ela pôs uma mão na pia e levou a outra à cabeça. Por um instante, Van In achou que ela fosse desmaiar. Versavel pensou o mesmo; num pulo, levantou da cadeira e segurou a mulher pelo braço, enquanto Van In continuou calmamente sentado.

– Tudo bem com a senhora?

Ela deu um passo inseguro em direção à mesa. Versavel a apoiou. Finalmente, Van In também resolveu fazer alguma coisa: levantou e a pegou pelo outro braço.

– Pensei que Merel ainda estivesse no hospital. Ela ia dar uma ajeitada nos seios.

Van In ajudou a mulher a se sentar numa cadeira. Ela ainda não tinha entendido direito o que havia acontecido. O choque só viria mais tarde. Por isso, era melhor interrogá-la logo.

– Fazia muito tempo que Merel trabalhava aqui? – perguntou ele.

– Alguns meses – respondeu a mulher.

– Você a conhecia bem?

A proprietária fez que sim com a cabeça. Por quanto tempo ainda ia conseguir segurar as lágrimas? Merel se transformara numa filha para ela. E agora estava morta. Assassinada.

– Nós freqüentamos a mesma universidade no ano passado.

Van In ergueu as pálpebras e lançou um olhar de interrogação para Versavel.

– Universidade?

A mulher contou que, no ano anterior, havia se inscrito como aluna livre na universidade de Gent para estudar filologia germânica. Hoje em dia, as pessoas fazem as coisas mais estranhas possíveis, mas o fato de a proprietária de um café popular, já em idade um pouco avançada, tentar obter um diploma universitário não era algo que acontecia a toda hora.

Van In acendeu um cigarro e continuou ouvindo, enquanto Versavel preparava café. Monique Vanhoorebeke – era esse o nome da dona do De Zes Billetjes – conhecera Merel na biblioteca. As duas haviam se tornado amigas porque partilhavam uma paixão: livros. Van In não tentou descobrir o que havia incentivado Monique Vanhoorebeke a voltar a estudar, mas tentou reunir o máximo possível de informações sobre Merel.

– Ela tinha namorado?

– Não, mas queria ter. Por que o senhor acha que ela fez uma plástica nos seios?

Nesse meio tempo, o café tinha ficado pronto. Versavel estendeu uma xícara à mulher, que a pegou e agradeceu.

– A Merel estava meio na pior. Ela tinha marcado a cirurgia há meses, bem antes de ter sido demitida.

– Demitida?

Monique Vanhoorebeke deu uma bicadinha no café, que ainda estava muito quente. Será que era sensato soltar tanta informação assim sobre a Merel para a polícia? Quem sabe depois ainda sobrasse para ela...

O ex-patrão de Merel transitava em meios suspeitos, e ela ouvira coisas a respeito dele que preferia esquecer.

– Não sei bem se ela foi demitida. Em todo caso, não trabalhava mais lá.

– Será que a senhora poderia ser um pouco mais específica, senhora Vanhoorebeke, e me dizer onde Merel trabalhava?

– A Merel trabalhava na E&O.

– A empresa de transporte de doentes?

– Essa mesmo.

A porta da sala dos fundos se abriu. Claire, a moça do bar, enfiou a cabeça para dentro e, no seu dialeto brugense quase incompreensível, gritou que não estava mais dando conta do movimento; antes de sair, acrescentou:

– Não dá pra senhora ficar mamando nas minhas tetas!

Van In não conseguiu reprimir o riso. Algumas mulheres não

tinham mais vergonha de nada.

A filial da E&O em Flandres Ocidental situava-se no parque industrial De Blauwe Toren. O prédio era bem moderno, em forma de trapézio. O amplo estacionamento oferecia lugar para mais ou menos 20 ambulâncias. No piso superior, ficavam os escritórios e um espaço onde eram ministrados cursos de formação e de aperfeiçoamento para enfermeiros e motoristas. A E&O tinha mais de trinta anos de existência, e seu nome era bem conceituado em Flandres. A forma como Evarist Oreels dirigia sua empresa era especialmente eficiente. Ele era o chefe e não admitia que ninguém o contradissesse.

– Há quem diga que Oreels é bilionário – disse Versavel quando ele e Van In saíram do carro. – E que acumulou toda a grana só com o transporte de doentes.

– Oreels nasceu no Kortrijkse, Guido. Lá eles transformam qualquer coisa em dinheiro.

Os dois policiais andaram até a entrada principal. Lá dentro, uma placa indicava o caminho a seguir. No alto da escada, toparam com um jovem que os levou ao escritório do diretor, que se chamava Knop. Pelo menos é o que estava escrito na porta. O sr. Knop parecia ser um homem severo, de cabelos grisalhos curtos, com olhos claros e brilhantes e mãos pequenas muito bem tratadas. Van In podia jurar que ele usava unhas postiças.

– Por favor, sentem, senhores. Em que posso ajudá-los?

Ele apontou para duas cadeiras e, em seguida, sentou-se à sua mesa. Na parede acima da cabeça de Knop, pendia uma foto emoldurada do rei apertando a mão de alguém. Esse alguém só podia ser Evarist Oreels.

– Estamos aqui por causa de uma antiga funcionária de vocês – disse Van In. – Passou pela minha cabeça que talvez o senhor pudesse me contar algumas coisas a respeito dela.

O sr. Knop foi extremamente prestativo. Pediu a um funcionário que lhe trouxesse os registros sobre Merel e os folheou até encontrar o que estava procurando: o relatório de avaliação com base no qual Merel havia sido dispensada. Ele o tirou da pasta e o entregou a Van In.

— Merel andava chegando atrasada e, quando eu a questionava a esse respeito, ela acabava me enrolando, se é que o senhor me entende.

Van In passou os olhos pelo relatório. Ali constava que, no dia 11 de janeiro, Merel tinha chegado dez minutos atrasada com a desculpa de que um carro a havia atropelado. Ao chamar sua atenção, o chefe acabou sendo xingado pela funcionária.

— É, realmente é preciso manter a ordem — disse Van In com a cara mais lavada desse mundo, mas a verdade é que, por dentro, fervia de raiva.

— Eu também acho — disse o sr. Knop.

— Parasitas merecem ser eliminados — Van In declarou com veemência.

— O que o senhor está querendo dizer com isso?

Versavel sentiu um clima pesado no ar. Van In detestava patrões que encaravam seus funcionários apenas como "unidades de produção".

— Que a E&O é uma empresa de merda.

O sr. Knop mexeu a cabeça mecanicamente para a esquerda e para a direita algumas vezes, enquanto seus olhos encaravam Van In. Ele não acreditava no que tinha acabado de ouvir. Alguns de seus funcionários não haviam tido uma boa educação, tampouco a chance de progredir nos estudos, mas o homem que estava sentado à sua frente era um representante da lei, e a função de comissário sem dúvida nenhuma exigia certa instrução.

— Será que eu entendi direito?

— Sem dúvida nenhuma, o senhor entendeu direito, sr. Knop. E diga aí ao Oreels — Van In se levantou e apontou para a foto que estava na parede — que fui eu que disse isso. Vamos, Guido. Vamos sair daqui. Nada fede mais do que o suor de um fascista.

— Você não acha que exagerou um pouco?

Versavel deu partida no Golf e afivelou o cinto de segurança. Van In deu de ombros e acendeu um cigarro. Antigamente, quando as organizações católicas detinham o monopólio das boas ações, ele se irritava extremamente quando impunham certas condições a alguém para que conseguisse ajuda, mas hoje em dia as coisas eram muito piores. O dinheiro é que mandava.

– Em todo caso, nossa visita não valeu de muita coisa.

– É – suspirou Versavel. – Falando com as pessoas desse jeito, elas nunca vão ajudá-lo espontaneamente.

Van In assoprou a fumaça na cara do colega. Se Merel tivesse sido estuprada, ele poderia supor que se tratava de um crime sexual. Ou de latrocínio, se o assassino tivesse levado dinheiro ou objetos de valor. Mas não era o caso. Além disso, considerando que ela não tinha namorado, também não podia ser um crime passional. Simplesmente não conseguia encontrar nenhum motivo que explicasse por que ela tinha sido assassinada. E isso o deixava tremendamente frustrado.

– Quem sabe um fantasma do passado acabou atravessando o caminho dela – divagou Van In.

– Já chegou a esse ponto outra vez?

Versavel lançou um olhar de soslaio para o amigo, afundado no banco a seu lado. Nos últimos tempos, era só não conseguir encontrar de cara uma solução para determinado caso que Van In logo entrava num estado depressivo. Quando isso acontecia, geralmente ficava esquisito o resto do dia, ou então começava a resmungar sobre política, assunto que, sob circunstâncias normais, ele sempre evitava.

– Você sabia que o prefeito Moens não vai se candidatar mais às eleições do ano que vem?

– Não, eu não sabia – respondeu Versavel.

Mas ele não perguntou como é que Van In tinha conhecimento disso nem por que o prefeito não ia mais se candidatar.

– Segundo o que se diz por aí, ele comprou um apartamento na praia.

Versavel se limitou a um resmungo de concordância, embora soubesse que Van In ia insistir no assunto do prefeito Moens se ele não tratasse de mudar o rumo da conversa. Então, foi isso o que fez:

– Eu acho que a sua condição física andou melhorando a olhos vistos nas últimas semanas – comentou Versavel.

Já tentara falar sobre isso algumas vezes, mas Van In sempre cortava o assunto dizendo que não era da conta dele. Ou então simplesmente não respondia.

– É, estou dando um duro danado.

– Por que você está fazendo isso, hein?

– Não é da sua conta.

– Ora, Pieter.

– Será que Bruynooghe e Carine conseguiram descobrir algo mais além do que nós desdobrimos?

Van In apagou a bituca do cigarro no cinzeiro abarrotado e quase queimou a ponta dos dedos. Ainda ia demorar pelo menos alguns meses até ele poder contar para Hannelore e Guido por que ele estava malhando numa academia de ginástica, atividade que ele detestava do fundo do coração.

Um delicioso aroma de café pairava no ar da sala 204. Van In olhou desconfiado à sua volta. Com exceção de Carine, não havia mais ninguém por ali.

– Onde está o Bruynooghe?

– Ele foi buscar pãezinhos – disse Carine.

Ela vestia uma calça jeans de cintura baixa. Dava para ver a parte de cima da sua calcinha e, quando ela se abaixava para a frente, era possível ver de que tipo era – uma calcinha fio dental azul (um tapa-sexo, segundo o dicionário de Bruynooghe).

– Vocês vão fazer hora extra? – Van In perguntou.

Ele olhou para o relógio acima da porta. Eram quase 17h30.

– Quem sabe? – Carine sorriu misteriosa.

Ela se virou e ficou em pé atrás de Van In. Ele sentiu a respiração dela em sua nuca; o calor do corpo da garota atravessava sua camisa. Há anos, ela tentava conquistá-lo, embora tivesse quase certeza de que ele nunca lhe daria bola. Ele nem ao menos demonstrava que gostava de ser assediado.

– Descobriram alguma coisa? – perguntou Van In.

Ela continuou atrás dele, mas ele não se virou.

– Parece que as finanças do sr. Blontrock não estavam às mil maravilhas como faziam pensar os sinais externos de sua riqueza. Segundo o banco, no ano passado, ele hipotecou a casa mais uma vez, e da carteira de aplicações que juntou nos últimos vinte anos só restava um tiquinho de nada. No papel, ele estava falido – disse ela.

– Você está esquecendo uma coisa, Carine. O mobiliário dele vale uma fortuna.

– O mobiliário entrou como garantia em um empréstimo que Blontrock tinha feito recentemente.

Carine se aproximou mais. Van In sentiu os seios dela tocarem suas costas. Ele deu um passo para a frente, virou-se e perguntou:

– E eles contaram tudo isso no banco, assim, sem mais nem menos?

– A um pedido expresso da sra. Blontrock.

– Então quer dizer que vocês primeiro foram falar com ela?

Carine fez que sim com a cabeça e, nesse meio tempo, deslizou alguns centímetros para ainda mais perto dele.

– De início, ela não quis falar sobre isso. Tive de prometer que essas informações não iam constar nos autos do processo.

– Isso não foi nem um pouco sensato da sua parte, mas...

– Você não acha que eu vou cumprir a promessa, acha? Esqueceu que, no fim das contas, sempre consigo o que quero? Não importa o preço que eu tenha que pagar...

Ela se aproximava cada vez mais. Van In lançou um olhar desesperado ao seu redor. Versavel tinha ido ao banheiro e Bruynooghe estava demorando para voltar.

– Sabe, estou com vontade de tomar um café. Será que você não quer... – falou Van In.

– Claro.

Nem três minutos depois, a garota estava de volta com dois copos de café. Ela sorriu ao perceber a reação de Van In, que estava boquiaberto – era de conhecimento geral que Carine não sabia fazer café.

– Senseo – ela disse. – Ganhei um treco desses no meu aniversário. Então pensei que vocês talvez fossem gostar se eu pusesse uma cafeteira dessas aqui.

Van In havia esquecido o aniversário de Carine pela primeira vez, e ele sabia quão importante isso era para ela. Só havia uma coisa que poderia fazer para remediar a situação: ele a agarrou pelos ombros e lhe deu três beijos estalados nas bochechas.

– Desculpe por ter esquecido o seu aniversário.

– Perdi alguma coisa?

Van In nem precisou se virar para saber quem havia feito a pergunta.

– Não é o que você está pensando, Guido.

Versavel deu de ombros e foi para a sua mesa.

– É claro que não – ele grunhiu.

– Quer dizer então que você acabou mesmo comprando aquele negócio? – perguntou Van In.

John sorriu e, decidido, acenou positivamente.

– Você trouxe um monte de clientes aqui pra academia, Pieter.

– "Um monte" é meio exagero, não?

– Onze se matricularam para o período de um ano – disse John. – A coisa está crescendo bastante.

Seus braços e ombros musculosos, untados com óleo, brilhavam na luz das lâmpadas fluorescentes da sala de ginástica. Quase todos os aparelhos estavam em uso. Uma garota de mais ou menos 20 anos – ela tinha um rostinho gracioso e cabelos longos presos num coque – exercitava os músculos dos braços e das costas num aparelho esquisito. Sua camiseta estava encharcada entre os seios, e isso proporcionava um belo visual.

– Você merece, John.

Ele conhecera John três anos antes, durante uma visita a uma instituição psiquiátrica. Era um verdadeiro milagre ele ter conseguido largar as drogas e, em seguida, de forma surpreendente, ter se reintegrado à sociedade. Quando John abriu a academia, Van In fez uso de seus dons retóricos para convencer colegas e conhecidos a fazerem mais exercícios e mandou todos para a John's Gym.

– Você vai inaugurar este aparelho, Pieter. E, ainda por cima, vai ganhar dez sessões de graça.

– Não vai me dizer que uma pessoa consegue aumentar a massa muscular só de ficar em pé nessa coisa?

Mas que mundo! Nem era mais preciso se matar de fazer exercícios para melhorar o condicionamento físico ou mantê-lo em perfeito estado. A placa vibratória que John havia comprado resolvia esse problema num instante. Bastava subir nela, e as vibrações que produzia fortificavam a musculatura de acordo com a posição do corpo.

– Experimente, você vai ver como ajuda – disse John.

Van In olhou para a garota que, incansável, seguia com o treinamento pesado. A camiseta dela ficava cada vez mais encharcada.

– Vamos lá então.

Ele pisou na placa. As primeiras vibrações quase lhe causaram uma ereção.

Versavel rapidamente procurou cobertura e se escondeu atrás de um carro estacionado quando Van In saiu da academia, por volta das 20 horas. Sentia-se culpado por ter seguido o amigo até ali, mas essa sensação desapareceu no minuto seguinte, quando ele viu que Van In, em vez de se dirigir à Vette Vispoort, foi até a Markt e pegou um táxi. Versavel não hesitou um instante sequer: anotou a placa do veículo e ligou para a central de táxis.

♥

Capítulo 6

– Pegue o cara de jeito esta noite – disse Devilder ao crupiê que estava prestes a substituir o colega na mesa em que Van In estava jogando.

– Ele vai ter crédito?

Oficialmente, cassinos não podem conceder crédito, mas um bom cliente sempre consegue o que quer. Devilder hesitou. Fora incumbido de despertar o interesse de Van In pela roleta e, com isso, fazer com que ele voltasse ao cassino. Cumprira sua missão com sucesso e, até então, o cassino não tinha gasto nem um centavo com isso, pois Van In estava jogando o que ganhara ontem.

– Dê a ele 5 mil euros de crédito.

O crupiê fez que sim com a cabeça.

– Agora é melhor ir – disse Devilder.

Cinco mil euros não era nada para um jogador tarimbado, mas era muito dinheiro para um comissário – mais do que suficiente para se ter poder sobre ele. Devilder acendeu um cigarro e passou os olhos pelo salão de jogos como um general que passa suas tropas em revista. Um garçom que estava um pouco mais adiante, enrolando no serviço, logo ouviu o que não queria.

– Se continuar fazendo corpo mole, vai pro olho da rua. Entendeu bem?

O garçom ficou branco e apertou os lábios um contra o outro. Devilder tinha fama de ser rigoroso e inclemente. Uma mulher bonita poderia reverter uma demissão se oferecendo a ele. Mas um mero garçom não tinha a menor chance.

– Não vai mais acontecer, senhor.

– Ande logo então – disse Devilder grosseiramente. – Leve esta garrafa de champanhe e dois copos para a mesa 16. Do bom. Entendeu?

Devilder achava que merecia um prêmio. Foi até a mesa 16 e cumprimentou a mulher que ali estava com um beijo comportado na mão. Ela sorriu e perguntou se ele queria se juntar a ela.

– O Riesten largou você sozinha outra vez?

Devilder se sentia extremamente orgulhoso com o fato de poder tratar Evarist Oreels por Riesten. Era um privilégio concedido apenas a amigos e pessoas íntimas. Ele pertencia à segunda categoria. A diferença era que ele não só era íntimo de Evarist, mas também de Sabine, sua mulher, vinte anos mais nova do que o esposo.

– Você sabe muito bem qual é a paixão dele – falou Sabine.

Sua expressão facial não revelava se o fato de o marido despender mais atenção à roleta do que a ela a deixava alegre ou aborrecida. Ela não precisava mais se preocupar com a quantia que ele perdia em jogos. Havia dinheiro suficiente em seu nome para que ela pudesse viver confortavelmente caso um dia ele torrasse toda a fortuna em apostas.

– E você sabe qual é a minha – disse Devilder.

Evarist Oreels raramente tocava em sua mulher. O jogo o deixara impotente, mas isso não o incomodava muito, assim como também não o incomodava o fato de Devilder ter assumido essa tarefa em seu lugar.

– Vamos dormir na vila ou reservo rapidinho um quarto no The Beach Palace?

– Vamos ao The Beach Palace – disse Sabine. – Assim pelo menos ouço o mar.

Ela estava louca por uma noite de sexo selvagem com Devilder. É verdade que ele não era um amante tão charmoso assim, mas sabia muito bem como usar a língua e sempre a levava ao delírio. Ela não conhecia nenhum brinquedinho que pudesse substituir a língua de seu amante.

Van In apostou as suas últimas fichas no 26 e nos vizinhos. E, um minuto depois, tinha perdido tudo. Que pena. Tateou o bolso da calça. Só havia uns trocados. As notas e as moedas de 1 e 2 euros já tinham sido todas empenhadas.

– O senhor poderia chamar o sr. Devilder por um instante, por favor?

Van In ergueu os olhos e apontou com a cabeça a direção da mesa onde Devilder estava. Além da mulher, que estava ali há mais de uma hora, um homem mais velho se juntara a eles, homem esse que ele achou vagamente familiar.

– O senhor Devilder não quer ser incomodado por enquanto – disse o crupiê. – Posso ajudar em alguma coisa?

A interrupção deixou os outros jogadores irritados. Uma mulher de ossos largos, com braços que lembravam presunto, deu um cutucão em Van In.

– Sem dinheiro, não dá pra jogar, cara.

– E o sujeito que quiser ir pra cama contigo não deve bater bem da bola – replicou Van In cortante.

– O que é que você está dizendo?

A mulher se postou diante dele, de pernas afastadas. As pelancas de gordura embaixo dos seus braços tremiam como pudim. Jogar por dinheiro tornava as pessoas agressivas. Foi por um triz que Van In não meteu a mão na cara da mulher. Seus punhos estavam coçando, mas ele conseguiu se conter. Não foram Hannelore nem as crianças, muito menos a sua profissão, que o impediram de se jogar para cima da mulher, mas sim o fato de que o pessoal da segurança haveria de pô-lo para fora dali, e então não poderia mais jogar. Obrigou-se a dar um sorriso.

– Minha frase ainda não tinha terminado, senhora. Eu estava dizendo que o sujeito que quiser ir pra cama contigo não deve bater bem da bola. Porque, do contrário, já teria arrancado suas roupas há muito tempo.

Os jogadores riram. A mulher gorda encarou Van In com os olhos arregalados. Será que aquilo era um elogio ou uma humilhação? Bem, na verdade, não importava. O que ela queria era jogar. E fim de papo.

– Dê logo o crédito pra ele, Jaques, ou o mande embora – ela disse ao crupiê. – Mas, pelo amor de Deus, vamos continuar o jogo.

– Ele vai ganhar crédito – disse o crupiê. – Quanto o senhor deseja, sr. Van In?

Van In coçou atrás da orelha. Do outro lado do salão, Devilder apertava a mão do homem mais velho que estava perto dele. A mulher, que nesse meio tempo também tinha se levantado, deu-lhe um beijo na face. Evarist Oreels. O homem que estava se despedindo de Devilder era Evarist Oreels. Van In o reconheceu da foto que vira no escritório do sr. Knop.

Tudo escureceu diante dos olhos de Van In quando ele se largou pesadamente na cadeira de sua mesa na delegacia. Estava morto de cansaço. Os músculos da batata da perna doíam de tanto andar: mais de quatro horas desde o cassino até a delegacia. Não tivera coragem de ir para casa nem de ligar para Versavel. A sua vista foi se desanuviando. Esperou um instante, até que tudo estivesse claro outra vez, e tentou se erguer apoiando as duas mãos no tampo da mesa. Não foi fácil, mas, por fim, conseguiu. Deu alguns passos na direção da copa, onde estava a geladeira, mas teve de parar no meio do caminho porque tudo tinha escurecido outra vez. O simples pensamento de que havia perdido 5 mil euros das suas economias o deixou tonto. Hannelore nunca o perdoaria por isso. E ela tinha toda a razão. O dinheiro seria usado na reforma da cozinha, pela qual ela esperava há oito anos. Merda. Merda. Ele tropeçou copa adentro e abriu a porta da geladeira. Encontrou uma fatia de bolo velho, ressecado, e um pedaço de queijo embrulhado em papel vegetal. Também havia duas Duvels na porta. Ele engoliu o pedaço de bolo e o queijo, já meio embolorado, e enxaguou tudo com Duvel.

Levou algum tempo até que Van In reagisse à mão que o estava sacudindo. Ele abriu os olhos quando sentiu um perfume.

– O que foi que você aprontou desta vez?

Carine se curvou para a frente, pegou firme no queixo de Van In e empurrou a cabeça dele para trás. Ele ouviu o ranger dos ossos do pescoço e soltou um gemido. Em silêncio, ela fez uma prece de agradecimento. Se a senhora juíza instrutora o tivesse posto para fora de casa naquela noite, ela teria uma chance. Mas bastou ver os sapatos dele, recobertos de lama, para saber que aquela hipótese era furada.

– Você faria um café pra mim?

O olhar de Van In lembrava o de um *golden retriever*, o que deu em Carine uma vontade tremenda de aninhar-se em seu colo e acariciá-lo.

– É claro que faria.

– Estou contente por você ter ficado comigo esta noite, Guido.

Versavel estava sentado numa cadeira, e Hannelore, atrás dele. Ela o abraçou por trás e lhe deu um beijo. Passara pela sua cabeça que Van In tinha conhecido outra mulher na academia, mas aparentemente não era isso, ainda bem. No fim das contas, ela não achava tão grave assim que ele estivesse jogando.

– Eu estou achando estranho ele não ter aparecido por aqui – Versavel disse.

Ele pôs a mão sobre a dela. Tinha acabado de pensar justamente o contrário, que preferia que Van In tivesse "pulado a cerca" do que ido jogar. O jogo não combinava com seu caráter, mas o homem da empresa de táxi para quem ligara ontem tinha certeza absoluta: o chofer havia deixado Van In na frente do cassino de Blankenberge.

– Será que ele não está na delegacia? – perguntou Hannelore.

– Quer que eu ligue pra lá? – Versavel se ofereceu.

A vontade de Hannelore era dizer que sim, porque estava angustiada e ansiosa para saber o que se passava com o marido, mas acabou dizendo que não, pois não queria dar a entender que sentia sua falta.

– É melhor você me ligar lá da delegacia – ela disse. – E não deixe que ele te ouça.

– Pode deixar.

Versavel tomou um golinho de café. Seguira Van In a pedido de Hannelore e só fizera isso para deixá-la mais tranqüila, mas, a bem da verdade, espionagem não era algo que se devia fazer com o melhor amigo. Sem dúvida nenhuma, também não gostaria nem um pouco se Van In fizesse algo semelhante com ele. Hannelore pareceu adivinhar os pensamentos de Versavel.

– Eu sei que te pus na fogueira, Guido, mas pode acreditar: você prestou um serviço pra nós dois. Nos últimos tempos, andei deixando o Van In meio confuso, e você o conhece muito bem: ele fica confuso por qualquer coisinha.

Ultimamente, andavam fazendo menos sexo do que antes, e as coisas iam de mal a pior. Antes, se ela não tomava a iniciativa para fazerem amor, ele dava o primeiro passo. Mas agora já fazia dois dias desde a última vez, e isso nunca tinha acontecido antes.

– Prometa que você não vai contar nada pra ele – Hannelore pediu já um pouco mais calma. – Você conhece bem o Van In. Ele ficaria furioso se descobrisse.

Versavel deu um sorriso triste.

– Não se preocupe, Hannelore.

Ele estendeu a mão, pegou um croissant da cesta de pães e o abriu com a faca. Na verdade, não estava com muita fome, mas precisava comer alguma coisa. Não ia agüentar ficar de estômago vazio até a hora do almoço. Enquanto dava uma mordida no croissant, ficou pensando em Van In. Um apostador dava tudo por um joguinho, até mesmo mulher e filhos. Nem em sonho queria imaginar que Van In, algum dia, pudesse chegar a esse ponto.

Nathan Six abriu o caderno de finanças do jornal e analisou os fundos em que aplicara sua grana. A maioria deles estava dando um bom dinheiro, e isso o fez sorrir. Os jogadores tinham apostado quase 300 mil euros na menina, e uma boa porcentagem desse montante iria para o seu bolso. Ele ficou se perguntando como aplicaria o dinheiro daquela vez. Um garçom lhe trouxe uma xícara de café com uma porção dupla de chantilly. Nathan Six pagou a conta com os trocados que tinha, sem deixar gorjeta. Era um escravo do dinheiro, ao qual tinha muito apego. Podia passar horas analisando o crescimento de seu patrimônio. Queria saber exatamente quanto ele aumentava a cada dia.

Em dois dias, haveria uma nova rodada e, segundo Willy Gevers, o interesse no jogo aumentava cada vez mais. A próxima vítima era um senhor mais velho que gastava a maior parte de seu tempo classificando e admirando sua coleção de moedas. A peça mais valiosa era um *ducaton* dourado antuerpiano que valia mais de 25 mil euros. Nathan Six ficou considerando se ia ou não pegar a moeda depois de terminado o serviço. Era grande a chance de a polícia nunca o descobrir. Mas será que valia a pena assumir um risco desses só por causa de uma moeda besta?

Ele pegou a tigelinha com o chantilly e colocou uma boa colherada no café. Houve um tempo em que não podia tomar café, muito menos com chantilly, mas felizmente isso era coisa do passado. Tinha um teto sobre sua cabeça e dormia numa cama enorme. O simples pensamento de passar as noites ao relento outra vez lhe deu um calafrio. Não. Nunca mais passaria uma noite na rua. Disso ele tinha certeza. E nunca mais iam surrá-lo como o seu pai fazia antigamente quando bebia. Nathan Six vivera uma infância terrível e, em condições normais, teria ido parar na cadeia ou permanecido nas ruas como indigente. Era quase um milagre que o Mestre do Jogo tivesse aparecido em sua vida. A única coisa que o preocupava era a doença, mas, quem sabe, também para esse problema haveria uma solução. Pegou um charuto da caixinha que estava diante dele, acendeu-o e expeliu a fumaça à sua frente. Pelo menos, não morreria de câncer no pulmão.

– A Hannelore está morta de preocupação, Pieter. Deus do céu, por que você não liga pra ela?

Silêncio na sala 204. Cerca de meia hora antes, Versavel havia entrado na sala e pedido a Carine que se retirasse, avisando-a que não queriam ser incomodados em hipótese nenhuma. Depois disso, confessou tudo a Van In. Este não ficou bravo. Ao contrário. Acenou algumas vezes com a cabeça afirmativamente, enquanto Versavel ia pondo tudo às claras.

– Não tenho coragem – disse Van In.

– Ela não vai te matar, Pieter.

Van In estava com um aspecto horrível. Seus olhos estavam vermelhos, o rosto estava inchado, e suas roupas fediam. O que ainda restava do homem que Versavel tanto admirava?

– Ela nunca vai me perdoar por ter jogado fora uma parte das nossas economias.

Pecado e arrependimento andam de mãos dadas. Viciados em drogas e em jogos sempre prometem de tudo quando estão "sóbrios". Versavel sabia que não adiantava nada emprestar dinheiro para Van In, mas, mesmo assim, fez a oferta.

– Você é um homem muito corajoso por me oferecer essa grana, Guido, e estou tremendamente envergonhado por até ter considerado aceitar. Mas não posso. Você entende, não é?

— Então aceite pela Hannelore.

Versavel disse isso num tom enérgico, mas não adiantou nada. Van In continuou parado, derrotado, como se tivesse levado a maior surra de sua vida.

— Pense nas crianças.

Van In ergueu os olhos por um instante, e uma lágrima surgiu no canto de um deles. Seus ombros tremeram e, antes que Versavel pudesse dizer alguma coisa, Van In desandou a chorar como um bebê. Ainda bem que não tinha ninguém no corredor que pudesse ouvi-lo.

— Isso, desabafe, Pieter.

Versavel também sentiu um nó na garganta. O que devia fazer? Agarrar o amigo e dar uns beijos na sua bochecha? O que é que havia de errado com ele? Ultimamente, já não se queixava mais da saúde, então não podia ser esse o problema. Será que o trabalho estava exigindo demais dele e por isso estava à beira de uma depressão? Tinha de haver um motivo para as besteiras que andava fazendo.

— Vamos lá, cara.

Versavel se sentou ao lado de Van In e colocou um braço em volta do ombro do amigo. O resultado foi que ele começou a soluçar mais ainda. Era uma visão, pelo menos, esquisita. Versavel de uniforme e Van In parecendo um mendigo. Uma foto daquela cena se encaixaria perfeitamente na campanha de recrutamento que a polícia federal estava fazendo, sob o mote: "A polícia é sua amiga."

Versavel levou mais alguns minutos para conseguir consolar Van In. Quando o pior já tinha passado, ele foi até o arquivo e pegou uma garrafa de gim que guardava ali para casos de necessidade.

— Fume um cigarrinho e tome uns tragos de gim. Depois, nós vamos tomar um banho, vestir roupas limpas e contar tudo pra Hannelore, o.k.?

Van In olhou agradecido para o amigo, e um sorriso apareceu em seus lábios.

— Você é um cara muito legal, Guido, e eu gosto muito de você. Mas tomar banho juntos... não.

– Posso entrar?

Olivier Vanderpaele enfiou a cabeça pela porta e deu um largo sorriso para Hannelore que, desanimada, folheava um dossiê. Não conseguia parar de pensar em Van In. Nas duas últimas horas, chegara até a considerar várias vezes a hipótese de se separar do marido. O que seria das crianças se ele começasse a viver daquela forma? E dela? Muita gente do seu meio achava que ela ganhava mais do que ele e sequer se preocupavam em esconder isso. Será que ela ainda gostava dele ou simplesmente continuava casada porque não tinha coragem de tomar uma atitude?

– Como vai?

Olivier tratou logo de ir se sentando, sem a menor cerimônia. Seus olhos claros se voltaram para ela com um ar safado. Da última vez, quase tinha conseguido seduzi-la. Era só uma questão de tempo até que ela não resistisse mais.

– Não estou muito bem hoje, Olivier. Prefiro que você...

Ele não a deixou terminar de falar.

– Por que você me mandaria embora justo num momento em que precisa de apoio?

Aquilo soou sincero, e Hannelore sabia muito bem que homens empenhados numa conquista não desperdiçavam a menor chance. Além do mais, a bem da verdade, um ombro amigo seria um presente caído do céu naquele momento. Então, em poucas palavras, ela contou o que estava acontecendo.

– Acho que o estresse está sendo demais pra ele – disse Olivier quando ela terminou de falar.

Ele tentou manter uma expressão bem séria, mas, internamente, um vulcão estava em erupção.

– Também acho.

– Ele jogava antigamente?

– Não que eu saiba.

– Ah, sim.

– O que você quer dizer com isso?

– Jogadores são mentirosos natos, Hannelore. Não ficaria nem um pouco surpreso se descobrisse que ele um dia já...

– Não acredito nisso – ela reagiu indignada.

Na mesma hora, Olivier recuou.

– Então ainda há esperança – ele disse num tom quase bajulador.

– Palavras do especialista.

Hannelore pegou uma caneta rollerbal e começou a brincar com ela. É, tinha ido um pouco longe demais ao confiar em Olivier. Enquanto girava a caneta entre os dedos, ficou tentando achar um jeito educado de dar a entender que não precisava mais de sua ajuda.

– Eu sei do que estou falando. Já trabalhei num cassino há muito tempo – disse Olivier.

– Em Blankenberge?

Olivier lançou um olhar de desaprovação.

– Não – ele disse. – Em Knokke.

A porta abriu sem que a campainha tivesse soado. Só duas pessoas entravam daquele jeito na sala de Hannelore: o procurador Beekman e Van In.

– O que você está fazendo aqui? – ela se espantou.

Van In estava no vão da porta. Ele vestia um terno e, na mão, trazia um buquê de flores. Um silêncio pesado tomou conta da sala. Hannelore não sabia como reagir. Não podia sair correndo e pular no pescoço do marido com Olivier ali, depois de tudo o que havia contado a ele, podia? Olivier ficou mudo, pois estava convencido de que aquela situação pesaria a seu favor. Van In não disse nada, pois ficara completamente atônito. Ainda bem que Versavel também estava ali.

– Oi, Hanne. Você tem um tempinho pra gente?

O sr. Marechal morava na Westmeers, uma rua calma e cheia de casinhas bonitas nas redondezas da Praça Zand. Ele levantava todo dia por volta das 7 horas e tomava seu café até as 8, acompanhado de um charuto. Em seguida, retirava-se para um quartinho entulhado de prateleiras de madeira até o teto. Em cada prateleira, havia seis álbuns volumosos com compartimentos especiais cheios de moedas. O sr. Marechal passava as duas próximas horas ali, fazendo o inventário de sua coleção e dando consultoria sobre numismática para revistas especializadas.

Depois disso, almoçava num bistrô ali perto, onde sempre pedia o prato do dia, tomava café com conhaque e fumava um charuto. Às 14 horas, dava uma volta ou jogava cartas com amigos num café na Zand. Quando ia dar uma volta, costumava estar em casa novamente às 15 horas; quando ia para o carteado, voltava às 19 horas. Nesses dias, deitava-se mais cedo. Quando jogava cartas, só bebia cerveja de alta fermentação, e isso tinha seus efeitos.

Naquele dia, saíra meia hora mais cedo do que o normal. Quem é que podia imaginar que, depois de tantos anos, Virginie ainda o fosse procurar? Suas mãos tremiam de leve quando fechou a porta da frente. Era melhor se apressar. Levaria cerca de 10 minutos a pé até a estação, e o trem dela chegaria às 12h16. Há muito tempo não se sentia tão feliz assim. Será que ela tinha mudado muito? A foto que tirara dela trinta e oito anos atrás permanecera em sua carteira durante todo aquele tempo. Estava toda amassada, e as cores tinham desbotado, mas continuava a admirá-la sem a menor esperança de reencontrar a amada algum dia. No entanto, tinha chegado o momento. A cada passo, o coração do sr. Marechal pulava de alegria.

Tudo estava calmo no L'Estaminet. A música tocava baixinho. A luz outonal entrava enviesada. Van In sentou-se a uma mesinha ao lado da janela. Hannelore pendurou o casaco num gancho e foi sentar junto a ele.

– Espero que o Guido não tenha que estacionar o carro muito longe – ela disse.

Achar um lugar para estacionar o carro em Bruges era tão difícil quanto comer peixe seco com garfo e faca. Era preciso ter muita sorte e ser muito habilidoso. Embora Versavel andasse com uma viatura policial, fazia questão de estacionar de acordo com as leis de trânsito quando não estava realizando uma intervenção urgente. Van In e Hannelore, que estavam se reconciliando, não eram uma intervenção urgente. Na verdade, nem precisavam dele para isso, mas Hannelore insistira para que ele os acompanhasse.

– Não se preocupe. Guido vai dar conta do recado – falou Van In.

Tudo ficou quieto, pois nenhum dos dois tinha coragem de iniciar uma conversa de verdade. Felizmente, Johan, o dono do estabelecimento, apareceu para trocar um dedo de prosa com eles. A pequena conversa durou dois minutos, e então o casal ficou sozinho outra vez.

– Eu sinto muito, Hanne.

Van In acendeu um cigarro e tragou bem fundo, depois expirou a fumaça em direção ao teto. Hannelore apertava, com força, as pontas dos dedos umas contra as outras. Por alguns longos segundos, olhou bem dentro dos olhos do marido antes de reagir com um suspiro.

– Por que eu ainda deveria acreditar em você?

Para ela, a mentira era mais grave do que a perda dos 5 mil euros na roleta. Também podia, muito bem, ser que ele a estivesse traindo com outra mulher. A dor era exatamente a mesma.

– Porque eu estou falando sério.

Por cima da mesa, ele pegou a mão da esposa, mas ela não reagiu. Quando, logo em seguida, ele retirou a mão, ela se arrependeu de não ter correspondido ao movimento. O que é que ela deveria fazer? Deixá-lo mais um tempo na incerteza para que sentisse na pele que ela estava realmente falando sério, ou não estragar o resto do dia dele por manter a pose de durona?

– Você tem coragem de prometer?

Hannelore desceu as mãos para baixo da mesa, espalmou-as sobre as coxas e ficou esperando uma resposta.

– O que eu tenho de prometer? – retrucou Van In.

– Que nunca mais vai sair escondido pra apostar.

Van In piscou. Ela não estava pedindo que nunca mais fosse apostar.

– Tudo bem.

Ele tomou um gole da Duvel que Johan lhe havia servido nesse meio tempo, apagou o cigarro no cinzeiro e acendeu outro em seguida.

– "Tudo bem" não é suficiente, Pieter. Você tem que prometer de verdade.

– Tá bom. Eu prometo que nunca mais vou sair escondido pra apostar.

– Você está falando sério?

Van In mudou de posição e esfregou a palma da mão em sua barba rala.

– Está prometido, Hanne.

Ele achou que ela estava sendo um pouco petulante. Já tinha feito o que ela lhe pedira. Por que ainda duvidava da sua palavra?

– Eu sei, mas...

Ela não concluiu a frase. Versavel estava entrando no salão. Van In recebeu um olhar de reprovação; Hannelore, um beijo.

– Tudo certo?

Versavel se sentou ao lado de Van In.

– Eu acho que hoje à noite vou deitar cedo – disse Van In, dando uma piscadela para Hannelore.

Estava mais do que na cara que ela tinha alguma coisa com aquele tal de Vanderpaele, mas não era o momento nem o lugar para tocar nesse assunto. Mais tarde, quando a tempestade tivesse amainado, ele sondaria a respeito, mesmo que fosse apenas para descobrir alguma coisa a mais sobre o passado do sujeito. Não podia ser só obra do acaso o fato de o dr. Vanderpaele – que, note-se, já tinha sido crupiê – estar se insinuando para Hannelore logo no momento em que Van In estava investigando assassinatos possivelmente ligados ao mundo dos jogos.

– Você não tem que ir pra academia? – perguntou Hannelore.

– Não, amor. Acho que hoje eu vou faltar.

Ela lhe lançou um olhar que aguçou a fantasia do marido. Era o olhar esfomeado de um animal de rapina.

– Então que tal eu preparar uma boa carne? – ela disse. – Quer ir jantar lá em casa, Guido?

Se ela fosse preparar a carne e Versavel fosse até a casa deles, ia ficar tarde. É, nada de sexo. Ele não tinha nada contra uma gata adormecida se esfregando em seu corpo, muito pelo contrário; mas não era isso que queria naquela noite. Queria o confronto com um felino selvagem.

– Combinado – disse Hannelore quando Versavel aceitou o convite com um aceno. – Boi ou porco?

– Merda.

– Você prefere faisão, amor?

Van In balançou a cabeça.

– Me lembrei de uma coisa da noite passada.

Ele contou que havia visto Evarist Oreels no cassino e que a mulher dele tinha um caso com Devilder.

– Deve ser apenas acaso o fato de Merel Deman ter trabalhado na empresa de Oreels, mas eu não posso descartar nenhuma possibilidade. Pode ser que ela tenha ficado sabendo de alguma coisa a respeito do patrão e que tenha sido demitida por isso.

– Quem sabe – disse Versavel meio distraído.

Ele já estava com a cabeça no jantar. Hannelore sabia cozinhar muito bem, e os molhos que ela preparava eram divinos.

Cassinos ilegais só conseguiam sobreviver enquanto não eram descobertos, isso era fato no mundo dos jogos. As cinco mesas de apostas montadas no salão de festas do café De Vetgans haveriam de ficar em atividade por, no máximo, uma semana. Assim que chegasse aos ouvidos das autoridades que havia um cassino ilegal instalado ali, as mesas mudariam de local. Willy Gevers trataria disso. Era ele quem tomava conta do cassino "ambulante" e selecionava os candidatos para o Jogo, que era realizado em intervalos de tempo estipulados. Naquela noite, aconteceria mais uma rodada de apostas. Havia somente carros caros no estacionamento. As pessoas ali presentes eram quase todas podres de ricas, bem como viciadas em apostas e em emoções fortes. Não jogavam apenas por dinheiro, mas também por uma vida humana.

O Mestre do Jogo fizera um planejamento preciso. Das 21 horas até a meia-noite, o jogo era normal, e isso proporcionava um lucro enorme. Não havia limite para as apostas. Mas, ao soar a meia-noite, só era possível fazer apostas diretas em um número apenas, determinado previamente por Nathan Six. Na semana anterior, quando ocorrera a primeira rodada do Jogo, todos estavam bêbados quando a bolinha caiu no número 15, o número da casa de Merel Deman. O ganhador, um sujeito arrogante que enriquecera importando vestuário barato, hesitou um instante antes de receber seu ganho de 420 mil euros, mas, por fim, acabou pegando o dinheiro. Depois disso, uma agitação atravessou a sala, e teve início uma festa enorme e decadente, regada a champanhe, e com garotas que serviam os clientes num estalar de dedos.

Naquela noite, o clima no salão estava mais do que tenso, e mal eram 22 horas. Willy Gevers pegou uma taça de champanhe da bandeja de um dos garçons que estavam de passagem e se postou ao lado de Evarist Oreels.

– E então? Acha que vai ganhar esta noite?

Na semana anterior, Oreels perdera 84 mil euros, uma miséria frente ao que ganhava por semana. Mas, como todo bom apostador, uma perda dessas era um verdadeiro estímulo para fazer uma aposta ainda maior na vez seguinte.

– Karel ainda está nas nuvens – disse Oreels sorrindo.

Karel era o barão da indústria têxtil que ganhara na semana anterior.

– Então você vai continuar tentando.

– Pode contar com isso – disse Oreels.

– Na verdade, estamos fazendo exatamente o mesmo que as pessoas que assistem a uma corrida de Fórmula 1 – riu Gevers. – Ficamos todos torcendo para que os carros batam uns nos outros e, de preferência, que morra alguém.

– Quer mais vinho, Guido?

Van In pegou a garrafa e completou o copo de Versavel antes que ele respondesse. Era sua quarta taça, e estava começando a ficar meio alto, pois não tinha o costume de ingerir bebidas alcoólicas. Naquela noite, abrira uma exceção. Primeiro porque Hannelore insistira e, em segundo lugar, porque Van In tinha uma caixa fechada do La Segreta em casa, um vinho siciliano saborosíssimo.

– O porco estava delicioso, Hanne.

Ela sorriu. Achava muito engraçado ouvir Versavel falando com a língua enrolada.

– Deu pra perceber que você gostou.

Ela assara uma peça de quase 1 quilo, e não tinha sobrado um pedacinho sequer. Eles rasparam o molho dos pratos com pão até ficarem tão limpos que poderiam ser guardados direto no armário outra vez. Uma noite perfeita. Van In e Versavel até falaram de outras coisas que não o trabalho.

– Também quer mais? – Van In perguntou a Hannelore, segurando a garrafa sobre o copo dela, pronto para enchê-lo novamente.

– Quero, sim. Por que não, não é mesmo? – respondeu ela.

– Então também vou tomar mais – disse Van In.

Ele já estava na oitava taça. Uma a mais não faria diferença. Em todo caso, dormiria como um anjo.

– Alguém vai querer sobremesa?

– Musse de chocolate? – perguntou Versavel, que era louco pela musse que Hannelore fazia.

– Não, Guido. Hoje só tenho framboesas.

Van In subiu a escada aos tropeços. Era 1h30. O vinho acabara. Sentia-se exausto e também meio alegre. A euforia de um bom vinho o fazia sonhar com uma cama macia e o prazer de logo poder tirar os sapatos e esticar as pernas. Era um daqueles momentos em que se dava conta de quão feliz era. O mundo ao seu redor era lindo e permaneceria assim pelo menos até a manhã seguinte.

No quarto, primeiro tirou a camisa e depois os sapatos. As meias estavam meio úmidas. Desabotoou a calça, sentou-se na beirada da cama e começou a massagear os pés. Ouviu Hannelore lá embaixo, tirando a mesa, e ficou esperando até o barulho de pratos e copos ter cessado. Será que ela ainda ia fumar um cigarrinho ou subiria logo? Ficou de pé e deixou a calça escorregar até os tornozelos. O quarto estava um pouco mais frio do que a sala, e isso lhe fez bem. Postou-se em frente ao espelho e tirou a cueca. Estava na cara que tinha tomado vinho demais. Enfiou-se na cama. Onde estava Hannelore? Nem passava pela cabeça dele adormecer sem a sentir ao seu lado. Queria se deitar com ela e desfrutar do calor de seu corpo, nem que fosse por apenas cinco minutos. Esticou as pernas e puxou o edredom até o queixo. Hannelore desligou a luz da sala de estar. Van In ouviu o ranger da escada. Finalmente.

– Você já está dormindo? – ela perguntou.

– É claro que não.

Ela se despiu no escuro e se deitou ao lado dele.

– Quer uma framboesa? – a mulher ofereceu.

Ele abriu a boca e ela colocou ali uma framboesa. O cansaço foi sumindo como um pedacinho de chocolate que derrete aos poucos. Ele sentiu as mãos frias de Hannelore deslizarem por suas costas, e a respiração dela passou por seu rosto.

– Você não está cansado, né?

Ela colou seu corpo no corpo de Van In, fazendo com que ele a sentisse por inteiro. Um sinal no cérebro dele desencadeou um processo químico que fez seu sangue correr mais rápido pelas veias, criando imagens em sua cabeça capazes de levantar um morto.

– Me dá mais uma framboesa, amorzinho? – pediu ele.

Ela estendeu o braço até a caixinha que estava no criado-mudo, pegou uma fruta e a passou para ele. Van In a pegou e se enfiou embaixo do edredom. Ela gemeu em voz baixa quando ele a enfiou dentro dela. O resto foi puro prazer.

Capítulo 7

– Dormiu bem?

Versavel estava com uma cara péssima e os olhos fundos. Vestia a mesma camisa do dia anterior e estava mais de uma hora atrasado.

– O Frank não me acordou de propósito.

– Ele ficou bravo?

Versavel gemeu ao se sentar. Frank não tomava bebidas alcoólicas de jeito nenhum e detestava quando Versavel bebia alguma coisa, mesmo que fosse raramente. Quase tinham se pegado no tapa por causa disso, e faltou pouco para que Frank passasse a noite no quarto de hóspedes.

– Já fizemos as pazes.

Van In encheu duas xícaras com café. Ele e Hannelore só tinham ido dormir lá pelas 4 horas, mas nem dava para notar. Sentia-se bem-disposto e revigorado.

– Da próxima vez, vamos tomar uma garrafa a menos.

Versavel sacudiu a cabeça negativamente.

– Não, Pieter. Da próxima vez, vou tomar café como sobremesa. Ou comer framboesas.

– É – riu Van In. – Foi uma pena você não ter experimentado as framboesas. Elas estavam divinas.

– Posso imaginar.

– Não, Guido, você não tem nem idéia de como estavam boas.

Carine entrou. Ela vestia uma saia longa e uma blusinha bem justa e um tanto curta. Mulheres gostam de mostrar seus pontos positivos, e Carine não fugia à regra. Cada movimento que ela fazia acabava puxando a blusa para cima, revelando um pedaço nu das costas ou da barriga. Versavel não deu atenção a isso, e Van In fez de conta que não estava notando nada.

– Bruynooghe avisou que está doente – disse Carine. – Segundo a mulher dele, é alguma coisa no estômago outra vez.

Já fazia alguns meses que Bruynooghe estava com problemas de estômago e intestino. Já fizera vários exames, mas os médicos não conseguiam estabelecer um diagnóstico. Van In achava que a doença tinha muito a ver com o fato de o filho mais novo de Bruynooghe ter de refazer o quinto ano de medicina, mas esse era um assunto tão delicado que ninguém se atrevia a falar com ele sobre isso.

– Temos alguém que possa substituí-lo?

– Pode deixar que eu dou conta – disse Carine.

Ela sentou e cruzou as pernas. Quando viu que Versavel não apareceu logo cedo, teve esperanças de que ele também estivesse doente. Aí, seria a parceira de Van In nas saídas daquele dia.

– O relatório de Vermeulen já chegou?

O chefe da perícia técnica prometera que providenciaria os resultados da investigação realizada na casa de Blontrock o mais depressa possível, mas não era a primeira vez que não se atinha à promessa.

– Acho que não – disse Carine. – Mas eu descobri algumas coisas.

Agora ela tinha conseguido a atenção dele. Van In se comportava de forma bem neutra em relação às investidas de Carine no campo pessoal, mas, quando ela apresentava resultados no campo profissional, ele era todo ouvidos.

– Até seis meses atrás, Hubert Blontrock foi sócio de uma empresa chamada BVBA – ela disse. – Com um tal de Willy Gevers – ela acrescentou quando Van In franziu a testa. – Há alguns anos, Willy Gevers foi condenado por fraude e exploração de um cassino ilegal.

– Entendi.

Van In ficou com uma expressão séria e a encarou admirado. O seu olhar provocou um arrepio nela.

– A BVBA faliu?

– Não. Blontrock se retirou dela.

– Ele vendeu suas cotas?

Carine confirmou entusiasticamente com a cabeça.

– A participação dele valia quase 400 mil euros.

Até mesmo Versavel a premiou com um olhar de aprovação. Era impossível que Blontrock estivesse em dificuldades financeiras se, seis meses antes, tinha recebido quase meio milhão de euros. Existiam limites mesmo para um apostador contumaz como ele.

– Onde fica a BVBA do sr. Gevers?

– Na Rua Jan Bonin.

– Tem certeza?

Essa rua era uma travessa da Rua Ezel, que tinha sobretudo casas pequenas. Não era exatamente o local em que se esperava encontrar a sede de uma empresa.

– O relatório completo está na minha mesa. Quer que eu vá pegá-lo pra você? – perguntou Carine.

– Quero, sim – disse Van In.

Ele acendeu um cigarro. O seu departamento estava com déficit de pessoal, e não havia previsão de quando Bruynooghe voltaria. Por mais eficiente que Carine fosse, não podia deixar o caso Blontrock só a cargo dela. Versavel adivinhou seus pensamentos.

– Vamos nós mesmos até lá?

Van In acenou positivamente. Só não disse que o "nós" também incluía Carine.

Pair Impair BVBA era o que se lia na placa. Van In tocou a campainha e deu um passo para trás. Como esperado, a casa era pequena, e nada indicava que fosse um imóvel comercial. "Importação e exportação de antiguidades" era o ramo de atividade que constava no estatuto da empresa, do qual Carine havia conseguido uma cópia. De qualquer forma, não havia nenhuma ligação com apostas ou cassinos, exceto pelo nome. Das duas, uma: ou o sr. Gevers tinha mudado de vida, ou a empresa era apenas fachada para encobrir atividades que não podiam ser vistas à luz do dia. O fato de a casa de seu ex-sócio, Blontrock, estar cheia de antiguidades tornava a atividade mais crível.

Van In ainda estava mergulhado em pensamentos quando a porta da frente se abriu. Um homem de estatura baixa – a sua figura se encaixava perfeitamente naquela casinha de pão-de-ló de João e Maria – examinou primeiro Carine e só depois se voltou para Van In, que estava à sua frente.

– Bom-dia. Em que posso ajudá-los?

– Meu nome é Van In, e estes são os investigadores Versavel e Neels. Vim até aqui por causa do assassinato de Hubert Blontrock.

– Já faz tempo que não tenho mais nada com Hubert – disse Gevers.

– Eu sei disso – retrucou Van In. – Podemos entrar por um instante?

– Posso dizer que não?

O tom foi meio irônico, mas Van In não deu a menor atenção. Gevers era macaco velho, e esse não era seu primeiro contato com a polícia. Ele conhecia seus direitos.

– Só pessoas que têm algo a esconder fazem isso – provocou Van In.

Gevers deu de ombros e recuou um passo:

– Pois bem, fiquem à vontade.

Embora Gevers aparentasse estar completamente calmo, todos os seus nervos se contorciam. Será que a polícia sabia alguma coisa sobre o Jogo ou aquilo não passava de uma visita de rotina? Ainda bem que Hubert Blontrock não havia tido chance de falar mais do que devia; da mulher dele também não precisava ter medo. Só receava que a visita da polícia fosse deixar Nathan Six e o Mestre do Jogo desconfiados.

– Sentem, por favor.

A sala de estar estava entulhada de antiguidades. Havia três relógios de pedestal e diversas estátuas de bronze. Van In nunca tinha visto tantas estátuas assim num só lugar.

– Não imaginei que o comércio de antiguidades fosse tão bom assim.

Gevers deu de ombros.

– Faço o melhor possível, comissário.

Van In se sentou numa cadeira chesterfield de couro. Versavel e Carine se acomodaram num sofá cujos pés estavam tomados por cupins. Parecia que era ali que Gevers armazenava as coisas que não conseguia vender.

– Se não me engano, o senhor e Hubert Blontrock foram sócios – disse Van In encarando Gevers.

O homem reagiu antes mesmo que Van In conseguisse perguntar por que Blontrock havia vendido a sua parte.

– Hubert tinha um problema, comissário. Um problema enorme. A mulher dele não lhe contou que estavam praticamente falidos?

– Não – disse Van In. – Ela não disse nada a respeito disso.

– Mas o senhor sabe que Hubert apostava pra valer, não é?

– É, ouvi falar.

Van In se restringiu a respostas curtas que não diziam absolutamente nada, na esperança de que Gevers contasse mais do que queria. E deu certo. Ele entregou toda a história. Gevers conhecera Blontrock quando este ainda explorava o Cour des Flandres.

– Eu ia lá de vez em quando com uma namorada – disse Gevers. – Com o Hubert, saía pra beber e comer. Nós conversávamos muito sobre antiguidades, uma paixão em comum. E daí foi surgindo a idéia de montarmos um negócio. Hubert, que na época já era jogador fanático, foi quem sugeriu o nome – Gevers riu. – Pair Impair não é exatamente um bom nome pra uma firma que lida com antiguidades.

– Com certeza – disse Van In. – Mas, ao que parece, o nome não teve nenhuma influência negativa em suas atividades. A Pair Impair conseguiu um lucro e tanto.

Gevers fez que sim com a cabeça.

– No começo, garimpávamos nossos clientes entre os freqüentadores do Cour des Flandres. Partíamos do pressuposto de que homens que tinham condições de manter uma amante, provavelmente também deveriam morar numa casa bonita, com móveis caros. O senhor não tem idéia de quantas mulheres ricas mais velhas que são traídas por seus maridos começam a colecionar antiguidades.

– É mesmo?

Van In sabia que muitas casas de magistrados e advogados mais velhos estavam cheias de antiguidades.

– No momento, as coisas estão meio paradas, mas, mesmo assim, não tenho do que me queixar.

– E, apesar disso, o senhor mora aqui, de forma bem modesta, sr. Gevers.

– Esta é a casa dos meus pais, comissário. Por dinheiro nenhum, eu ia querer morar em outro lugar.

Van In olhou para Versavel e depois para Carine. A história de Gevers soava aceitável, mas ainda tinha uma coisa que ele queria saber.

– O senhor mora aqui. Imagino que a sua loja...

– Eu não tenho loja, só um depósito, na Avenida Kortrijksesteen. Meus clientes ligam pra mim, ou eu ligo pra eles.

– Entendi – disse Van In.

Ele estava firmemente decidido a mandar averiguar toda a história do sr. Gevers. E também queria saber o que havia acontecido com os 400 mil euros que Blontrock tinha recebido da BVBA.

– O senhor acha que Blontrock apostou todo o dinheiro que recebeu do senhor?

Gevers deu um sorriso.

– Eu não acho, eu tenho certeza.

– Foi ele quem disse isso?

– Não, foi a Marie-Louise.

– Marie-Louise?

– A viúva de Hubert Blontrock.

Trinta anos antes, Willy Gevers havia se envolvido com Marie-Louise; por pouco, ela não abandonara Blontrock para ficar com ele. Felizmente, porém, ele acabara conseguindo demovê-la da idéia. Num primeiro momento, ela ficou magoada, mas, depois que a poeira assentou, tudo se ajeitou novamente. Mulheres como Marie-Louise eram muito românticas. Queriam calor, afeição e um ombro forte no qual pudessem chorar suas mágoas, mas, às vezes, se esqueciam de que também era preciso ganhar dinheiro. Hubert nunca teria aceitado que Gevers ficasse com ela. E a Pair Impar não teria sobrevivido a um baque daqueles.

– O senhor ainda tem contato com ela?

Na mesma hora, Gevers se arrependeu de ter citado o nome de Marie-Louise. Ele lançou um olhar para o relógio e levou a mão à testa.

– Algum problema?

– Marquei com um cliente às 11 horas – disse Gevers.

Eram 10h53. Van In não acreditou muito naquela desculpa esfarrapada, mas achou melhor não demonstrar isso. Nem mesmo repetiu a pergunta que acabara de fazer.

– Então é melhor irmos – ele disse.

– Espero que o senhor não me leve a mal, comissário.

– Aqui não se leva nada a mal – Van In respondeu num tom filosófico. – Voltaremos outra hora.

Gevers apertou a mão estendida do comissário e depois acompanhou os três até a porta.

– O senhor tem alguma pista de quem seja o assassino? – Gevers perguntou enquanto tirava o casaco do cabide.

– Acho que sim – disse Van In.

Versavel e Carine não esboçaram nenhuma reação à resposta de Van In. Se Gevers estivesse envolvido no assassinato de Blontrock, a resposta o deixaria inseguro, e isso às vezes acabava dando mais resultado do que um interrogatório incisivo.

A plataforma estava cheia de gente. Pessoas apressadas se contorciam para fora do trem, outras se precipitavam de qualquer jeito para dentro. Sem poder fazer nada, o sr. Marechal teve de ver Virginie quase ser derrubada por um grupo de estudantes arruaceiros. Quis correr para ajudá-la, mas suas pernas já não eram mais as mesmas. Assim, tudo o que conseguiu fazer foi gritar alguns palavrões para os jovens, o que acabou atraindo a atenção de Virginie. Ela estava radiante.

– Você não mudou nada, Charles – ela disse quando finalmente estava ao lado dele.

– E você também não.

Ela colocou os braços nos ombros dele e o beijou duas vezes. O corpo do homem se enrijeceu quando um longo arrepio lhe percorreu a espinha, chegando até a cabeça.

– Você nem imagina como estou feliz por encontrá-la outra vez depois de tanto tempo – ele disse ao recobrar o controle sobre seus músculos.

Ele pegou a mala dela; ela, a mão dele. Virginie sentia seu coração bater acelerado. Depois de tantos anos, continuava desejando aquele homem. Como é que, quando jovem, ela pôde ter sido tão idiota a ponto de permitir que seus pais os separassem só porque achavam que ele não servia para ela? Havia lamentado isso a vida inteira.

– E você não imagina como estou feliz em poder segurar a sua mão.

Ela apoiou a cabeça de lado no ombro dele, como antigamente.

– Você deve estar com fome, não é? – disse o sr. Marechal. – O que acha de irmos comer alguma coisa?

– Eu vou aonde você for – ela disse sorridente.

Willy Gevers deu partida no carro, um BMW X5 cinza escuro, e cuidadosamente saiu da garagem. Podia fazer duas coisas: entrar em contato com Nathan Six e pô-lo a par da visita que acabara de receber ou ficar de boca fechada. Dirigiu até estar fora da cidade – só para o caso de estar sendo seguido pela polícia – e depois voltou. Durante o trajeto, ficou matutando sobre o que deveria fazer e acabou concluindo que era melhor primeiro falar com Marie-Louise. Nem cinco minutos depois, tocou a campainha da casa dela.

– Desculpe aparecer de surpresa, Marie-Louise, mas...

– Não precisa se desculpar, Willy. Venha, entre e me conte qual é o problema.

– A polícia esteve na minha casa hoje. Por causa do assassinato do Hubert.

Os dois se sentaram no salão anexo à biblioteca, onde Blontrock havia sido assassinado. Por mais que tivesse sido limpa com um produto especial, a mancha de sangue continuava claramente visível no tapete.

– Quer tomar alguma coisa? Um conhaque? No armário, ainda tem uma garrafa de um velho Napoleão. Seria um crime deixar que evapore.

Ela se levantou, foi até o armário e encheu um copo. Só o aroma da bebida de cor escura já era inebriante.

– E agora me conte o que está acontecendo.

Ela se sentou bem na frente dele e cruzou as pernas. Seus olhos cinza meio irônicos o fitavam. Trinta anos atrás, estivera completamente a seus pés, mas, desde então, muita coisa tinha mudado dentro dela.

– A polícia pretende descobrir o que aconteceu com os 400 mil euros que Hubert recebeu. E eu queria saber se você...

– Eu sou um túmulo, Willy. Você sabe disso.

– Eu sei, mas...

– Não se preocupe. Eu dou conta. Esse dinheiro está muito bem aplicado.

Willy Gevers tomou um gole do conhaque e analisou Marie-Louise furtivamente através do copo. Ela ainda era bem atraente para a sua idade. Qual seria a sensação de sentir seus seios depois de todos aqueles anos? E a sua barriga? Ainda bem que Hubert nunca descobriu que ele tivera um caso com ela. Pelo menos, era o que ele achava.

– Você vai ficar morando aqui? – perguntou ele.

– Não. Acho que não.

Os dois ficaram quietos. Um relógio de pedestal tiquetaqueava. O cheiro de livros e cera se misturava com o aroma do conhaque. Gevers estava achando o clima bem agradável.

– Você e Hubert poderiam ter tido uma vida boa – disse ele quando o silêncio começou a pesar.

– Eu e você também – reagiu Marie-Louise.

Por mais de trinta anos, ela vivera na sombra do marido, como um passarinho numa gaiola de ouro. Ele desfrutara amplamente da vida, e a ela só restara ver os anos passarem, como as folhas arrancadas de um calendário.

– Você acha isso?

– Acho, sim.

Tanto Hubert quanto Willy eram apostadores irremediáveis, mas Willy sempre fizera Marie-Louise se sentir mulher. Algumas vezes, às escondidas, a havia levado para viajar e, nos aniversários, sempre lhe dava um presente bem bonito. Já Hubert não dividia seu dinheiro com ninguém. Por anos a fio, ela acreditou que poderia mudá-lo, mas nunca conseguiu.

– Eu também não sou santo, Marie-Louise.

– Não, não é, Willy. Mas você nunca teria exigido que...

Sua voz ficou presa na garganta. Uma imensa amargura tomou conta de seus olhos. Ela nunca conseguira perdoar Hubert por tê-la obrigado a fazer um aborto. "Você tem idéia de quanto custa uma criança?" ele lhe havia dito.

– Se tiver alguma coisa que eu possa fazer por você, é só me dizer – ele se ofereceu.

Willy chegou mais perto de Marie-Louise e colocou sua mão sobre a dela. O Jogo lhe rendia um bom dinheiro, que certamente não acabaria tão cedo. Estava em condições de ajudá-la financeiramente se fosse necessário.

– Não se preocupe, eu dou conta. Mais um conhaque?

Ela tinha achado muito agradável aquela visita. Sentia vontade de jogar seus braços em volta do pescoço de Gevers e apertá-lo contra o peito. Mas, do jeito que as coisas estavam naquele momento, era melhor não se entregar ao impulso.

– Mais um então.

Ela pegou a garrafa e pôs uma boa dose da bebida no copo. Agora era livre, não tinha mais ninguém para ficar dizendo o que podia ou não fazer.

O destino é desumano e impiedoso. Hannelore já estava na porta da sala quando o telefone tocou. Ela não queria atender, mas o fez mesmo assim. Ficou com medo de que fosse algo importante.

– Alô, Hannelore Martens falando.

Quando ela reconheceu a voz do outro lado da linha, na mesma hora se arrependeu de ter atendido.

– Não dá pra gente tratar desse assunto amanhã, Olivier? Já estou de saída.

– Só preciso de dez minutos, Hannelore.

– Não, Olivier. Preciso ir pra casa com urgência.

Olivier Vanderpaele tinha uma voz macia e suave, com a qual conseguia cativar as pessoas. E sempre arranjava imediatamente uma solução sob medida para todo e qualquer problema.

– Então eu acompanho você – ele disse. – Podemos falar sobre isso no caminho.

Xeque-mate.

– Tudo bem então. Te encontro no hall.

Era raro Van In pegar Hannelore no tribunal. Quando viu que ela e Vanderpaele estavam conversando no saguão, reduziu o passo e esperou alguns segundos. Mas eles continuaram conversando. Pior ainda. Aquele cretino tinha colocado a mão no ombro dela. Van In já se perguntara várias vezes o que faria se descobrisse que ela o andava traindo. Teria uma reação emocional e impulsiva ou fingiria não saber de nada e arquitetaria um plano de vingança? Mas uma coisa ele sabia com toda a certeza: o sujeito que quisesse ir para a cama com Hannelore faria isso uma vez apenas.

Van In andou até a lateral do prédio e se escondeu atrás de um carro estacionado. Não se passaram nem trinta segundos, e os dois saíram do edifício. A mão dele continuava no ombro de Hannelore, e ela não fazia nada para tirá-la dali. Van In começou a suar frio. Deus do céu, o que é que esses dois pretendiam fazer? Ele ia descobrir de qualquer jeito. Um pouco mais adiante, um advogado amigo de Van In seguia em direção ao carro. Ele foi até o colega.

– Será que você poderia me emprestar o celular, Hoornaert?

O advogado deu um sorriso quando reconheceu Van In.

– É claro, comissário.

Em certa ocasião, Van In lhe dera uma dica sobre um assunto delicado e, desde então, os dois se davam muito bem.

– Só dois minutos.

Van In pegou o aparelho do amigo, andou até um lugar de onde ainda podia ver Hannelore e teclou o número dela. Ela parou e enfiou a mão na bolsa.

– Alô.

– Oi, amor.

– Aconteceu alguma coisa?

– Não. Só estou ligando pra avisar que não vou conseguir chegar antes das 8 hoje à noite.

Seguiu-se um silêncio ao qual Van In não estava acostumado. Geralmente, numa situação dessas, ela reagia instantaneamente.

– Não tem nenhum problema, né? – ele disse.

Hannelore olhou para Vanderpaele. Ele estava prestando atenção na conversa, e ela tinha acabado de lhe dizer que precisava ir logo para casa por causa de Van In.

– É claro que não – ela disse distraída.

Foi difícil para Van In manter um timbre normal na voz.

– Até mais tarde então.

– Até.

Ela sorriu para Vanderpaele e desligou o celular.

– Era a minha empregada querendo saber se podia tirar o dia de folga amanhã – ela disse. – Não tem como negar isso, né?

Ela guardou o celular outra vez na bolsa. Ligaria depois para Van In e explicaria o que havia acontecido. Mais tarde, prepararia uma janta bem gostosa para o marido. Se isso não adiantasse, poderia tentar mimá-lo de alguma outra forma.

As mesas de jogo no cassino estavam todas ocupadas. Nathan Six estava sentado no bar, tomando água com gás. Donald Devilder, sentado ao seu lado, bebericava champanhe. Sabine Oreels, sentada a uma mesinha, esperava pacientemente até que Devilder estivesse livre e viesse se juntar a ela. Ela vestia uma saia longa de cetim preto com uma fenda e uma blusa branca transparente, com um sutiã preto por baixo. Seus seios mereciam ser vistos. Era o que dizia a maioria dos homens com quem tivera um caso. O seu marido era o único que nunca olhava para ela. Ele só se ocupava de números e meninas mais novas do que as próprias filhas. Não que isso a incomodasse muito. Ele não se metia na vida dela, e ela não se metia na dele. Estendeu a mão e pediu mais uma garrafa de champanhe. O álcool a deixava desinibida e exigente. "Lá vem aquele tira outra vez", ela pensou quando viu Van In entrar.

Ela sentia pena dele, pois sabia que era só uma questão de tempo até Devilder tê-lo completamente em seu poder.

– Olha só quem apareceu – Devilder estendeu a mão para Van In e o convidou a sentar.

Sem que fosse pedido, um garçom trouxe mais um copo.

– Quero lhe apresentar um grande amigo: Nathan Six. Nathan, este é o comissário Van In, do serviço local de investigações. Ele está conduzindo o caso Blontrock.

Van In e Six se cumprimentaram com um aperto de mãos.

– E que bons ventos o trazem até aqui, comissário? – perguntou Devilder.

Van In não estava disposto a fazer rodeios. Já estava arrependido de ter seguido Hannelore e Vanderpaele só até a Rua Sint-Jakobs e não até a Vette Vispoort. Agora nunca saberia ao certo se Vanderpaele tinha entrado em casa com ela ou não. A pergunta, na verdade, era: ele queria mesmo saber? Durante a corrida de táxi de Bruges até Blankenberge, ficou o tempo todo remoendo essa pergunta. Será que não estava exagerando um pouco? Hannelore nunca o trairia. Ainda mais com um palhaço arrogante como Vanderpaele.

– Vim acertar as contas – ele disse.

Devilder o olhou abismado e trocou um olhar significativo com Nathan Six.

– O comissário Van In gosta de fazer piadas – falou Devilder.

– Não precisa me poupar por causa do sr. Six. Não me envergonho nem um pouco de ter uma dívida com o senhor – disse Van In.

Nathan Six pegou seu copo e o esvaziou de uma só vez, enquanto observava Van In. Será que precisava temer um tira viciado em jogos? Será que esse era o melhor investigador de Bruges? Não. Não precisava se preocupar. Ninguém jamais conseguiria descobrir uma ligação entre os assassinatos.

– Não me leve a mal, comissário. Preciso ir.

– Mas já? – perguntou Devilder. – Pensei que íamos...

Six calou a boca dele com um olhar cortante.

– Outro dia, Donald.

Van In notou que Devilder, quase de modo submisso, fez que sim com a cabeça.

Às 21h30, Hannelore começou a se preocupar. Nas últimas horas, tentara várias vezes falar com Van In na delegacia, mas ninguém sabia informar onde ele estava. Talvez fosse melhor mesmo falar com Versavel.

– Um joguinho não faz mal a ninguém – disse Devilder. – Quem sabe você consiga recuperar o dinheiro que perdeu ontem?

Van In não quis se arriscar a chegar em casa antes das 20 horas e, por isso, resolveu ficar ali no cassino. Simplesmente ficar no cassino, na verdade, não era grave. Ele só não podia ter tomado tantas Duvels para passar o tempo. A insegurança em relação a Hannelore mais o álcool estavam pregando uma peça nele.

– Melhor não, Donald. Prometi à minha mulher que...

– Tenha dó, comissário. Minha mulher também não sabe de tudo o que eu faço.

Devilder lançou um olhar cheio de significado para Sabine Oreels. Van In seguiu o olhar. Quando ela percebeu que ele a estava observando, molhou o dedo no champanhe e o deslizou provocantemente por cima do lábio superior.

– Não é preciso jogar necessariamente por dinheiro – disse Devilder com um sorriso ambíguo.

Van In então se viu atormentado por demônios. Jogar por uma mulher. A idéia lhe parecia incrivelmente excitante.

Fazia frio dentro do carro, e Hannelore estava toda encolhida no banco do passageiro. Versavel mantinha o olhar fixo nas luzes traseiras do carro à frente deles. Não se sentia nem um pouco confortável com o que estavam fazendo. O que aconteceria se encontrassem Van In no cassino? Será que as pessoas nunca amadureciam? Ou será que a força de atração exercida pelo dinheiro era tão grande que se tornava incontrolável? Versavel não conseguia entender como é que o amigo podia se deixar levar por um jogo impossível de se ganhar.

– Quem sabe ele foi fazer uma investigação sozinho – disse Versavel.

Hannelore girou a cabeça e deu um sorriso triste.

– E você não saberia de nada? Conta outra, Guido.

– Ele fazia isso antigamente.

– É impossível que Van In tenha um amigo melhor do que você, mas também não adianta forçar a barra.

– Mas ele te ligou avisando.

– É, eu sei – ela disse. – Logo hoje.

Van In raramente ligava para avisar que ia chegar mais tarde. Fazia tempo que Hannelore estava com uma sensação estranha, mas tentava se convencer de que não precisava se preocupar. Não convidara Olivier para entrar, embora ele tivesse insistido para que isso acontecesse.

– O Pieter é um sujeito extremamente ciumento, Hanne.

Versavel tinha adivinhado os pensamentos dela, o que não era difícil, pois sabia da história toda. Os dois estavam passando pela igreja de Uitkerke. Mais cinco minutos e saberiam se o que temiam era verdade.

– Isso você nem precisa me dizer – ela respondeu.

Se Van In descobrisse que Vanderpaele a tinha acompanhado até em casa, certamente armaria uma cena. Por outro lado, ela tinha de tolerar as investidas de Carine. "São inocentes" era o que ele dizia. Mas é claro que não eram. Se Carine tivesse uma chance, agarraria Van In com ambas as mãos. E, na verdade, o mesmo valia para Olivier. A maneira como ele a olhava e falava com ela, bem como todas as coisas que ele havia dito naquela noite... Qualquer mulher sensata faria de tudo para não ficar sozinha com ele. E o que foi que ela disse quando eles se despediram naquela tarde? "Te vejo amanhã."

– Posso te pedir um enorme favor, Hanne?

Agora eles passavam pelo Zeedijk. Apesar do horário, havia um grupo de pessoas passeando ao longo da costa. Suas silhuetas contrastavam com a crista espumosa das ondas.

– Lá vem – ela disse com um suspiro.

– É melhor eu entrar sozinho.

– Nem pensar.

Versavel estacionou o carro, soltou o cinto de segurança e a encarou com um olhar penetrante.

– Me dê dez minutos, Hanne. Por favor.

– Quer mais vinho, Virginie?

O sr. Marechal esticou o braço até a garrafa metade vazia e sorriu para a mulher por quem se apaixonara há mais de quarenta anos e que agora, finalmente, estava junto dele outra vez. Ele arrumara o quarto de hóspedes, mas, em seu íntimo, torcia para que ela não fizesse uso dele. Um pouco de vinho deixaria tudo mais fácil. Ela não protestou, portanto ele encheu as taças outra vez.

– Tintim.

Eles brindaram e beberam o vinho.

– Quer mais uma bolachinha?

– Quero, sim.

Ele lhe estendeu a travessa.

– Você está tremendo, Charles.

Ela segurou a mão dele até a bandeja parar de tremer.

– Estou meio nervoso.

– Nervoso?

Os olhos de Virginie cintilaram. Ela sabia muito bem por que ele estava nervoso. Charles fora um amante exemplar, e ela se surpreenderia muito se ele tivesse perdido o jeito.

– Você está tão bonita, Virginie.

Ele colocou a travessa na mesa e se sentou ao seu lado. Ela passou os dedos pelo cabelo fino dele, e isso o arrepiou.

A bolinha pipocou na borda da roleta. Van In apostara no 11 e nos vizinhos.

– *Rien ne va plus.*

Os olhos de todos os jogadores se concentraram na roleta que girava. Van In estava tão compenetrado no jogo que nem sentiu a respiração em sua nuca. Só quando Versavel o segurou pelo ombro foi que ele se virou.

– Você vai sair comigo agora de livre e espontânea vontade, ou eu te arrasto pra fora daqui.

Havia uma expressão decidida em torno dos lábios de Versavel, e seus olhos brilhavam como duas pedras preciosas polidas.

– Quer que eu chame o segurança? – perguntou Devilder a Van In quando percebeu o que estava acontecendo.

– Eu não faria isso se fosse o senhor – sussurrou Van In.

Versavel dava conta facilmente de dois homens quando não estava furioso. No estado em que estava, seriam necessários pelo menos uns quatro para dominá-lo.

– *Onze, rouge, impair...*

Van In fitou a bolinha, que ainda deu uma balançadinha no número 11. Mas o que é que o havia levado a jogar? Sexo. Sexo com uma mulher que se deitava com qualquer um que lhe desse mole.

– Parabéns, comissário. O senhor ganhou o prêmio principal. Quer que eu informe a boa notícia à senhora Oreels ou prefere fazer isso o senhor mesmo?

Devilder sorriu e olhou para o lado por um instante. Dois sujeitos robustos trajando smoking estavam a uma distância pequena da mesa de jogo. Ele havia lhes dado um sinal assim que notara que Van In estava com problemas.

– Você veio sozinho? – Van In perguntou quando viu os sujeitos de smoking.

– Não – disse Versavel. – A Hannelore está no carro.

Os dois se despiram no escuro. Pela primeira vez na vida, o sr. Marechal não dobrou a calça pelo vinco. Simplesmente jogou a peça de roupa na cadeira ao lado do guarda-roupa. E, mesmo assim, Virginie se enfiou antes dele embaixo das cobertas. O primeiro contato com a pele nua da mulher desencadeou uma sensação maravilhosa e lhe provocou uma tremenda ereção.

Nos primeiros cinco minutos, ninguém dentro do carro disse nada. Foi Versavel quem quebrou o silêncio.

– É claro que esse assunto não é da minha conta, mas eu acho que a Hanne tem todo o direito de saber o que foi que aconteceu.

– Ele estava jogando? – perguntou Hannelore.

Versavel apertou os maxilares um contra o outro.

– Não – ele disse da maneira mais prudente que conseguiu.

– Tem certeza?

– Tenho certeza.

– E o que é que ele estava fazendo então?

– Tentando ganhar uma velha – disse Versavel secamente.

O rádio deu sinal de vida. Havia um chamado para todas as patrulhas. Um idoso havia sido esfaqueado na Rua Jerusalém. O criminoso fugira.

♦

Capítulo 8

Três viaturas policiais e duas ambulâncias estavam paradas perto da casa de Charles Marechal, e aqui e ali, havia uma luz acesa, apesar do avançado da hora. Uma dezena de vizinhos saíra de suas casas para dar uma espiada e se inteirar do que havia acontecido. Os comentários variavam de "o velho Marechal tentou pôr um fim à própria vida" até "ele foi vítima de um jovem muçulmano fanático". Mas sobre uma coisa todos eram unânimes: Marechal vivia uma velhice confortável e não tinha nenhum herdeiro. E é claro que também não faltaram críticas à polícia.

– Pra variar, não estão fazendo nada pra agarrar o criminoso – disse uma mulher magra de cabelos grisalhos presos num coque no alto da cabeça e chinelos acolchoados no pé.

Tanto ela quanto as demais pessoas ali aglomeradas falavam no dialeto particular de Bruges, só usado pelos nativos dessa cidade.

– Mas somos nós que pagamos o salário deles – reagiu outra pessoa.

– E, mesmo que peguem o marginal, aposto que logo vai estar nas ruas outra vez.

O silêncio se fez apenas no momento em dois enfermeiros carregaram a vítima para fora. O médico da equipe de resgate, que caminhava ao lado da maca, segurava o soro.

– Ele não parece nada bem – disse um dos curiosos que estava mais perto da ambulância.

– Ele ainda está vivo? – perguntou outro.

– Isso não dá pra saber.

Embora gravemente ferido, o sr. Marechal ainda estava vivo. Uma das estocadas havia perfurado um pulmão, e ele perdera muito sangue. Os enfermeiros empurraram a maca para dentro da ambulância, e o médico se sentou ao seu lado. Van In, Hannelore e Versavel apareceram cinco minutos depois. Na sala de estar, deram de cara com uma mulher velha completamente confusa, de pés descalços, vestindo apenas um robe com a gola meio aberta. Van In se sentou ao lado dela.

– A senhora é a esposa do senhor Marechal? – ele perguntou.

A idosa começou a soluçar. Seus ombros estremeceram de aflição. Ela ainda não conseguira entender o que havia acontecido. Tinham feito amor, e Charles já estava dormindo quando ela ouviu um barulho na porta. Dois segundos depois, ouviu um clique e passos. Então ela acordou Charles.

– Sra. Marechal... – Van In colocou a mão no ombro dela e o apertou de leve.

– Quer que eu chame alguém do pessoal de auxílio a vítimas? – sugeriu Hannelore.

Van In fez que sim com a cabeça. Provavelmente, a mulher estava em estado de choque. Precisava de ajuda profissional.

– Enquanto isso, vou dar uma olhada por aí.

Van In se levantou e Hannelore sentou no lugar dele.

– Quem foi o primeiro a chegar ao local do crime? – perguntou ele.

– Patrick Sioen – respondeu Versavel.

Sioen era um jovem policial que dava um duro danado e levava suas tarefas a ferro e fogo. Quer fosse um incidente banal no trânsito ou um assassinato, sempre se podia contar com ele.

– Veja se consegue achá-lo.

Versavel fez que sim com a cabeça e não precisou ir muito longe. Sioen estava sentado numa viatura pegando o depoimento de um morador da região que afirmava ter visto algo suspeito.

– Meu nome é Virginie. Eu sou a namorada do Charles.

A voz suave de Hannelore havia conseguido acalmar a mulher. Ela parara de soluçar.

– A senhora mora aqui?

– Não. Vim visitá-lo.

Em outras circunstâncias, Hannelore não poderia ter evitado um sorriso. Virginie não trajava nada sob o robe e, sem dúvida nenhuma, não teria saído do chuveiro a uma hora daquelas.

– A senhora o visitava freqüentemente?

Virginie negou com a cabeça e por pouco não desandou a chorar outra vez.

– Eu deveria ter vindo muito mais vezes – ela disse.

Hannelore deixou que ela contasse toda a história: desde o momento em que se conheceram até o dia em que havia retomado o contato com ele.

– Quem sabe ainda teríamos alguns anos felizes pela frente. Mas ninguém sabe as surpresas que a vida nos reserva.

– Foi a senhora que chamou a polícia?

Quando fez 65 anos, Virginie ganhara um celular de seu sobrinho e sempre o levava consigo. "Assim posso ligar sempre pra você", ele dissera.

E ele fazia isso nas horas mais estranhas possíveis. Por isso ela levava o aparelho consigo para o lado da cama quando ia dormir.

– Eu liguei para a polícia antes mesmo de Charles descer para ver o que estava acontecendo – ela disse.

– E depois?

– A polícia me prometeu que mandaria imediatamente alguém e recomendou que não fizéssemos nada antes que eles chegassem, mas Charles não quis me ouvir. Ele deslizou silenciosamente para o andar de baixo. Cheguei a pensar que havia me enganado, que ninguém tinha invadido a casa. Mas então ouvi uma barulheira e uma gritaria e saí correndo escada abaixo. Havia um homem com uma faca na mão no corredor. Corri pra cima outra vez e me tranquei no quarto.

– Ele correu atrás da senhora?

Havia um brilho assustado em seus olhos enquanto ela fazia que sim com a cabeça.

– Ele até tentou arrombar a porta.

– O que você fez então?

– Liguei outra vez pra polícia – disse Virginie.

A delegacia ficava bem perto da Rua Westmeers, e a patrulha, então, já estava a caminho. O oficial de serviço que atendeu a segunda ligação entrou imediatamente em contato com a patrulha e disse a eles para ligarem a sirene.

– Foi então que ele fugiu?

– Sim.

Virginie aprumou as costas e ficou olhando fixo para o vazio à sua frente. Quando a primeira viatura apareceu, ela correu para baixo e gritou o nome de Charles, mas ele não respondeu. Ela o encontrou estendido no chão da cozinha em meio a uma poça de sangue. Ele lançou um último olhar para ela, e então seus olhos se fecharam.

– Você sabe mais alguma coisa sobre o invasor?

Sioen, o primeiro investigador a aparecer na cena do crime, acenou positivamente e entregou a Van In a declaração do vizinho.

– O carro ainda está lá?

– Afirmativo.

– Se for o carro dele, nós o pegamos – disse Van In.

O vizinho declarou que um pouco antes da meia-noite havia visto um homem sair de um carro estacionado um pouco além da casa de Charles Marechal. A polícia recebeu a primeira ligação três minutos após a meia-noite. E, de uma rápida pesquisa entre os moradores da vizinhança, descobriu-se que nenhum deles tem um fusca verde-esmeralda.

– Você verificou o número da placa?

Era uma pergunta desnecessária. Quando Sioen fazia alguma coisa, ele fazia direito.

– O carro está em nome de Paul Hilderson. Rua Dorps, 5, em Houtave.

– Então estou curioso pra saber onde é que o sr. Hilderson está neste momento.

– Já tem uma patrulha a caminho de Houtave.

Houtave era um povoado tranqüilo que ficava entre Bruges e Oostende. Van In estivera lá com Hannelore e Versavel no último inverno para comer um guisado no De Drie Koningen, um café e restaurante antigo no qual também havia uma torta de cerejas divina. Era uma pena irem até lá no meio da noite; se fosse dia, certamente dariam uma parada no café.

– Me mantenha informado se surgir alguma novidade.

– Pode deixar – disse Sioen.

Ele tocou na aba de seu boné e foi para fora.

Nathan Six jogou a faca no canal e correu na direção do Portal Gent. O que tinha dado errado? Ele havia observado Marechal por mais de uma semana e nada indicava que o velho tinha uma namorada. Acendeu um cigarro e tentou outra vez pensar friamente. Quando ouviu as sirenes da polícia se aproximando rapidamente, entrou em pânico e saiu correndo como um louco. Só depois de ter percorrido 100 metros é que se lembrou de que seu carro estava estacionado do outro lado da rua. Voltar era impossível, pois, em uma questão de segundos, as viaturas estariam no local. Mas tinha outra coisa que o preocupava mais ainda: será que o Marechal estava morto ou ainda estava vivo? O Mestre do Jogo não ia gostar nem um pouco se o velho tivesse sobrevivido. Uma falha poderia comprometer a confiança dos jogadores e, nesse caso, o Jogo acabaria.

Klaas Vermeulen, chefe da perícia técnica, bocejou ao sair do carro. Ainda havia duas viaturas na frente da casa do sr. Marechal e uma faixa de isolamento em volta do fusca. Van In estava fora da casa fumando um cigarro, como era de se esperar. Quando é que ele abandonaria aquele vício nojento? Ainda bem que Hannelore também fazia parte da equipe. Assim, pelo menos, havia alguma coisa bonita para olhar.

– Bom-dia, Vermeulen.

– Bom-dia, Van In.

Enquanto apertavam as mãos, Van In expeliu a fumaça propositadamente na cara de Vermeulen.

O chefe da perícia técnica fez uma careta, mas não reagiu à provocação.

– Sem mortos desta vez?

– Ainda não – disse Van In.

Segundo os médicos, o estado de Marechal continuava crítico, e a chance de ele sobreviver era pequena.

– Houve luta lá dentro?

– Eu acho que não. O criminoso surpreendeu a vítima.

– Roubo seguido de morte?

– Pode ser. Marechal possui uma impressionante coleção de moedas. Além disso...

Van In hesitou. Normalmente, ladrões se interessavam mais por carros, aparelhos eletrônicos, jóias ou outros objetos que pudessem vender com facilidade. No caso de moedas, somente poderiam vendê-las a receptadores especializados. Além disso, havia alguns indícios que iam contra a hipótese de latrocínio. O criminoso quis matar Marechal quando este o surpreendeu e, por pouco, também teria assassinado a namorada dele. Sobretudo essa última parte não tinha lógica.

– Parece que o senhor solucionou o problema outra vez – observou Vermeulen num tom sarcástico quando percebeu que Van In estava imerso em pensamentos.

– Mas por que, diabos, ele ia largar o carro pra trás?

– Esse é o carro dele? – Vermeulen apontou para o fusca.

– Só tem um jeito de descobrir – disse Van In. – Me faz um favor, Vermeulen. Veja se consegue encontrar alguma impressão digital no carro e na casa da vítima e me ligue assim que descobrir alguma coisa.

– E o que você vai fazer nesse meio tempo? Tomar uma Duvel?

– Não, Vermeulen. Eu vou para Houtave.

Paul Hilderson morava numa casa isolada que havia reformado completamente. Na entrada da garagem, ainda havia telhas, lajotas e areia. Os homens da Equipe Cobra, seis sujeitos robustos vestindo macacões azul-escuros, sacaram suas armas dos coldres, verificaram os microfones e emissores com os quais mantinham contato entre si e, em seguida, assumiram suas posições. Todos sabiam o que fazer.

Van In jogou um cigarro fumado pela metade no esgoto, dando a entender que estava pronto.

– Tome cuidado, Pieter.

Hannelore lançou um olhar para a casa, cujos contornos se destacavam ameaçadores contra a luz da Lua. Não gostava nem um pouco quando, em missões daquele tipo, Van In assumia as ações de ponta. Ela lhe deu um beijo e um apertão na bunda.

– E você também, Guido.

Seis olhos seguiram Van In e Versavel através das viseiras noturnas. Seis dedos se curvaram em torno dos gatilhos quando a campainha soou. Mal se passaram quinze segundos, e alguém acendeu a luz no andar superior da casa.

– Abram a porta. É a polícia – gritou Van In quando ouviu a janela do andar de cima ser aberta.

– Aconteceu alguma coisa?

Paul Hilderson colocou a cabeça para fora pela abertura da janela. Acima de seu olho direito, apareceu uma manchinha vermelha proveniente de uma mira a laser.

– A casa está cercada. Saia imediatamente daí, desarmado e com as mãos para cima.

– Como é que é?

Van In se sentiu completamente ridículo. Nos filmes americanos, quando a polícia dava uma ordem dessas, ela era obedecida sem nenhum protesto. Mas em Houtave, as coisas eram diferentes. Paul Hilderson levou pelo menos mais três minutos para abrir a porta. Ele estava desarmado, mas não com as mãos para cima.

– O senhor é Paul Hilderson?

– Sim, sou eu mesmo. Será que posso saber o que lhe dá o direito de assustar a mim e à minha família dessa forma?

Paul Hilderson tinha uma filha de 4 anos e um filho de 6. Os dois estavam na cama com a mãe. Apavorados.

– Isso eu vou dizer assim que o senhor me contar o que foi fazer em Bruges esta noite.

Mesmo que Hilderson não fosse o suspeito que a polícia procurava, ainda assim era estranho o fato de o seu carro estar em Bruges enquanto ele estava enfiado na cama. A hipótese de que o veículo tivesse sido roubado estava fora de questão, pois, segundo o que Van In verificara, Hilderson não havia feito nenhum registro de roubo.

– O que é que eu iria fazer em Bruges?

– Bem, o seu carro está lá.

Hilderson levou um susto e tanto. Seu rosto ficou lívido, e ele, de repente, bem mais nervoso.

– Meu carro? Em Bruges?

– Podemos entrar?

Hilderson não se opôs.

– Se não está lá, onde é que está então? – perguntou Van In.

– Na garagem, é claro.

Van In ficou calado por alguns segundos. Não, não queria nem pensar que poderia ter dado um fora daqueles.

– Então vamos até lá conferir isso – ele disse.

No corredor, havia uma porta que dava acesso à garagem. Hilderson entrou e acendeu a luz. E lá estava: um fusca verde-esmeralda com a mesma placa daquele que estava estacionado na Westmeers.

– Merda.

– Viu, aí está ele – disse Hilderson aliviado.

Van In se sentiu um perfeito idiota, como alguém que vai visitar um amigo e, assim que entra na sala, descobre que pisou em cocô de cachorro. A única coisa que podia fazer era se desculpar, e foi o que ele fez logo em seguida. Mas é claro que isso não foi suficiente para Hilderson. O homem disse que entraria com uma queixa por distúrbio da privacidade e violência policial e que pediria indenização pelo trauma que aquele ato havia causado nele e em seus filhos. Van In argumentou que entendia perfeitamente a sua posição e tratou de sair o mais depressa possível dali.

– Será que o L'Estaminet ainda está aberto?

Van In entrou no carro e acendeu um cigarro. Eram 4h45. Não estava mais com vontade de ir para a cama. Hannelore não se opôs. Na noite anterior, antes de ir com Versavel ao cassino de Blankenberge, ela tinha ligado para uma grande amiga, explicado toda a situação e perguntado se ela poderia ficar com as crianças. Não passava pela cabeça dela acordar a amiga a uma hora daquelas.

– Ultimamente, têm acontecido coisas estranhas em Bruges – disse Versavel.

Ele estava morto de cansaço, mas, assim como Hannelore, que não queria acordar a amiga, também não queria perturbar o sono de Frank.

– Mesmo assim, tem que haver uma explicação para os carros – disse Van In.

Na última semana, haviam ocorrido dois homicídios aparentemente sem conexão. À primeira vista, as vítimas não tinham nenhuma ligação, e não havia nenhum indício de qual seria o motivo dos crimes. Também o modo de agir não era uma constante. A única explicação lógica para o fenômeno era que Blontrock tinha falado a verdade e que havia um assassino em série atuando por aí.

– Carros têm um número de chassis, não têm? – perguntou Hannelore, que estava meio abismada por Van In não ter pensado nisso.

– É claro que têm – reagiu Van In mal-humorado. – Mas isso continua não explicando por que... – ele interrompeu a frase.

– Diga, não explicando o quê? – falou ela.

Hannelore detestava quando as pessoas não terminavam o que tinham começado a falar e ficavam pensativas fitando o vazio.

– Ligue para o Vermeulen. Diga para ele nos encontrar no L'Estaminet e peça que leve os documentos do fusca.

Johan estava se preparando para fechar o L'Estaminet quando a viatura, que conhecia muito bem, parou na frente da porta. Ele deu um suspiro, mas não deixou Van In perceber que preferia ter ido para a cama a ter de atendê-los àquela hora.

– Uma Duvel, vinho branco e Perrier? – Johan perguntou sem esperar a resposta.

Hannelore se instalou perto do aquecedor. As noites estavam começando a esfriar, e em Houtave ficara mais de uma hora e meia fora, no frio. Na verdade, bem que preferia tomar alguma coisa mais quente. Mas isso ela poderia pedir depois.

– Será que na polícia federal aqui em Bruges eles não têm alguém que seja especialista em elaborar perfis de criminosos?

Van In acendeu um cigarro. Tinha pouca experiência com assassinos em série e não se envergonhava nem um pouco de admitir isso.

– Eu acho que sim – disse Versavel. – Se não me engano, veio alguém de Bruxelas.

Johan serviu as bebidas. Pensativa, Hannelore tomou um gole do vinho. O tema do doutorado de Olivier Vanderpaele era justamente esse. Bem, pelo menos era o que ele lhe havia dito no dia anterior quando ela, após a ligação de Van In, tocara no assunto dos assassinatos. Será que deveria contar isso a Van In?

– Esses dias, li no jornal que o fenômeno dos assassinos em série também vai acabar surgindo na Europa depois que as fronteiras foram abertas – foi o que ela acabou dizendo.

– É bem possível – disse Van In. – Mas todo mundo também sabe que assassinos em série e violência sexual andam lado a lado. E não é o que está acontecendo neste caso.

– Quer que, pela manhã, eu entre em contato com a polícia federal? Quem sabe o especialista deles tenha alguma resposta para as nossas perguntas – falou Versavel.

Van In fez que sim com a cabeça.

– Você sabe o que eu acho da polícia federal, Guido. Mas guerra é guerra.

Vermeulen estacionou o seu Audi velho e acabado logo atrás do Golf de Versavel.

– Lá vem o nosso bom e velho amigo Vermeulen – falou Van In.

Isso não soou nada sincero, e de fato não era. O comissário tratou logo de acender um cigarro e dar uma tragada bem funda. Ainda tinha um lugar livre à mesa bem na sua frente.

– E então? – perguntou Van In.

Com um gesto cansado, Vermeulen abanou a fumaça que ameaçava envolvê-lo.

– A placa do carro é falsa – ele disse. – E provavelmente os documentos também.

– Como assim "provavelmente"?

"Provavelmente" era uma palavra quase inexistente no vocabulário de Vermeulen quando se tratava de trabalho. Ele baseava seus achados em fatos, não em suposições. Foi por isso que Van In teve tal reação.

– Os documentos do fusca parecem falsos, são um pouco diferentes dos documentos oficiais, verdadeiros. Por via das dúvidas, vou fazer uma consulta junto à instância responsável, mas duvido que eles não confirmem a minha suposição.

"Você se saiu bem nessa", era o que Van In queria dizer, mas não disse. Estava cansado demais para ficar de picuinha.

– Mas os documentos estão realmente em nome de Hilderson?

– Sim, estão.

– Que estranho – disse Van In.

– E tem mais uma coisa.

Vermeulen deu um sorriso largo, o que inflou suas bochechas e diminuiu seus olhos. Ele ficou com uma cara de anãozinho de jardim.

– Você descobriu mais alguma coisa?

– E como.

Por experiência própria, Van In sabia que agora era melhor ser afável com Vermeulen.

– Será que você pode adiantar alguma coisa a respeito agora... Klaas?

Foi um tremendo esforço para Van In tratar Vermeulen pelo primeiro nome, mas a necessidade rompe qualquer barreira.

– Ah, isso eu posso com toda a certeza, Pieter.

Vermeulen enfiou a mão no bolso interno do casaco, tirou algumas folhas de papel e as entregou a Van In.

– Elas estavam numa pasta de plástico – disse Vermeulen quando Van In as pegou, arqueando as sobrancelhas.

Van In estava com medo de danificar eventuais impressões digitais, mas não havia necessidade de se preocupar com isso. Havia pelo menos dez delas na pasta.

– Ah, bom.

Van In leu rapidamente as folhas. Nelas constava uma descrição minuciosa das atividades diárias do sr. Marechal. No alto da primeira página, escrito em vermelho com uma caneta de ponta porosa, havia um número dentro de um círculo.

– Vinte e oito – disse Van In a meia voz. – Por que ele não anotou o endereço completo?

– O que foi que você disse? – Hannelore se curvou em direção a ele.

– Estou me perguntando por que é que ele apenas anotou o número da casa.

– Talvez não seja o número da casa – ela disse.

Van In ficou em silêncio. Marechal morava no número 28 da Westmeers. Que mais poderia ser? Ele pediu outra Duvel e acendeu um cigarro.

– Estes papéis, em todo caso, comprovam que o assassinato foi cuidadosamente planejado – disse Versavel depois de também ter passado os olhos por eles.

– Comprovam, sim. Mas por quê? Charles Marechal vivia recluso em seu mundo. Segundo os vizinhos, nunca recebia visitas. Quem é que iria querer assassinar uma pessoa dessas?

– E ainda por cima dessa maneira – disse Versavel.

– E ainda por cima dessa maneira – repetiu Van In.

Hubert Blontrock fora assassinado com uma arma de fogo; Merel Deman, com uma injeção letal; e Charles Marechal, esfaqueado com um punhal. Será que isso era só acaso, ou o assassino estava tentando enganar a polícia mudando, a cada vez, a... Não. Nesse caso, teria de admitir que todos os três haviam sido vítimas do mesmo criminoso, o que acabaria confirmando que a história de bêbado de Hubert Blontrock era verdadeira. Mas o que, em nome de Deus, os assassinatos podiam ter a ver com a roleta? Números?

– Qual era o número da casa de Merel Deman?

– Você quer saber isso agora? – perguntou Versavel.

– Sim, de preferência.

Versavel pegou o celular e teclou o número da delegacia de polícia. As pastas dos assassinatos estavam sobre sua mesa.

– Também quer saber o número da casa do Blontrock?

– Quero, sim, por que não? – disse Van In.

A resposta levou alguns minutos para chegar.

– Quinze e 31.

– Merda.

– Tem alguma coisa errada nisso? – perguntou Hannelore, que não havia entendido por que Van In tinha soltado aquele palavrão ao ouvir os números.

– Os números da roleta vão de zero até 36 – disse Van In.

Silêncio total por um instante. Vermeulen foi o primeiro a reagir.

– Você não vai realmente considerar a hipótese de que é a roleta que determina quem será assassinado, vai?

Van In deu de ombros e tomou um gole da Duvel. Era uma teoria maluca, mas a única capaz de explicar as mortes arbitrárias; além disso, se encaixava na história de Blontrock.

– É uma pista como outra qualquer, Vermeulen. E tanto você quanto eu somos obrigados a investigar toda e qualquer pista.

– O que é que realmente sabemos sobre apostadores? – perguntou Versavel.

Durante todos aqueles anos de trabalho ao lado de Van In, os dois já tinham desvendado coisas misteriosas simplesmente pelo fato de Van In se ater a uma hipótese que, à primeira vista, parecia inacreditável.

– Que eles jogam por dinheiro – disse Hannelore.

– E o que acontece quando isso já não basta mais? – questionou Versavel.

Outra vez se fez um silêncio completo. Mesmo Vermeulen teve de engolir em seco. Certa vez, ouvira uma história sobre milionários entediados que organizavam caçadas humanas, mas já fazia tempo que isso não acontecia mais. Apostar vidas humanas na roleta era algo tão grave quanto essas caçadas.

– Eu acho que, antes de qualquer coisa, é melhor dormirmos algumas horas. Depois, podemos voltar ao trabalho – disse Van In.

Ele apagou o cigarro e esvaziou a Duvel. Johan, o dono do restaurante, reprimiu um suspiro de alívio.

– Infelizmente a senhora Dekramer não está, e amanhã ela tem um compromisso em Wiesbaden. Se não me engano, estará de volta na terça da semana que vem. O senhor quer deixar algum recado? – perguntou a secretária.

– Não, obrigado – disse Van In. – Eu retorno a ligação.

Ele estava com uma tremenda dor de cabeça e não parava de bocejar. Hannelore parecia bem-disposta e descansada, embora não tivesse dormido mais do que ele.

— Não deu certo? — perguntou ela.

— Não. A mulher vai para Wiesbaden.

— Puxa — disse Hannelore.

— Desculpe, chefe — brincou Versavel.

Ele pegou a garrafa térmica e encheu os copos com café mais uma vez. Estava certo quando sugeriu que existia alguém na polícia federal especializado em traçar perfis de criminosos, mas é claro que não podia saber que a senhora Dekramer ficava mais fora do país do que em Bruges.

— E agora? O que vamos fazer?

Era evidente que Van In estava decepcionado e também revoltado consigo mesmo por nunca ter aprofundado seus estudos sobre assassinos em série.

— O jeito é procurar na internet — falou Hannelore.

A intenção dela era ajudar, mas Van In não gostou muito do comentário da esposa.

— E por que não na biblioteca? — ele disse irônico.

— Desculpe, não está mais aqui quem falou.

Hannelore tomou um gole de café e lançou um olhar pedindo ajuda a Versavel. O que deveria fazer? Dizer a Van In que Olivier Vanderpaele era especialista nesse assunto?

— Antes que eu esqueça, Pieter, Vermeulen ligou antes de vocês chegarem. O fusca foi pintado. Sua cor original era azul-escuro. E, pelo número do chassis, parece que foi roubado de um revendedor Volkswagen — disse Versavel.

Ele fitou Hannelore com um olhar que dizia "vou fazer de tudo para acalmá-lo". Mas a reação de Van In mostrou que a tática não tinha dado certo.

— Isso não adianta de nada, Guido.

— Tudo bem, chefe.

Van In podia ficar horas resmungando quando as coisas estavam encalacradas. Todo mundo sabia que o melhor a fazer então era deixá-lo em paz. Jogar por vidas humanas era um pensamento terrível que não saía de sua cabeça. Muito provavelmente, teria descartado essa possibilidade logo de cara se ele mesmo não tivesse sentido na pele como era fácil ficar viciado em apostas.

– Precisamos fazer alguma coisa – ele disse após um longo minuto de silêncio.

Hannelore respirou bem fundo e pigarreou.

– Eu conheço alguém que pode nos ajudar – ela disse hesitante. – Mas não sei se você vai gostar.

– E você só diz isso agora?!

– É que eu...

– Não importa quem é, Hanne. Por mim, pode ser até um pedófilo.

"Sem dúvida não é um pedófilo", foi o que ela teve vontade de dizer, mas ficou calada.

– Olivier Vanderpaele fez um curso no FBI. Pelo menos, foi o que ele me contou.

Van In não reagiu como ela esperava. Com toda a calma do mundo, ele acendeu um cigarro e assoprou a fumaça à sua frente.

– Ah, então foi isso – ele disse. – Foi sobre isso que vocês conversaram ontem.

– Não é o que você está pensando, Pieter.

Hannelore estava perplexa. Como ele ficara sabendo que Olivier a tinha acompanhado até em casa?

– Há quanto tempo você conhece esse sujeito?

– Você sabe muito bem, Van In. Você não está achando que eu ando aprontando pelas suas costas, né? Bem, pelo menos eu não saio escondida de casa à noite pra ir jogar num cassino.

Van In podia ser ciumento, mas não podia proibi-la de conversar com outro homem. Tudo bem, Olivier não tinha mesmo as melhores intenções para com Hannelore, mas, para que algo de fato acontecesse, ela também precisava consentir, algo que nem em sonho passava pela sua cabeça. Ou será que passava? Uma voz lá em seu íntimo sussurrava que uma aventurazinha não faria mal a ninguém... Que, aliás, era até um bom remédio contra a rotina. Fisicamente, Olivier valia a pena, mas seu caráter era repulsivo.

Versavel sentiu que a discussão entre o casal ficaria mais grave e interveio na tentativa de acalmar os ânimos.

– Van In prometeu que nunca mais vai jogar. Não é mesmo? – disse ele, olhando para o amigo de forma penetrante.

Os olhos de Versavel falavam por si só. Se Van In não se pronunciasse, ele contaria a Hannelore o que havia acontecido no cassino.

– É, o Guido está certo, Hanne. Vamos passar uma borracha nisso?

Ela concordou com a cabeça, embora não entendesse de onde tinha vindo a mudança repentina.

– Quer que eu marque uma reunião com o Olivier? – perguntou ela.

Van In a abraçou e lhe deu um beijo.

– Faça isso, garota.

Nathan Six se largou no sofá e ligou o DVD. Já tinha visto *Hellraiser – renascido do inferno* pelo menos umas 20 vezes, geralmente quando tinha de pensar. E era isso que precisava fazer naquele momento. Cometera um erro e não conseguia se perdoar por isso. A questão agora era como as coisas continuariam. O Mestre não queria parar o Jogo. Pelo menos não ainda. Os jogadores estavam vorazes, e o lucro era muito grande. Ninguém dava a mínima para os problemas de Nathan. Perdera o carro, alguém que podia identificá-lo ainda estava vivo e, ainda por cima, largara para trás o dossiê da vítima. Arranjar um carro novo levava tempo, mas para isso até que dava para arranjar uma solução provisória. O que o estava preocupando de verdade era a velha. Talvez a polícia tivesse uma descrição dele, e isso era extremamente perigoso. Mas ela só havia conseguido vê-lo por alguns segundos, e ainda por cima em estado de pânico. Além do mais, segundo a experiência, retratos falados geralmente não ajudavam em nada. O mais grave de tudo eram as impressões digitais na pasta e no carro. Para sua sorte, até então nunca se envolvera com a justiça e, enquanto isso não acontecesse, as impressões digitais não valeriam de nada.

Na tela da TV, sucediam-se cenas horripilantes.

– Vanderpaele sabe alguma coisa sobre a investigação? – perguntou Van In quando ele, Versavel e Hannelore saíram do carro.

– Contei uma coisa ou outra a ele – disse ela. – Por quê?

– Só pra saber.

– Como assim?

Durante o trajeto, Van In havia enumerado alguns fatos. Olivier era um advogado inteligente e bem-sucedido, mas morava sozinho. E ninguém sabia por que, sem mais nem menos, havia se mudado de mala e cuia de Mechelen para Bruges. Os assassinatos foram cometidos depois de ele ter ido morar em Bruges, ter entrado em contato com Hannelore e ter conversado com ela a respeito das investigações. Além disso, ele já havia trabalhado num cassino e, ao que tudo indicava, era especialista em elaboração de perfis de criminosos.

– Foi ele que tocou no assunto?

Hannelore olhou para ele perplexa.

– O que você está pensando é perverso – ela disse.

Isso soou mais decidido do que ela na verdade pretendia. Quem havia tocado no assunto da investigação? Ela não lembrava mais.

– Foi só uma pergunta, nada mais.

– Já não lembro – ela disse.

Versavel tocou a campainha, e a porta foi aberta logo em seguida. Olivier Vanderpaele usava um terno bege, uma camisa cor de vinho e sapatos pretos da Strelli. Versavel reconheceu os sapatos porque Frank também tinha um par daqueles.

– Não reparem na bagunça – disse Vanderpaele quando os três entraram na sala de estar. – Como vocês bem sabem, só estou morando aqui temporariamente.

Van In passeou o olhar pelas centenas de livros empilhados no chão. No canto da sala, havia uma luminária de pedestal italiana, ao lado de uma mesa de trabalho impressionante, de freixo. No centro da sala, dois sofás sóbrios de couro já meio puídos dominavam o ambiente. As almofadas estavam afundadas, e o couro, riscado.

– Pensei que o senhor já tivesse encontrado uma casa – disse Van In como quem não quer nada.

– A casa na rua Beenhouwers?

– É, essa mesmo.

– Achei melhor mantê-la na lista de espera – disse Vanderpaele. – Sabe, as casas são muito caras em Bruges.

Van In não suportava os modos e o tom de voz com que Vanderpaele falava, mas fez de tudo para não deixar transparecer nada. Os advogados geralmente são gente bem informada no que diz respeito a preços de imóveis, mesmo os de outras cidades. Van In estava com uma pergunta na ponta da língua: queria finalmente questionar Vanderpaele sobre o motivo que o havia levado a se mudar para Bruges. Mas se conteve.

– Puxa, que coisa – foi o que acabou dizendo.

– Sentem, por favor.

Vanderpaele fez um gesto para reiterar o convite e lançou um sorriso furtivo para Hannelore.

– Posso oferecer a vocês algo pra beber? Suco, refrigerante, champanhe? Ou preferem algo mais forte?

– Não, obrigado – disse Van In.

– E você, Hannelore?

Versavel percebeu que Van In se segurou e, dessa vez, não pôde deixar de dar razão a ele. Que sujeito mais atrevido esse Olivier era. Mas Hannelore não lhe deu trela.

– Segundo a juíza instrutora Martens, o senhor sabe alguma coisa sobre elaboração de perfis de criminosos – disse Van In.

Vanderpaele fez de conta que não sentiu a provocação.

– É, realmente sei alguma coisa a respeito, comissário – ele disse, acentuando o "alguma coisa". – De quanto tempo o senhor dispõe?

– No máximo de uma hora – disse Van In.

Hannelore olhou desesperada para Versavel. As coisas não iam dar certo se os dois continuassem se provocando daquele jeito. Mas, por outro lado, estava gostando de ver que Van In podia se portar daquela forma quando sentia que havia concorrência no ar.

— Pieter só quer saber se também existem assassinos em série que não abusam sexualmente de suas vítimas. Pessoas que matam só por prazer — disse Hannelore.

— Ou por dinheiro — acrescentou Versavel.

Vanderpaele cruzou as mãos e fez a cara de um professor que, no fim do ano letivo, acaba de constatar que seus alunos não entenderam nada.

— Bem, isso não é tão simples assim — ele disse num tom dramático.

— Então vou reformular a pergunta — disse Van In. — Existem assassinos em série que apenas agem por conta de uma certa sensação de superioridade?

— O que o senhor quer dizer com isso?

— Sujeitos que querem provar que são mais espertos do que todo mundo?

— Esse tipo existe com toda a certeza — disse Vanderpaele.

A conversa estava começando a se transformar num jogo inútil de gato e rato. Aos poucos, Van In foi ficando de mau humor, e Hannelore reconheceu a impaciência em seus olhos.

— Nosso tempo é caro, Olivier — ela disse, advertindo-o.

Vanderpaele engoliu em seco e tentou se recostar de maneira relaxada no sofá.

— O senhor sabia — ele disse como se nada estivesse acontecendo — que produtores de filmes de Hollywood regularmente recebem cartas em que assassinos em série descrevem minuciosamente como agem e como conseguem enganar a polícia com pistas falsas?

— Assassinos em série de verdade ou sujeitos que ficam fantasiando sobre eles?

— Isso é difícil de saber — disse Vanderpaele. — Mas é fato que assassinos em série condenados também fazem esse tipo de coisa. Geralmente, são situações tão improváveis que nem é possível encená-las, mas, de vez em quando, esses caras têm idéias muito originais. Centenas dessas histórias circulam na internet.

– Na internet? – disse Hannelore com um sorriso de censura para Van In. – Quem diria, não é?

– Encontra-se de tudo na internet – disse Vanderpaele.

– Eu pensei que o senhor tivesse feito um curso no FBI – observou Van In com sarcasmo.

– O senhor não está duvidando disso, está, comissário?

Vanderpaele empinou a cabeça. Ele parecia Zeus prestes a perfurar o adversário com um raio.

– É claro que não.

Van In sorriu, satisfeito por finalmente ter descoberto um ponto fraco em Vanderpaele. Agora ele sabia como acabar com aquele palhaço.

– Sempre sonhei em fazer um curso no FBI – ele disse. – Se eu tivesse um certificado, pode ter certeza de que mandaria emoldurá-lo e o penduraria no meu escritório.

Van In deslizou os olhos ostensivamente pelas paredes. Foi uma atitude meio exagerada, mas ele estava pouco se lixando. Tinha quase certeza de que Vanderpaele não poderia apresentar nenhum certificado dos cursos que havia feito no FBI.

– Então quer dizer que o senhor não acredita mesmo em mim? – reagiu Vanderpaele de forma rude.

– É o senhor que está dizendo isso – respondeu Van In com calma.

A reação de Vanderpaele havia provado que Van In estava certo. Uma sensação de satisfação se apossou dele, como um bálsamo para a alma.

– Precisava desbancar o Vanderpaele daquela maneira?

Hannelore fechou a porta e acendeu um cigarro. Ela só fumava no carro quando estava brava.

– Bem, em todo caso, eu me diverti à beça. Ou vai me dizer que você acreditou naquela conversa mole? "O certificado se perdeu na mudança..." Só rindo, né? Se Vanderpaele é especialista em elaboração de perfil de criminosos, então eu sou...

– ... alguém que vai dormir sozinho esta noite.

Hannelore deu duas tragadas consecutivas, abriu a janela do carro e jogou na rua o cigarro fumado pela metade. Ela pensou nas crianças, na casa e nos anos de convivência com Van In. Naquele momento, perguntava-se se tudo isso tinha valido a pena.

♣

Capítulo 9

– Ele está atrasado de novo – disse Carine quando, às 8h50, Van In ainda não tinha aparecido na delegacia.

Ela lançou um olhar rápido para Versavel, que estava analisando BOs. É claro que ele sabia onde Van In estava, mas ela o conhecia bem demais para saber que não diria nada a respeito.

– Você sabe como vai a vítima? – foi o que ela perguntou.

Dessa vez, Versavel reagiu, mas não se deu ao trabalho de tirar os olhos do papel.

– Seu estado continua crítico.

Carine deu de ombros. "Homens", suspirou. Ela se levantou e foi até a porta. Por que é que os homens sempre a deixavam de escanteio? Afinal de contas, não fazia nada de errado. Ou será que fazia?

– Oi, Carine.

Seu coração deu um pulo quando reconheceu a voz de Van In. Ela se virou na mesma hora e o cumprimentou com um largo sorriso.

Lá vinha ele, com passadas vigorosas pelo corredor, o cabelo ainda molhado do banho, e o rosto liso, com a barba feita.

– Você andou dando uma boa emagrecida nas últimas semanas, hein? – ela disse quando ele lhe deu um beijo rápido no rosto.

– Quanto mais velhos, mais vaidosos os homens ficam, amor.

Amor. Ele tinha acabado de chamá-la de amor. Será que ainda havia esperança, ou ele e Hannelore tinham discutido outra vez?

– Bem, em todo caso, você está ótimo – ela disse quase envergonhada.

– Você também.

Ela recebeu um olhar de aprovação. Será que ele ia dar uma apertada na sua bunda quando ela se virasse? Não. Ele simplesmente lhe deu passagem sem estender um dedo sequer em sua direção. Versavel parou de analisar BOs nesse momento.

– Quer um café, Pieter? – ela perguntou, tentando prolongar o maravilhoso momento em que esteve no centro das atenções dele.

– A garrafa ainda está meio cheia – disse Versavel.

Van In fez um gesto de concordância e foi até o parapeito da janela, onde estavam as xícaras.

– Alguma novidade sobre a namorada do sr. Marechal?

– O médico disse que ela pode ir pra casa hoje – disse Versavel.

A mulher passara a noite no hospital por recomendações médicas.

– Será que isso é sensato?

Ela estivera cara a cara com o homem que esfaqueara o namorado. Seu testemunho poderia ser decisivo.

– É, você tem razão – disse Versavel. – Vou tratar de arranjar um endereço onde ela possa ficar escondida por algum tempo.

Van In se virou. Carine ainda estava ali, meio decepcionada.

– Você ainda precisa de mim?

– É claro que ainda preciso de você.

Depois da conversa com Vanderpaele, um plano tinha amadurecido na cabeça dele, mas ainda não tivera coragem de discuti-lo com ninguém. Durante o condicionamento físico daquela manhã, havia decidido pô-lo em prática. Bem, isso se Hannelore concordasse com ele.

– Então é só dizer o que eu devo fazer – Carine respondeu de boa vontade.

– Ser a minha amante por algum tempo – disse Van In.

O Palácio da Justiça parecia um formigueiro. O juiz estava fazendo sessões especiais e, nessas ocasiões, sempre comparecia uma grande quantidade de gente. É claro que essas pessoas não iam até lá por vontade própria, mas porque haviam recebido uma carta de convocação em que constava o assunto a ser resolvido. A maioria delas estava ali porque um teste de bafômetro havia mostrado que elas não estavam aptas a conduzir um veículo.

– Só espero que ela concorde – disse Van In quando ele e Versavel entraram no elevador.

– Sabe, Pieter, acho melhor você não contar com muito apoio.

O plano que Van In acabara de expor era ousado, perigoso e beirava o ilegal, mas oferecia uma grande chance de sucesso. Se realmente fosse verdade que havia pessoas apostando vidas humanas, eles poderiam fazer duas coisas: vigiar apostadores notórios e, assim, localizar cassinos ilegais, ou então se infiltrar na rede.

– Se não pudermos provar que vidas humanas estão em jogo, o assassino e os contratantes vão sair ilesos dessa – disse Van In.

– Você está certo, mas...

– Vou me comportar, Guido.

– A questão é outra, Pieter. A questão é se Hannelore vai acreditar nisso.

A porta do elevador deslizou de lado, abrindo-se. O andar em que trabalhavam os juízes instrutores estava bem mais tranqüilo do que o piso térreo. Um manto de justiça flutuava como uma névoa invisível através dos corredores, num silêncio quase religioso. A porta de Hannelore estava escancarada. Ela esperava por ele. E o procurador Beekman também já estava lá.

– Você foi um tanto misterioso ao telefone – disse Hannelore quando Van In lhe deu um beijo.

– Existem coisas que não podem ser ditas por telefone, amor.

Ele apertou a mão de Beekman e se sentou. Versavel seguiu o seu exemplo.

– Eu ficarei muito grato se vocês me deixarem expor tudo antes que...

– Isso sou eu quem decide, amor – interrompeu Hannelore.

O jeito como a palavra "amor" foi dita logo mostrou o tom da conversa, mas ela o deixou falar por cinco minutos sem interrompê-lo, o que lhe deu a oportunidade de apresentar os pontos importantes de seu plano.

– E posso saber onde é que você vai arranjar o dinheiro? – Hannelore se curvou para a frente e apoiou o queixo nas mãos.

– É, realmente, o dinheiro é um problema – disse Van In.

Inicialmente, teria de jogar pesado durante algum tempo, até conseguir entrar em contato com apostadores de verdade. Mas isso não era garantia nenhuma de que alguém haveria de lhe confidenciar algo sobre cassinos ilegais. Se é que eles realmente existiam, é claro.

– E não é o menor deles – disse Beekman. – De quanto você acha que precisa pra marcar uma boa presença na mesa de jogo?

Van In demorou um pouco para responder.

– Eu andei jogando e tenho quase certeza absoluta de que Devilder vai me dar crédito se eu conseguir convencê-lo de que desci ao nível mais baixo.

– E pra isso você precisa da Carine? – Hannelore disse com raiva.

– Uma amante vai me tornar mais vulnerável ainda, amor.

– Idiota.

– Sem brigas, por favor – disse Beekman, acalmando os ânimos.

Hannelore reagiu num tom cortante.

– Acho que você nunca nos viu brigando de verdade, Jozef.

Versavel olhou para fora através da janela. Ninguém podia garantir que Van In conseguiria se infiltrar naquele meio dessa forma. E mais: ninguém podia provar que Devilder tinha alguma ligação com cassinos ilegais. Mas então o que eles deveriam fazer? Ficar esperando até que mais alguém fosse assassinado?

– Se estou entendendo direito, Van In e a srta. Neels vão agir um certo tempo como policiais disfarçados – disse Beekman. – E o adversário vai achar que vocês se separaram. Isso não está meio americanizado demais?

– Americano ou mexicano, tanto faz. O que eu sei é que não vou tomar parte nisso – disse Hannelore, decidida até o último fio de cabelo.

– A minha preocupação é que a justiça não possa financiar uma operação dessas – alertou Beekman.

– Tem de haver outra maneira de desvendar esses assassinatos. Vocês têm uma testemunha e, quem sabe, a vítima do esfaqueamento consiga sobreviver – argumentou Hannelore.

Van In abaixou a cabeça, dando-se por derrotado. Na verdade, desde o começo, duvidara que fossem colaborar com o seu plano. Mas isso não significava que abriria mão dele.

– É, talvez vocês tenham razão – ele disse submisso.

Van In e Versavel passaram o resto da manhã no L'Estaminet. Muita Duvel e Perrier passaram pela mesa. O clima estava bem descontraído.

– Você se deu por vencido muito rápido, Pieter.

Versavel observou o amigo com um olhar questionador. Havia algo de errado. Van In não era tão burro assim, a ponto de não saber que seu plano tinha pouca ou nenhuma chance de ser aceito. Por que, então, o havia apresentado? Hannelore nunca concordaria com a idéia de ele ir morar com Carine.

– É, Guido, talvez eles estejam certos.

– Não tem nenhum outro problema com você, tem?

– Estou morto de vontade de ir atrás do passado desse Vanderpaele – disse Van In.

Versavel acenou com a cabeça. Então era isso. Ciúmes outra vez.

– Isso o está incomodando tanto assim?

Van In tomou um gole bem grande da Duvel e acendeu um cigarro. Versavel era o único em quem podia confiar se quisesse levar adiante o plano que havia bolado. Mas será que era sensato fazer isso? Ninguém podia exigir que ele pusesse em jogo a felicidade de sua família para resolver um caso.

– Eu quero saber tudo o que for possível a respeito desse sujeitinho.

– Sem problemas – disse Versavel.

Van In acenou para o garçom e pediu mais uma Duvel e uma porção de queijo. A namorada do sr. Marechal estava ajudando a elaborar um retrato falado do criminoso, e Vermeulen havia digitalizado as impressões digitais que encontrara na pasta, mas não havia nenhuma informação concreta até o momento. Por ora, ele continuava de mãos atadas.

Não se via nenhum nome ou logotipo no caminhão de carga que entrava lentamente de marcha a ré no estacionamento do café De Vetgans. Willy Gevers estava sentado atrás do volante com um olhar preocupado. Em condições normais, um determinado local era usado diversas vezes, mas o Mestre do Jogo, através de Nathan Six, havia dito que era urgente tirar as mesas de lá e, por ora, guardá-las no depósito. Provavelmente, dariam um tempo até que todo o alarde em torno do assassinato frustrado do Marechal tivesse esfriado. Queriam, a todo custo, evitar que a polícia descobrisse a menor pista que fosse sobre o Mestre do Jogo. Na verdade, essa chance era muito remota. Com exceção de Nathan Six, ninguém mais conhecia a identidade do Mestre. Será que era um dos jogadores ou alguém do meio dos cassinos? Ou era o próprio Nathan Six? É, quem sabe ele e o Mestre do Jogo fossem a mesma pessoa.

Um Mercedes meio acabado, ocupado por quatro homens originários da Europa Oriental, entrou no estacionamento. Mais tarde, eles iriam colocar as mesas de jogo no caminhão e, em seguida, conduzi-lo até o depósito, onde descarregariam toda a tralha outra vez. Esses homens eram discretos e cobravam pouco.

Uma tremenda calma reinava na sala 204. Van In cochilava em sua cadeira. Versavel lia o jornal. Lá fora, chovia. Tudo indicava que seria uma manhã sem nada para fazer.

– Puseram o Moens na fogueira outra vez.
– O que você disse?
Van In acordou sobressaltado de seu cochilo.
– "Assassino em série ataca em Bruges."

Versavel leu um trecho do artigo que vinha logo abaixo da manchete. O jornalista, um sujeito antipático que assinava seus artigos apenas com as iniciais, questionara o prefeito Moens sobre a série de assassinatos estranhos ocorridos nas últimas semanas, fazendo-lhe algumas perguntas constrangedoras sobre o pé em que estavam as investigações.

Enquanto Versavel lia, Van In se espreguiçou, bocejou e lançou um olhar para o relógio pendurado acima da porta. Tinha tirado um cochilo de meia hora, e isso lhe havia feito um bem danado.

– Logo, vamos poder colocar patrulhas extras na rua para dar uma sensação de segurança à população.

Nem bem tinha acabado de falar isso, tocou o telefone.

– Você atende ou eu? – perguntou Van In.

Versavel pôs o jornal de lado e atendeu o telefone. Era Vermeulen. A conversa mal durou dois minutos.

– O retrato falado já está pronto. Vermeulen pediu pra darmos um pulo até lá.

– Não dá pra ele vir até aqui?

– Então você deveria ter atendido – disse Versavel.

– Ele disse alguma coisa sobre as impressões digitais?

– Não. Você acha que elas vão esclarecer alguma coisa?

Van In fez que sim com a cabeça.

– Alguém que teve todo esse trabalho pra ocultar a origem do carro não vai deixar impressões digitais que possam ser rastreadas. Eu acho que estamos lidando com um cara extremamente inteligente, Guido.

– Mas temos um retrato falado.

Van In suspirou.

– Também tínhamos retratos falados dos integrantes do bando de Nijvel.

– É, é verdade – disse Versavel.

– Por outro lado...

Com a testa franzida, Van In se levantou da cadeira e foi até a janela. Ler e reler dossiês era uma boa maneira de encontrar indícios ou contradições que poderiam passar despercebidas num interrogatório.

Falar sobre um assunto também podia ser bastante inspirador.

– Estamos com o carro dele. E acho muito difícil que ele tenha um carro reserva – Van In completou o raciocínio.

Van In não tinha mais carro havia anos e se adaptara a isso, mas a maioria das pessoas que tinha um não conseguia ficar sem ele por muito tempo.

– Pode ser que ele seja mais cuidadoso do que imaginamos e fique esperando a poeira abaixar. Ou então vai dar um jeito de arranjar um carro impossível de rastrear, comprando, alugando ou roubando um.

Era o mesmo que procurar uma agulha num palheiro, mas, pelo menos, tinham algo para procurar. Van In foi até o mapa de Flandres Ocidental que pendia na parede acima da mesa de Versavel, pegou uma caneta de ponta porosa e traçou um semicírculo que ia de Oostende até Knokke, passando por Bruges.

– Com quantas pessoas podemos contar?

Versavel fez algumas contas de cabeça.

– Doze.

– Certo – disse Van In. – Vamos mandar todas elas a campo com um retrato falado do suspeito. Mande primeiro verificarem as locadoras de carros e, em seguida, todas as lojas de carros usados.

– O comissário-chefe De Kee não vai gostar nem um pouco disso.

– Dane-se o De Kee.

O comissário-chefe era um homem que não punha fé nesse tipo de megaoperação. Além disso, ele e Van In não eram lá os melhores amigos. Não seria a primeira vez que bateriam de frente um com o outro.

– E o que nós vamos fazer nesse meio tempo?

– Cuidar para que o sr. Marechal tenha proteção policial.

– Quem você vai designar para essa guarda?

– Tanto faz quem, Guido. Se for o caso, pegue alguns agentes de bairro.

– E o que vamos fazer com a namorada dele?

O lugar onde Virginie estava escondida temporariamente era o velho apartamento de Frank, que continuava sendo o seu domicílio por motivos técnicos do imposto de renda. Frank ele apenas o usava em casos de necessidade. Por exemplo, quando ele e Versavel tinham uma briga feia.

– Ela está segura lá.

– Tudo bem, chefe.

Versavel estava empolgado. Ele gostava quando as investigações seguiam um curso rápido.

Nathan Six abriu a janela de seu Ford Ka alugado e expeliu a fumaça do Cohiba para fora. Já era o terceiro charuto em seis horas. Uma barba postiça, um bigode e uma peruca o tornavam irreconhecível. Pacientes que estavam na unidade de terapia intensiva tinham direito de receber visitas duas vezes ao dia durante quinze minutos, uma pela manhã e uma à tarde. Ele fora cedo até o hospital geral para ter certeza de que poderia estacionar o carro bem perto da entrada principal e, assim, observar todo mundo que passasse por ali. No banco do passageiro, havia duas garrafas plásticas. Uma tinha água mineral e a outra era para a urina. Virginie saiu do ônibus às 14h45 e, com passos acelerados, andou até a entrada principal. Depois de mais ou menos meia hora, estava de volta. O ônibus que ela pegaria apareceu cinco minutos depois. Nathan largou o carro para trás e a seguiu. Era uma operação arriscada apesar do disfarce, mas a única maneira de descobrir onde ela estava alojada. Virginie desceu na estação e pegou o ônibus para Sint-Andries.

O pessoal mais experiente da polícia não negava que certos casos só eram solucionados devido a uma boa pitada de sorte. Às 15h55, o investigador Sioen ligou para Van In com a informação de que o suspeito havia alugado um Ford Ka azul-escuro em Blankenberge, em nome de André Clarysse, e que fizera o pagamento em dinheiro.

– Ganhei o dia, Guido.

Van In pegou o telefone, ligou para o oficial em serviço e lhe deu a ordem de entrar em contato com todas as patrulhas.

– Um Ford Ka azul-escuro com a chapa GTF 543 – repetiu o oficial quando Van In lhe pediu que divulgasse essa informação imediatamente, com a máxima prioridade.

– Você acha que ele usou uma identidade falsa? – perguntou Versavel quando Van In recolocou o fone no lugar.

– Talvez sim, mas, como ele não tem nenhum antecedente criminal, também é possível que tenha usado o nome verdadeiro.

Menos de uma hora depois, a Equipe Cobra cercava a casa de André Clarysse, na Rua Lange Moer. Dava para notar que Van In estava nervoso. Depois do mico em Houtave, não podia se permitir um segundo equívoco.

– A casa não me agrada nem um pouco, Guido.

– Vila, você quer dizer.

A vila de André Clarysse se situava no meio de um jardim bem cuidado de pelo menos 3 mil metros quadrados de extensão e oferecia abrigo para, pelo menos, quatro famílias.

– O que é que esse cara faz da vida?

– Ele é diretor de empresas – disse Versavel desanimado. – Não é exatamente o tipo de pessoa que alugaria um Ford Ka.

– Ele é casado?

– É.

A chegada da Equipe Cobra alvoroçara os arredores, e alguém já tinha telefonado para o escritório do Ministério Público perguntando o que é que estava acontecendo. Van In se sentia uma modelo que tinha acabado de levar um tombo em plena passarela.

– Quer que os dispense?

Van In refletiu por um instante antes de responder. Tudo indicava que André Clarysse não era o homem que estavam procurando, mas não podia correr o risco de aceitar isso sem verificar. "Diretor de empresas" era um termo bastante vago, e ele não ia dar a menor chance ao criminoso de continuar levando uma vida aparentemente normal.

– Manda ver então.

– Manda ver o quê?

– Dispense o pessoal, Guido.

Nathan Six analisou o edifício onde Virginie entrou. Ele tinha cinco andares e a mesma quantidade de apartamentos. Esperou uns cinco minutos para só então atravessar a rua e entrar no prédio. Havia um interfone na entrada e, logo abaixo, um painel com cinco botões, um para cada apartamento. Ao lado de cada botão, constava uma etiqueta com o nome dos moradores. Só havia um solteiro, um tal de Frank Christiaans. Nathan Six arqueou as sobrancelhas. Como descobriria onde morava a namoradinha do Marechal?

Havia quatro possibilidades, excluindo Christiaans. Decidiu esperar até que tivesse escurecido e as luzes se acendessem. Quem sabe conseguiria olhar para dentro dos apartamentos. Se isso não desse certo, teria de bolar outra coisa. Atravessou a rua e andou até um café, um pouco mais acima. Sua boca estava muito seca, e seu sangue pulsava forte. A tensão se acumulava em cada fibra de seu corpo. Sentia-se predador e presa ao mesmo tempo. O predador era autoconfiante e calmo; a presa, alerta e desconfiada.

Nathan Six tinha toda a certeza deste mundo de que os tiras nunca iriam agarrá-lo. E não tinha a menor dúvida de que conseguiria levar sua tarefa a cabo de forma satisfatória, apesar dos pequenos deslizes. Um plano só era perfeito quando se levava em consideração que poderia haver um ou outro erro. Tudo o que sabia aprendera em livros e filmes. Treinara sua memória até ela funcionar igual a um computador. Tinha uma solução pronta para toda e qualquer situação imaginável. Desempenhava o papel principal no jogo eletrônico que ele mesmo bolara, um jogo de computador sem software e sem eletrônica. Um jogo que não se desenrolava numa arena virtual, mas no mundo real.

Desde criança, criava histórias e imaginava cenários, mas as pessoas para quem os apresentava sempre riam da cara dele. Principalmente seu pai, que sempre pegava pesado com ele nesse aspecto.

O nome do café onde entrou era Bij Rosette. Havia três pessoas: um homem em torno dos 40, vestindo um terno feito sob medida – devia ser representante de alguma empresa –, e dois homens mais velhos, cada um deles sentado a uma mesinha. Rosette era uma mulher gorda, com uma barriga caída e o rosto avermelhado. Nathan Six pediu um café.

– Bom-dia – disse Van In quando um senhor bem apessoado, com o cabelo grisalho todo penteado para trás, veio abrir a porta. – Sr. Clarysse?

O homem olhou Van In com espanto. Ao lado da porta, pendia uma plaquinha de cobre com o nome A. Clarysse.

– Quem mais poderia ser? – respondeu ele, arqueando as sobrancelhas.

Estava mais do que evidente que o senhor Clarysse não era o homem que estavam procurando. Um retrato falado podia não ser a melhor forma de identificar alguém, no entanto as diferenças físicas entre aquele homem e o sujeito descrito por Virginie eram gritantes.

– Eu sou o comissário Van In e este é o investigador-chefe Versavel. Será que podemos entrar?

– Não sei por que eu os deixaria entrar – disse Clarysse, ainda com as sobrancelhas arqueadas.

Van In estava se sentindo um aluno que levava uma chamada do diretor por alguma travessura que havia aprontado.

– Estou investigando um assassinato, senhor Clarysse.

– Um assassinato?

– Isso mesmo, um assassinato.

Um sorriso divertido surgiu nos lábios do senhor Clarysse.

– Então sinto muito desapontá-lo, comissário. O senhor não vai encontrar nenhum corpo por aqui.

Ele acentuou a última frase curvando ligeiramente a cabeça e fechou a porta. Versavel quase não conseguiu conter o riso.

– O homem dirige empresas, Pieter – ele disse, divertindo-se com a situação quando Van In o olhou irritado.

Havia oito pessoas no café quando Nathan Six pediu a conta. Já fazia meia hora que estava escuro lá fora. Ele pagou pelos três cafés e pelos dois refrigerantes e se levantou. Enquanto ficou ali esperando, bolara um plano para realizar o que pretendia fazer.

Os segundos se arrastavam no relógio da sala 204. Na última meia hora, Van In havia fumado quatro cigarros e virara duas doses de gim, uma atrás da outra. Seu ego estava ferido, e ele queria se livrar daquela sensação incômoda o mais rápido possível. Enquanto isso, seis patrulhas vasculhavam Bruges e as redondezas em busca de um Ford Ka azul-escuro. A chance de o acharem era extremamente pequena, mas Van In se recusava a interromper a busca. Ele pegou o retrato falado que estava na sua mesa e o analisou pela enésima vez. Alguma coisa lhe dizia que ele conhecia aquele homem.

– Que horas são agora?

Bastava Van In virar a cabeça para ver as horas no relógio, mas preferiu perguntar a Versavel.

– Sete e cinco.

– Merda. Por que você não disse nada? Prometi pra Hannelore que estaria em casa às 6.

– Não é a primeira vez.

– Será que ainda tem alguma floricultura aberta a esta hora?

– Eu acho que não – Versavel respondeu.

– Maldição.

– Ora, Pieter, você pode ligar pra ela e dizer que vai estar em casa dentro de uns quinze minutos. Você sabe tão bem quanto eu que não adianta nada ficar empoleirado aqui esperando alguma coisa. Dê um beijo nela e peça desculpas.

Van In acendeu mais um cigarro e encheu o copo. Duas ou três doses de gim – que diferença fazia? Ela ia sentir o cheiro de qualquer maneira.

– É fácil pra você falar isso.

– Não é bem assim – disse Versavel.

Ele também havia prometido para Frank que chegaria antes das

18 horas em casa, e também não era a primeira vez que não mantinha a promessa. Provavelmente, iriam discutir outra vez e... O telefone tocou. Era o oficial em serviço.

– Conseguimos localizar o Ka – ele disse. – No estacionamento do hospital geral Sint-Jan.

Não levou nem dez segundos para que Van In ligasse o local onde haviam encontrado o carro à namorada do sr. Marechal. Ele se levantou num pulo da cadeira e correu para a porta, com Versavel em sua cola. Depois disso, tudo aconteceu extremamente rápido.

– Não dá pra ir mais depressa, Guido?

O Golf rasgava a toda velocidade pela Avenida Gistelsesteen, com as luzes de alerta piscando e as sirenes ligadas. Van In estava amaldiçoando a si mesmo por não ter colocado a namorada do Marechal sob proteção policial e jamais se perdoaria por não ter levado em conta que ela poderia ser rastreada. O semáforo no cruzamento da via expressa com a Gistelsesteen ficou vermelho.

– Pé na tábua – gritou Van In quando o Golf começou a reduzir a velocidade.

Versavel quase fechou os olhos. A fileira de carros na via expressa era interminável, e os carros que atravessavam o cruzamento estavam quase grudados uns nos outros.

– Boa-noite, senhora – disse Nathan Six no interfone. – O comissário Van In me enviou para conversar sobre o caso do sr. Marechal. Posso subir até aí?

Tudo ficou mudo no outro lado do interfone.

– A senhora ainda está me ouvindo?

Já era o quarto apartamento com o qual estava falando. Só podia ser o apartamento certo.

– Eu não conheço nenhum sr. Marechal – foi a resposta grosseira do outro lado.

A comunicação foi cortada com um clique. Nathan Six deu de ombros e apertou o botão de cima.

Foi um verdadeiro milagre que o Golf tivesse conseguido atravessar o cruzamento sem causar nenhum acidente. As mãos de Versavel suavam frias, e o seu coração batia desenfreado.

– Nunca mais faço um troço desses – ele disse com os dentes cerrados.

– Pegue a segunda à direita. É mais rápido.

Era contramão, mas Van In não estava nem aí. Parecia estar em transe. O simples pensamento de que alguma coisa poderia acontecer com a namorada do Marechal o deixava desesperado. Ao longe, ouviam-se as sirenes das patrulhas de apoio. Versavel entrou rápido demais na curva. Os pneus do lado esquerdo cantaram e desaderiram do solo por um instante, mas isso não era nada comparado com a travessia daquele cruzamento.

– Entre, senhor.

Virginie sorriu tristemente para Nathan Six. O médico não lhe havia dado muitas esperanças pela manhã. Charles provavelmente não passaria daquele dia. Ela já tinha se preparado para o pior e ficou relembrando as poucas horas que tinham passado juntos.

– É sobre o sr. Marechal que eu quero falar – disse Nathan Six.

Quando Virginie não reagiu à campainha da porta da entrada, Van In apertou os outros quatro botões. Levou um século até alguém atender.

– Polícia – Van In gritou. – Abra a porta.

Ouviu-se um zunido. Van In entrou bruscamente. Por sorte, o elevador estava no térreo. Versavel estava meio desnorteado. O elevador despertava nele sentimentos variados. Lembrava das vezes em que subira nele para passar a noite com Frank e daquelas em que, quando já moravam juntos, subira até o apartamento para encher o marido de beijos depois de uma briga mais violenta.

A porta deslizou para o lado. Van In pulou para fora com sua pistola em punho, pronto para disparar. Ele estava arfando, e seus olhos iam rapidamente de um lado para o outro. Como é que podia ter sido tão burro?

A porta do apartamento estava apenas encostada. E havia uma barba postiça jogada no chão.

– Mande um aviso pra todas as patrulhas – ele gritou para Versavel com voz rouca.

– Ele não pode estar longe.

Virginie estava atrás da porta. Van In teve de empregar toda a sua força para conseguir abri-la e se contorceu através do vão para entrar no apartamento. Ele se ajoelhou ao lado da mulher e colocou a ponta dos dedos indicador e médio em sua carótida.

– Ela ainda está viva? – perguntou Versavel.

– Parece que está morta, mas chame o socorro médico mesmo assim.

Van In virou Virginie de barriga para cima e a arrastou para o centro da sala. Enquanto Versavel chamava os paramédicos, Van In apertou seus lábios contra os dela, fechou o nariz da mulher e assoprou ar para dentro de seus pulmões.

Nathan Six arrancou o bigode falso grudado acima de seu lábio superior e o jogou no esgoto. Não tinha muito tempo para ficar pensando. Entrou numa rua lateral e, nem trinta segundos depois, viu a primeira viatura policial. Não tinha a menor idéia de como os tiras podiam tê-lo descoberto, mas agora não adiantava ficar quebrando a cabeça com isso. Sua única preocupação era se manter fora do alcance das mãos deles.

O som das sirenes aumentou e o azul-escuro acima das casas se coloriu com o brilho das luzes giratórias que rodavam incansavelmente. Era uma questão de tempo até começarem a vasculhar as redondezas. Sem carro, Nathan Six não tinha a menor chance de se safar. Também não havia tempo suficiente para roubar um. Mas precisava dar um jeito de escapar dali o mais depressa possível. Logo a rua estaria cheia de curiosos.

Já que Van In seguia incessante na respiração boca a boca, Versavel se viu na obrigação de assumir o comando da caçada ao criminoso. Com um círculo, delimitou uma região no mapa aberto às pressas no chão e mandou fechar todas as rotas de fuga. Os outros investigadores foram incumbidos de vasculhar todas as ruas dentro da região circundada. Daquela vez, o suspeito não ia conseguir escapar.

– Quer que eu o substitua por um instante?

Van In acenou que sim com a cabeça. Já estava sem fôlego e meio tonto por causa das inspirações profundas.

– Não a deixe morrer, Guido.

– Vou dar o melhor de mim.

Versavel não tinha nenhuma dúvida de que a mulher já estava morta, mas não tinha coragem de decepcionar Van In. Ele continuou com a reanimação até o médico da equipe de resgate chegar e fazer uma última tentativa de salvá-la, embora também tivesse quase certeza de que não havia mais nada a ser feito. Ele aplicou eletrochoques e injetou uma quantidade relativamente alta de adrenalina diretamente no músculo cardíaco, mas o monitor portátil não acusou nenhuma reação.

– Sinto muito – disse o médico ao perceber a incredulidade estampada na face de Van In.

– O senhor fez o seu melhor, doutor. Eu é que vacilei. Deveria ter pensado melhor antes.

– Não, comissário. Só tem uma pessoa culpada: o homem que a assassinou. A única coisa que o senhor pode fazer é encontrar esse sujeito e o colocar atrás das grades.

Van In olhou para o jovem médico.

– O senhor tem razão – ele disse. – Eu vou pegar esse cara, custe o que custar.

As casas da rua em que Nathan Six tinha entrado possuíam jardins nos fundos. Vários deles tinham acesso direto para a rua, por uma vielinha entre duas casas. Quando avistou uma viatura policial, Six não hesitou um segundo sequer: entrou na viela e correu para os fundos. Os jardins e a parte de trás das casas eram todos idênticos: um gramado com flores e arbustos nas laterais e uma varanda.

Six acabou tendo sorte. Na segunda casa, não havia nenhuma luz acesa, e ele encontrou a chave da porta dos fundos embaixo do tapete. Os moradores já estavam dormindo ou não estavam em casa. Six não tinha escolha. Abriu a porta, acomodou-se numa cadeira e ficou esperando em absoluto silêncio. Ele ouviu a porta da frente de outras casas se abrindo e vozes de moradores perguntando uns aos outros o que é que estava acontecendo, mas, na casa onde se escondera, tudo permaneceu em absoluto silêncio.

– Talvez o perímetro que eu cerquei não tenha sido suficiente – disse Versavel.

Após três horas de buscas intensas, a caçada ao criminoso ainda não tinha apresentado nenhum resultado.

– Não – disse Van In. – Não tem nada de errado com o perímetro demarcado. Foi por um triz que não pegamos o assassino. Ele não pode ter ido muito longe.

– Ele pode ter se escondido em algum lugar.

– É, pode ser.

Van In acendeu um cigarro e tomou um gole do refrigerante em lata que Versavel havia comprado. O comissário-chefe De Kee nunca concordaria em estender a busca pelo assassino por mais de vinte e quatro horas. E não havia como usar mais pessoal além do que já estava sendo usado.

– Podemos espalhar a descrição detalhada dele pela vizinhança. Se estiver escondido em algum lugar, vai ter de reaparecer mais cedo ou mais tarde.

Van In concordou com a cabeça.

– Que horas são agora?

– Quinze pra meia-noite.

Ele pegou o mapa e circundou uma região menor.

– Vamos nos concentrar nesta região.

– Qual o plano?

— O sujeito que estamos procurando não é burro. Quando ouviu as sirenes, deve ter se dado conta de que encontramos seu carro e de que, a pé, não teria a menor chance de escapar. Se ele se escondeu, deve ter tomado a decisão nessa hora. Pra mim, o cara está por aqui, nos arredores.

Mais de 50 investigadores da polícia local e a mesma quantidade da polícia federal passaram a noite inteira vasculhando criteriosamente toda a região demarcada por Van In. Examinaram todos os carros estacionados e tocaram a campainha em mais de 200 casas, perguntando se os moradores haviam notado alguma coisa fora do normal e mostrando o retrato falado do suspeito. A única identificação positiva foi de Rosette, dona do café que levava o seu nome.

— Ele deve ter esperado ali até anoitecer — disse Van In.

— Você acha que o perdemos? — perguntou Versavel.

— Infelizmente, acho.

Van In acendeu seu último cigarro e amassou a embalagem do maço. Estava cansado, frustrado e triste por causa da morte de Virginie. A vida não valia nada, nem mesmo para um investigador de sucesso com uma linda mulher e dois filhos maravilhosos. Não era de espantar que tantas pessoas acabassem entrando em depressão.

♥

Capítulo 10

Nevava. Van In estava em pé ao lado da janela olhando os flocos que deslizavam pela vidraça. Fazia justamente dez semanas que o assassino de Virginie havia escapado. Era como se tivesse evaporado. Sumira da face da Terra. Quem sabe emigrara para um país exótico e estava lá tomando um belo banho de sol, rodeado por duas loiras estonteantes. Van In teve de rir por causa dessa imagem estereotipada inocente que surgiu em sua mente. Por que o sujeito haveria de fugir do país? Com exceção do retrato falado e de algumas impressões digitais não identificadas, a polícia não tinha nenhuma pista dele.

Não obstante, Van In não ficou parado. Nas últimas semanas, apesar de toda a insatisfação de Hannelore, ele passara várias noites (inteiras) no cassino em busca de gente que lhe pudesse dar alguma dica, mas também não tinha conseguido nada com isso. Só havia jogado dinheiro fora. Muito dinheiro. Hannelore já não o deixava mais dormir na cama do casal e só falava com ele quando se tratava de algum assunto ligado às crianças. Mas, apesar disso, Van In não pretendia desistir da busca pelo assassino. Ainda bem que podia contar com o apoio de Carine. Há alguns dias, ela ficara sabendo que o dr. Olivier Vanderpaele fazia uma fezinha duas vezes por mês num cassino holandês, onde se regalava na companhia de homens de negócios como Evarist Oreels. Durante algum tempo, Van In mandou seguir os dois homens, mas isso também não o levara a nada.

– Tem um cara lá na cela que esfaqueou o amigo num boteco esta noite. Quer que eu o interrogue ou você cuida disso? – Versavel tentou esboçar um sorriso, mas não conseguiu.

Nunca vira o amigo num estado tão deplorável, pelo menos não por tanto tempo. Lamentava tremendamente o fato de ele estar destruindo seu casamento por causa de um crime não solucionado. Tudo bem, na época, os assassinatos haviam criado um grande alvoroço, e a imprensa não poupara a polícia, mas isso tudo era passado. A memória do grande público era curta. Além disso, as festas de fim de ano estavam chegando. Por que Van In era tão teimoso?

– Será que eu tenho que fazer tudo por aqui, Guido?

Versavel não deu margem para discussões.

– Tudo bem. Pode deixar comigo – ele disse. – Vá dar uma volta pra relaxar um pouco.

Em circunstâncias normais, Van In não aceitaria ser tratado daquele jeito. Mas, naquele momento, não protestou. Pegou seu casaco e saiu da sala sem dizer uma palavra sequer. Quando Carine o viu passar pelo corredor, foi atrás dele. "Dentro de alguns dias, ele será meu", ela pensou.

– Tem algum problema se eu te acompanhar? – perguntou Carine.

– É claro que não – respondeu Van In.
– Quer beber alguma coisa?
– Com você, sempre.

Ele estava com muita vontade de colocar o braço em torno dos ombros dela e puxá-la para bem perto de si, e tinha muito mais vontade ainda de se enfiar na cama dela, mesmo que fosse apenas para sentir a pele de uma mulher. "O que é o amor?", ele perguntou a si mesmo. Partilhar a alegria e a dor. Isso era muito bonito, mas quem é que ia querer partilhar a dor com outra pessoa se era possível não fazer isso?

– O que você vai fazer no Natal? – ela perguntou ao descerem as escadas.

– Não tenho idéia – disse Van In.

Normalmente, ele e Hannelore ficavam em casa com as crianças, comiam lagosta e ostras como todo mundo e depois iam namorar um pouco perto da lareira. Naquele ano, ainda não havia nada planejado.

– Eu vou sair – disse Carine.

Se uma mulher solteira se deparasse com um homem solitário na noite de Natal, era quase certo que o conquistaria. Mesmo que fosse por apenas uma noite.

– Talvez eu faça a mesma coisa – ele disse.

Os dois caminhavam pela Praça Zand e tentavam evitar a sujeirada que havia no chão. Um grupinho de estudantes barulhentos estava à toa no chafariz. Os rapazes ficavam dando uma de valentes. As garotas não paravam de falar sobre suas últimas conquistas. Para eles, o Natal não passava de umas férias bem-vindas. Os mais abonados iam esquiar ou praticar *snowboard*. Os outros ficavam em casa jogando videogame e morrendo de inveja.

– Como vão as crianças? – perguntou Carine.
– Bem – disse Van In.
– E a Hannelore?

"É agora ou nunca", ela pensou.

– Por que você está perguntando isso?

Van In sabia muito bem por que ela estava perguntando aquilo. Ele temia dar uma resposta da qual pudesse se arrepender pelo resto de sua vida.

– Por nada.

Ela não precisava lançar toda a cavalaria em cima dele para fazê-lo ceder. Sua armadura já estava toda rachada. O metal estava enferrujado, e o guerreiro, cansado.

– Ela anda meio irritante nos últimos tempos – disse Van In.

– Não ligue pra isso, Pieter. O trabalho da Hannelore é estressante. E, além disso, o tempo está passando pra ela.

– Vamos entrar aqui – disse Van In.

O Rika Rock não era exatamente um café freqüentado por pessoas da idade dele. O som era bem alto. No bar, havia duas meninas na faixa dos 16 anos, que balançavam o corpo no ritmo da música enquanto davam gemidinhos de prazer; subitamente, elas puxaram seus tops mais que apertados para cima. Encostados na parede, quatro sujeitos tomavam cerveja. A mesa estava cheia de copos vazios, e um odor estranho, meio agridoce, empesteava o ar.

– Uma Duvel? – perguntou um rapaz atrás do balcão.

Carine se sentou numa banqueta e sorriu para o barman. Era uma assídua freqüentadora daquele lugar.

– Prefiro um chope – disse Van In.

Ele passou os olhos rapidamente pelos seios de Carine e depois os voltou conscientemente para o outro lado. Mulheres sempre percebem quando estão sendo admiradas, e ele não queria dar a impressão de estar disponível.

– Dois chopes – ela disse ao barman.

Ela sentira seu olhar e desfrutara dele. Até onde ele iria? O único interesse dos seus amantes anteriores fora o seu corpo. Van In era um romântico. Ele precisava de amor e de afeição.

– Se você preferir, podemos procurar um lugar mais calmo – ela disse ao perceber que, após esvaziar o copo em dois goles, Van In ficou olhando para o vazio.

– Por mim, tudo bem – ele disse.

Ainda era muito cedo para convidá-lo para ir à sua casa, portanto ela sugeriu que fossem ao café Vlissinghe, onde era mais calmo.

Freddy Verbeke abriu uma latinha de cerveja e ligou a televisão. Uma loira apresentava o noticiário. Ali na sala, estava bem quentinho. As cortinas estavam fechadas, e ele não pretendia sair. Sair definitivamente era coisa do passado. Ele se espreguiçou, tomou um gole de cerveja e leu o texto na parte de trás do DVD alugado. Na verdade, nem precisava fazer isso, pois as fotos na capa eram mais do que esclarecedoras.

Certa vez, na época em que ainda trabalhava, havia procurado uma prostituta, mas ficara tremendamente decepcionado. Cem euros por uma trepadinha de dez minutos. Não, por esse preço podia alugar vinte e cinco horas de DVD e teria muito mais horas de prazer.

A garota da capa parecia mal ter 18 anos. A noite prometia.

– Que horas são?

Van In já estava falando com a língua enrolada, e seus olhos estavam vidrados. Meia hora antes, ao se levantar para ir ao banheiro, tivera de se segurar numa mesa.

– Vinte pras onze – disse Carine.

Ele estava bêbado, e isso não era um bom sinal, mas ela tinha de dançar conforme a música. Melhor um Van In embriagado do que nenhum Van In.

– Já é tão tarde assim?

Ela fez que sim com a cabeça. Perdera a conta de quantos chopes ele tinha virado um atrás do outro e se abismava com a sua capacidade de, naquele estado, conseguir articular um diálogo normal.

– É melhor irmos pra casa – ela disse.

– Pra casa?

Ele a olhou com aqueles olhos aguados, extremamente fiéis.

– É, pra casa – ela disse decidida. – Quer que eu chame um táxi?

O salão estava praticamente vazio. O único cliente que restara, um senhor mais velho com um chapéu tirolês esquisito na cabeça, estava no bar com um copo de conhaque pela metade à sua frente.

– Acho que hoje à noite eu não vou pra casa, Carine.

"É claro que não, seu bobão. Quando eu falei casa, quis dizer minha casa", foi o que ela teve vontade de dizer, mas teria sido um pecado desperdiçar aquela chance de uma maneira tão idiota.

– Por mim, você não precisa ir pra casa – ela disse. – Se quiser, tenho um lugarzinho pra você.

Van In ergueu a cabeça e olhou para Carine por alguns segundos. Nem ao menos piscou.

– Sabe, Carine. Você é uma garota muito legal, mas...

Agora que o tinha na palma da mão, ele ameaçava escapulir como um peixe. Sua paciência tinha acabado. Ela se virou para Van In, colocou os braços dele sobre seus ombros e o puxou contra si.

– Um lugarzinho na minha cama, Pieter. E vou ser toda sua.

Finalmente. Depois de todos aqueles anos, ela finalmente tinha se declarado para ele. Ela ficava excitada só de imaginar que logo ele estaria deitado ao seu lado. O fato de ele ter bebido demais não era problema. Ela sabia muito bem como lidar com sujeitos embriagados.

– Sério?

Van In abriu os olhos. Nunca traíra Hannelore; aliás, uma coisa dessas nunca tinha nem mesmo passado pela sua cabeça. Até então.

– Depois que a gente acabar, você vai se sentir dez anos mais novo – ela disse.

– Se você me fizer sentir vinte anos mais novo, vou ficar com você pra sempre.

– Pode deixar.

Ela tirou os braços dele de seu ombro, pegou a carteira na bolsa e pagou a conta.

– A senhora tem certeza de que o seu vizinho gritou pedindo ajuda? – perguntou Versavel à mulher que estava diante dele no vão da porta aberta.

– Bem, em todo caso, aconteceu uma briga, senhor agente.

A mulher fechou a gola do robe e olhou para Versavel, na expectativa do que ele ia fazer. Talvez tivesse sido melhor nem chamar a polícia. Ela poderia receber uma advertência se fosse um alarme falso.

– Mas a senhora acabou de dizer que o seu vizinho mora sozinho.

– Isso é o que todo mundo diz – argumentou a mulher.

– Como assim?

As pequenas casas na rua fechada eram de propriedade do OCMW[3], sendo alugadas a solteiros que viviam do rendimento mínimo pago pelo governo. Contudo, na prática, muitas vezes a casa era dividida com um parceiro. Isso era proibido, e ninguém informava o fato de ter se casado, pois isso acarretaria uma redução no rendimento mínimo.

– É claro que um cara como o Freddy precisa de uma mulher, se é que o senhor me entende.

A mulher riu, expondo seus dentes amarelados. Já fazia mais de quatro meses desde a última vez em que estivera com um homem, e quando Freddy foi morar na vizinhança, secretamente ficou torcendo para conseguir agarrar o sujeito, mas ele não lhe dava a menor atenção.

– Sim – disse Versavel com um sorriso triste. – Entendo o que a senhora quer dizer.

Ele estimou que a mulher estivesse por volta dos 40 anos, idade em que a maioria das mulheres ainda era bastante atraente, mas isso não se aplicava a ela. Seu rosto murchara e exibia sinais de excesso de bebida alcoólica. Sob o robe de náilon, ele suspeitava que havia um corpo bem acabado.

– O que o senhor vai fazer agora, senhor agente? – a mulher perguntou.

Havia uma chance muito grande de que Freddy tivesse tomado todas e despencado no chão quando gritou por ajuda. Mas para Versavel só restava tocar a campainha da casa do rapaz. Um raio de luz entrava por uma fresta entre as cortinas, e a televisão estava ligada.

– Tá vendo só como aconteceu alguma coisa? – a mulher gritou depois de Versavel tocar a campainha três vezes e ninguém responder.

Ele concordou com a cabeça, pegou o celular e chamou um chaveiro.

---

[3] N.T.: OCMW (Openbare Centra voor Maatschappelijk Welzijn): Centro Público para o Bem-Estar Social.

Tinha achado que passaria uma noite tranqüila com Frank, mas isso não ia mais ser possível. Mesmo que não tivesse acontecido nada e que Freddy simplesmente estivesse curando a ressaca, a intervenção geraria um monte de papelada. Como será que estavam as coisas com Van In? Será que ele também estava curando a ressaca? Versavel ficou parado na rua sem saída, balançando a cabeça.

– Quer um café?
Carine tirou o casaco e o jogou no braço de uma cadeira. Van In estava de pé, bocejando, com uma cara de bobo. Ela o ajudara em todo o trajeto do café Vlissinghe até o apartamento, ouvindo-o desembuchar um monte de baboseiras.

– Não, obrigado.
Van In andou trôpego até o sofá e se largou nele como se fosse uma jaca caindo do pé. Sua visão estava turva, a boca estava seca como um deserto, e a cabeça rodava.

– Um copo de água então?
Ele fez que sim com a cabeça. Seus olhos estavam semicerrados.

O chaveiro empurrou a porta e recuou um passo. Versavel agradeceu ao homem e entrou.

– Olá. Tem alguém em casa?
Sua voz ecoou no corredor vazio. Versavel ouviu gemidos vindos da sala de estar, mas não eram gemidos de dor. Ele empurrou a porta, que se abriu, e entrou na sala bem no momento em que a atriz que desempenhava o papel principal estava tendo um orgasmo. Versavel mal deu atenção à cena, pois ela não lhe despertava o menor interesse. Entre o sofá e o televisor, um homem jazia no chão. Sua cabeça estava no meio de uma poça de sangue. Uma cadeira derrubada e cacos de vidro davam indícios de que houvera luta. Versavel soltou um palavrão e correu para fora.

Quinze minutos depois, a rua estava tomada pela agitação.

– O Pjetr está doente?
Zlotski cumprimentou Versavel com um firme aperto de mão e um

largo sorriso irônico.

– Você chegou rápido, hein? – respondeu Versavel evasivo.

Zlotski morava em Blankenberge e normalmente chegava bem atrasado.

– Eu estava numa reunião muito chata com alguns colegas no Sofitel. Você nem imagina como fiquei feliz quando fui chamado pra vir pra cá.

– Entendi – disse Versavel.

Embora Van In e Zlotski fossem bons amigos, Versavel não sabia muito bem se deveria lhe contar a verdade ou inventar uma desculpa qualquer.

– Não vai me dizer que eles brigaram de novo?

– Quem?

– Pjetr e Hanne.

– Não sei, Zlot.

O médico-legista fez uma careta de indignação. O fato de ele profissionalmente lidar exclusivamente com os mortos não significava que não entendesse nada dos vivos. Conhecia Versavel bem demais.

– Não tente me enrolar, Guido. Onde é que ele está?

Bons amigos nunca deixam um ao outro na mão e jamais revelam segredos a terceiros, mas... Versavel hesitava visivelmente. Nervoso, passou os dedos pelo bigode e evitou conscientemente o olhar premente de Zlotski.

– Não sei mesmo, Zlot.

O legista deu um suspiro profundo.

– Por mais de uma vez, o Pjetr evitou que eu me metesse em encrenca, Guido. Me dê a chance de, pelo menos uma vez, poder retribuir isso de alguma forma.

– Ele fugiu do escritório hoje de manhã – disse Versavel. – Com a Carine.

– Está um pouco melhor?

Carine estendeu um copo de água a Van In, o quinto em menos de quinze minutos.

Sedento, ele esvaziou o copo.

– Eu quero um cigarro.

Ela lhe deu um.

– Eu te amo, Pieter.

Beber água era o melhor remédio para curar uma bebedeira, só que levava um certo tempo até se notar o efeito. Mas a declaração de amor de Carine o deixou sóbrio na mesma hora. Pular a cerca até que tudo bem, mas se apaixonar, isso nunca.

– Carine, você precisa me ouvir.

Van In se sentou, acendeu o cigarro e contou a ela qual era o seu plano. Não fazia nem dois minutos que ele tinha terminado a história quando a campainha tocou.

Versavel e Zlotski encontraram Van In na cama de Carine. As roupas dele estavam espalhadas pelo chão.

– O que é que vocês estão fazendo aqui? – Van In perguntou indignado.

Mas Zlotski e Versavel estavam igualmente indignados. Logo suspeitaram de alguma coisa quando ninguém veio abrir a porta, mas continuaram insistindo, tocando a campainha até que Carine finalmente os deixou entrar.

– Nós viemos buscar você – disse Versavel.

– Me buscar? Qual é a de vocês, hein?

– O Pieter fica aqui – disse Carine decidida.

Ela trajava uma camisolinha que mal lhe cobria o corpo, mas Zlotski estava tão furioso que nem mesmo deu atenção a isso.

– Você tem cinco minutos para se vestir – disse Versavel.

Carine caiu na gargalhada. Ela se pôs bem na frente dele com as pernas afastadas. Seus olhos faiscavam.

– Você não tem o direito de me dar ordens dentro da minha própria casa.

– Eu não estava falando com você, Neels, mas com o meu melhor amigo. Porra, será que você não sabe o que está aprontando, Van In? Você tem uma mulher e tanto e duas crianças maravilhosas. E é um puta sujeito de sorte por ainda estarmos dando uma chance a você.

Era raro Versavel empregar palavrões, ainda mais duas vezes em seguida. Zlotski não deixou por menos.

– Se não vier com a gente agora, faço uma autópsia em você ainda vivo. E não queira nem saber qual é o primeiro órgão que vai virar picadinho.

Van In fez de conta que estava impressionado.

– É, talvez vocês tenham razão – ele disse com o coração apertado.

– Seu covarde. Você prometeu que ficaria comigo esta noite – berrou Carine. – Se você for embora, amanhã revelo tudo pro comissário-chefe. E daí você vai rastejar de volta pra mim.

Horas depois, nuvens escuras pairavam sobre Bruges. Van In olhava para fora pela janela da cozinha. Naquela noite, Versavel e Zlotski o haviam escoltado até a Vette Vispoort e o entregado direitinho para a esposa. Não tocaram no nome de Carine, mas, pela reação de Hannelore, era mais do que evidente que ela não tinha acreditado na desculpa esfarrapada de que o haviam encontrado no L'Estaminet. Van In estava sóbrio demais, e havia um perfume em suas roupas. Conseqüentemente, o clima à mesa do café da manhã estava péssimo. Hannelore não disse uma palavra sequer e, ainda por cima, saiu quinze minutos mais cedo do que o habitual. Além disso, para piorar, quando Van In chegou à delegacia, o comissário-chefe De Kee estava à espera dele.

– Venha comigo, Van In.

Eles seguiram pelo corredor. Os colegas desviavam o olhar ao verem Van In. Era como se ele estivesse sendo exposto à execração pública. Até mesmo Versavel se recusou a apertar sua mão.

– Sente.

De Kee bateu a porta da sala atrás de si e apontou uma cadeira para Van In.

– Eu fiz alguma coisa de errado?

De Kee se postou diante da janela, de costas para ele, pernas abertas e ombros empinados. Lá fora, recomeçara a nevar, e isso tornava o clima mais frio ainda.

– Você desonrou a corporação, Van In – disse De Kee sem se virar. – E terá que pagar por isso. Pagar muito caro.

Ele se virou para Van In e lhe lançou um olhar furioso que teria congelado qualquer outra pessoa. Mas em Van In apenas despertou um ligeiro sorriso.

– Eu faço o que bem entender nas minhas horas livres, senhor comissário-chefe. Carine Neels é uma mulher adulta e...

– Estou pouco me lixando pra quem você leva pra cama, mas você nunca poderia ter tocado no nosso dinheiro.

– Nosso dinheiro?

– O dinheiro da nossa associação, Van In.

A corporação policial de Bruges dispunha de um fundo social nada desprezível, destinado a bancar as festas do pessoal e à compra de presentes de Natal para a criançada.

– Ah! Esse dinheiro.

De Kee pegou uma pasta em sua mesa, abriu-a e tirou um extrato bancário de dentro dela.

– Trinta e oito mil, quatrocentos e sessenta e cinco euros e vinte centavos, para ser bem exato.

Van In era quem cuidava do dinheiro da associação, por isso possuía uma procuração plena.

– Eu não sabia que era tanto assim.

– Não sabia que era tanto assim?

O rosto de De Kee ficou vermelho de raiva. Num ímpeto, ele meteu o punho com toda a força no tampo da mesa.

– Você vai devolver todo esse dinheiro no prazo que eu estipular.

– Isso vai ser meio difícil, senhor comissário-chefe.

– Eu sei, Van In. Você perdeu tudo no jogo, e isso vai lhe custar muito caro, muito caro mesmo. Já informei o procurador Beekman, e ele está inteiramente de acordo comigo. Você está suspenso das suas funções, e, em breve, espero que o juiz o condene a passar o resto dos seus dias atrás das grades. Assim, você vai sentir na própria pele como os criminosos tratam policiais condenados. Com a sua reputação, pode esperar um tratamento bem especial.

De Kee deu um sorriso maligno. Suas pupilas brilhavam de ódio. Ele conhecia o diretor do complexo penitenciário pessoalmente, e Van In podia esperar o pior. Além do mais, depois de cumprir a pena, não arranjaria mais trabalho em lugar nenhum. Nenhum empregador respeitável contrataria um policial desligado da corporação por causa de roubo.

– Satisfeito agora, Van In?

– Não, senhor comissário-chefe.

De Kee assumiu a pose de um carrasco. Abriu as pernas mais ainda e cruzou os braços. Só faltou a máscara preta.

– Você tem dez minutos pra pegar as suas coisas e sumir. Depois disso, não quero vê-lo nunca mais por aqui. Entendeu bem, Van In?

Van In deu de ombros e concordou. Ele podia muito bem imaginar como De Kee estava se sentindo e não invejava nem um pouco o seu triunfo. Mais tarde, viria a desilusão, e esta seria implacável.

Ao contrário da maioria de seus colegas, Van In guardava poucas coisas pessoais no local de trabalho. Um pente sem mais da metade dos dentes, um barbeador quebrado, que nunca mandara arrumar, um par de sapatos de reserva, que nunca tinha sido usado e estava embaixo do armário fazia mais de dez anos, e um kit de escritório que havia ganhado de Carine. Ele enfiou apenas os sapatos numa sacola de plástico.

– Pode dar o resto pro meu sucessor, Guido.

Versavel ficou olhando para ele como um menino que, pela primeira vez na vida, via uma mulher nua. Não mexia um dedo sequer, e seu olhar estava completamente desvairado. Aquilo não podia ser verdade. Van In não era um ladrão.

– Você não vai aceitar isso assim, sem mais nem menos, vai? Alguém deve ter armado pra cima de você. Sem dúvida, o De Kee não tem nenhuma prova de que foi você que sacou o dinheiro.

— O diretor do banco e o funcionário do caixa declararam sob juramento que eu esvaziei a conta.

— Mas você não fez isso, fez?

— Fiz, Guido. Eu pretendia devolver tudo, mas...

— E onde é que você ia arranjar 38 mil euros? – interrompeu Versavel de cara amarrada. – Você nem mesmo tem condições de comprar um bom par de sapatos.

Van In colocou a sacola de plástico com os sapatos em cima da mesa e, de ombros encolhidos, largou-se numa cadeira e acendeu um cigarro.

— Andei ganhando muito dinheiro nas últimas semanas.

— E depois perdeu tudo de novo.

— Sabe, esse é justamente o problema. Falei pra mim mesmo que ia parar de jogar assim que conseguisse ganhar uma soma bem grande. Mas, pra ganhar, é preciso investir, e tem dinheiro sobrando no fundo. Um dinheiro que mal vamos conseguir gastar.

O fundo social contava com muitos benfeitores bondosos. O valor que juntavam a cada ano era considerável. Sobretudo as empresas que, de vez em quando, descumpriam um pouco as regras vigentes eram especialmente generosas.

— Você está completamente louco, Pieter.

Versavel olhou desconsolado para o amigo. Um nó quase fechava sua garganta. Despedir-se dele depois de tantos anos era algo muito difícil. Deus do céu, o que haveria de fazer sem Van In? Muitos de seus colegas se recusavam a trabalhar com um homossexual. Além disso, era enorme a chance de De Kee transferi-lo para outro lugar. Nem que fosse apenas para adoçar mais ainda a sua vingança.

— Não me arrependo, Guido.

Van In se levantou, apagou o cigarro e pegou a sacola de plástico. Perto da porta, dois investigadores brutamontes esperavam para acompanhá-lo para fora da delegacia. Versavel não conseguiu mais reter as lágrimas. Fungando, foi até a sua mesa e pegou uma caixinha de lenços de papel.

— A gente ainda vai se ver – disse Van In.

Ele deu meia-volta e deixou um Versavel petrificado para trás.

– Parece que a Focus engoliu a história – disse Carine.

Focus era a emissora de televisão local. Carine conhecia alguém que trabalhava na redação. A notícia de que o comissário Van In tinha limpado o fundo social da polícia e perdido todo o dinheiro no jogo acabou criando um burburinho.

– Você acha que vão explorar o assunto? – perguntou Van In.

– Acho que sim – disse Carine.

– Vamos torcer pra que explorem mesmo.

Van In acendeu um cigarro e despejou a Duvel no copo que Carine havia colocado ali para ele. Não se sentia nem um pouco confortável em ter de deixar Hannelore e Versavel no escuro, mas não havia outro jeito. Sob hipótese nenhuma, eles podiam estabelecer qualquer vínculo que fosse entre a expulsão e o plano que ele havia exposto dez semanas antes. Não podia subestimar seus adversários. Se eles suspeitassem de que tudo não passava de armação, jamais conseguiria se infiltrar na organização.

Carine trajava um vestido longo bem decotado e sandálias de salto agulha; Van In, um terno Hugo Boss e sapatos Oliver Strelli. Quando entraram no salão do cassino, até mesmo os jogadores mais fanáticos viraram a cabeça pra observá-los.

O telejornal da tarde havia apresentado uma entrevista com o comissário-chefe De Kee e também alguns depoimentos colhidos nas ruas. Do dia para a noite, Van In passara a ser o inimigo número um da população. Mais tarde, quando viessem a saber que ele tinha largado a mulher e os filhos para viver com uma colega de trabalho mais jovem, aí sim é que as coisas ficariam pretas e que nenhuma pessoa de bem teria a menor consideração por ele.

– Boa-noite, comissário.

Donald Devilder apertou a mão de Van In e cumprimentou Carine com um beijo na face e um olhar enviesado para seu decote.

– Boa-noite, senhora. Posso lhe oferecer uma taça de champanhe?

A vida inteira Carine sonhara em brilhar em festas pomposas, e finalmente chegara o grande momento. Garçons perfeitamente treinados atendiam os convidados a um simples aceno da mão, servindo champanhe, porções de frutos do mar, peixe defumado e caviar.

– Uma vez por ano, fazemos algo especial para nossos melhores clientes – disse Devilder quando viu que ela olhava abismada à sua volta. – Posso apresentá-la ao sr. e à sra. Oreels e ao meu grande amigo Willy Gevers?

As coisas ainda estavam bastante calmas nas mesas de jogo, mas isso logo mudaria. Todos os presentes eram apostadores fanáticos. Não iam conseguir resistir à tentação por muito tempo.

– Então agora o senhor também é um AN[4] – disse Willy Gevers ao apertar a mão de Van In.

– Engano seu, sr. Gevers. Eu sou um DN – respondeu o comissário.

– Um DN? – perguntou a mulher de Oreels.

Ela também estava com um vestido longo que tinha um decote generoso, mas quase todos os olhares não desgrudavam de Carine. Somente Devilder presenteava a sra. Oreels com um olhar de aprovação vez por outra.

– Um desempregado notório – disse Van In. – Minha carreira na polícia já era.

– Mas ela não o deixou mais rico – disse o sr. Oreels, entrando na conversa.

– Isso é verdade – disse Van In.

– Quem sabe não caia do céu uma oportunidade inesperada? – sorriu Oreels. – O senhor sabe como foi que eu comecei?

As pessoas que conheciam Oreels sabiam que ele adorava contar a história de como tinha deixado de ser um filho de trabalhador pobre e se transformado em bilionário.

– Não sei, não – disse Van In.

– Com um pouco de sorte e nem um pingo de escrúpulos, comissário.

[4] N.T.: AN: Apostador Notório.

Oreels encostou a taça de champanhe nos lábios e a esvaziou em poucos goles.

Van In sorriu animado e fez de conta que a história que Oreels estava começando a contar lhe interessava. Enquanto o ouvia, quase imperceptivelmente, deslizou o olhar pelos convidados que estavam na sala e, de início, não viu nenhum rosto conhecido. Mas então levou um susto quando viu que Olivier Vanderpaele estava sentado a uma das mesas.

– Tudo começou quando meu vizinho caiu de uma escada, quebrou as duas pernas e, depois disso, por meses a fio, teve de ir duas vezes por semana ao hospital para fazer fisioterapia.

Van In acenou afirmativamente com a cabeça. Era fácil adivinhar o resto da história. Oreels levara o vizinho duas vezes por semana de carro para o hospital e pedira uma boa compensação por isso.

– Depois disso, comprei uma ambulância de segunda mão, fiz um curso e paguei uma noitada num puteiro para um dos grandes do Riziv[5]. Duas semanas depois, eu estava com a minha licença pra transportar doentes na mão. E, é claro, tudo às custas do bom e velho estado.

– Com licença um instante, sr. Oreels. Já volto.

Van In deu um empurrãozinho em Carine. O sr. Oreels não achou nem um pouco ruim que ela ficasse ao seu lado.

– Dr. Vanderpaele. Mas que coincidência encontrá-lo por aqui.

O entusiasmo com que Van In cumprimentou o advogado foi completamente sincero. Era bastante tranqüilizador que ele estivesse ali no cassino, e não dando em cima de Hannelore.

– Não se pode dizer o mesmo do senhor, comissário Van In. Ou seria melhor dizer "ex-comissário"?

Van In não deu trela à provocação. O nome de Vanderpaele surgira algumas vezes durante as investigações.

– Já fazia algum tempo que eu estava planejando sair da polícia e me retirar para a minha vila na Toscana.

Vanderpaele franziu a testa. Uma vila na Toscana custava alguns milhões de euros, um montante que Van In nunca poderia ter conseguido

---

[5] N.T.: Rijksinstituut voor ziekte en invaliditeitsverzekering = órgão que cuida da seguridade por doença e invalidez.

juntar de forma honesta.

– Não sabia que o senhor tinha uma vila por lá.

– Pouquíssimas pessoas sabem disso, mas agora não preciso mais fazer segredo. É quase certo que, com um bom advogado, eu consiga uma pena leve. A minha folha na polícia é impecável, com exceção de um pequeno deslize, é claro.

Num gesto de rotina, Vanderpaele pegou um montinho de fichas da mesa e as enfiou no bolso. O jogo podia esperar. Naquele momento, estava curioso para saber o que Van In tinha para contar. Afinal de contas, mal se conheciam.

– Vamos para outra mesa – Vanderpaele sugeriu.

Van In olhou de soslaio para Carine. Ela estava conversando animadamente com Oreels. Devilder, Gevers e a sra. Oreels tinham desaparecido sem deixar vestígios. A coisa estava andando como Van In queria. Carine era capaz de virar a cabeça dos homens, e parece que Oreels não precisava de muito estímulo para isso. Já a despia só com o olhar.

– Por que não? – retrucou Van In.

Os dois encontraram uma mesa tranqüila num canto atrás do bar. Na mesma hora, um garçom veio anotar os pedidos.

– O senhor está procurando um advogado? – perguntou Vanderpaele.

– Na verdade, estou sim.

– Entendo.

Vanderpaele pegou um maço de John Player Special, ofereceu um cigarro a Van In e também acendeu um para si.

– O senhor joga freqüentemente por aqui?

– De vez em quando – respondeu Vanderpaele. – Por que a pergunta?

– Porque este lugar me agrada bastante – disse Van In. – Sabe, antes eu não compreendia por que as pessoas gastavam dinheiro nos cassinos, mas agora sei muito bem por quê. Perder estimula muito mais a jogar do que ganhar. Quanto maior a perda, maior a aposta. Só acho uma pena que, na maioria dos cassinos, não seja possível ir a limites extremos.

Vanderpaele analisou Van In com um olhar curioso. Sem dúvida nenhuma, o tira tinha enriquecido de forma ilícita e agora queria outras emoções relacionadas ao jogo, já que não precisava mais esconder o vício.

– Existem lugares onde se pode jogar sem nenhum limite. Ilegalmente, é claro, mas parece que isso não é mais problema pra você.

– Antigamente, eu não podia nem pensar nisso – Van In falou e deu risada.

As coisas estavam indo bem, mas tudo parecia estranhamente fácil. Vanderpaele estava confiando rápido demais nele.

– É claro que isso também custa bem mais.

– Dinheiro não é problema – disse Van In. – E eu disponho de informações muito valiosas – acrescentou.

– Tudo bem – disse Vanderpaele. – Ligo pra você amanhã durante o dia.

Ele apagou o cigarro e esvaziou a taça de champanhe. O movimento nas mesas estava bem maior, e ele já desperdiçara tempo demais.

Van In acompanhou Vanderpaele até a mesa de jogo e deu uma rápida examinada no salão. Oreels e Carine não estavam mais no mesmo lugar onde ele os havia deixado.

♠

Capítulo 11

De vez em quando, Van In acordava com a sensação de ter areia nos olhos e com a garganta seca e áspera. Ele se virou instintivamente de lado e esticou o braço procurando Hannelore. Sua mão ficou pendurada no vazio. Queria se achegar a ela, mas, em vez de sentir seu corpo quente, rolou do sofá e foi parar no chão. Levou alguns segundos até se dar conta de que o teto que girava lentamente acima dele era o de outra casa. Nossa, como é que ele tinha ido parar ali? O frio que subia do chão o fez estremecer. Desajeitado, tentou ficar de pé e, como um turista enjoado no mar, foi balançando até onde ele acreditava ser o banheiro. Deu de cara com uma pequena cozinha e por pouco não mijou na pia.

– Você vai conseguir.

Era Carine. Ela estava no vão da porta tirando sarro da cara dele.

– Minha nossa, o que foi que aconteceu?

– O que é que pode ter acontecido?

Ela foi resoluta até ele, pegou-o pelo braço e o arrastou até o corredor onde ficava o banheiro.

– Espero aqui até você terminar.

Ela o empurrou para dentro, torcendo para que já estivesse suficientemente sóbrio para não fazer muita sujeira.

– Está conseguindo?

Levou algum tempo até ele terminar e dar a descarga. Ela abriu a porta e o ajudou a sair. Ele a olhou com olhos aguados. Sua cabeça lembrava uma panela de pressão pronta para estourar.

– Como é que eu vim parar aqui?

Van In se arrastou até a sala de estar e se largou pesadamente no sofá. Cada músculo de seu corpo protestava ao menor movimento que fosse. Carine vestiu um robe e foi fazer café na cozinha, deixando aberta a porta que separava os dois cômodos.

– De táxi.

– De Blankenberge para Bruges de táxi? Isso deve ter custado uma fortuna.

– Custou mesmo.

Carine desembolsara mais de 40 euros pela corrida, um verdadeiro assalto.

– Eu ganhei?

– Não, você perdeu tudo.

Van In deu um suspiro profundo e cobriu o rosto com as mãos. Pensou em Hannelore e nas crianças. Será que tudo aquilo valia mesmo a pena? Ele não lembrava de quase nada do que havia acontecido no dia anterior. O paletó do seu caro terno Hugo Boss pendia como uma bandeira amassada sobre o braço de uma cadeira. Ele se esticou e o pegou, procurando cigarros.

– Merda.

– Ainda tem um maço no aparador – gritou Carine da cozinha.

Van In se ergueu do sofá, foi até o aparador e acendeu um cigarro. A primeira tragada atravessou queimando a sua garganta e provocou um acesso de tosse nele. Carine saiu da cozinha com café e um copo de água com dois tabletes efervescentes. Van In não reclamou quando ela o obrigou a tomar os analgésicos.

– Ao menos, eu consegui alguma coisa – ela disse quando Van In, depois de três xícaras de café, aos poucos foi voltando ao estado normal. – Oreels nos convidou para uma festa informal regada a champanhe na casa dele. Quer nos apresentar aos seus amigos.

– Oreels – repetiu Van In.

Aos poucos, sua memória foi se restabelecendo. Depois de conversar com Vanderpaele, procurara Carine por todo o salão. Segundo o que Devilder havia dito, Oreels e Carine tinham ido dar uma volta na praia.

– Isso mesmo – disse Carine, olhando para ele e se divertindo com a situação. – Passei a noite toda conversando com ele enquanto você jogava 5 mil euros pela janela.

– Conversando...

Quanta incredulidade é possível expressar uma única palavra? Van In ficou olhando para Carine e balançando a cabeça.

– Não vai me dizer que você está com ciúmes? – disse ela.

Ela gostava da forma como ele a estava olhando. Oreels havia tocado seus seios e, quando quis ir mais adiante, ela o pôs em seu lugar. Mas Van In não precisava ficar sabendo disso agora.

Foi um tremendo esforço para Hannelore ir ao trabalho naquele dia e não avisar que estava doente, mas acabou ficando feliz por não ter feito isso. Quando entrou no Palácio da Justiça, alguns colegas a ignoraram conscientemente, mas a maioria tentou agir da forma habitual. Ela seguiu pelo corredor de ombros retos e cabeça erguida. Passara metade da noite chorando, vendo as diversas reportagens no telejornal. Agora as suas lágrimas tinham secado. A vida continuava. Com ou sem Van In.

– Bom-dia.

Ela se virou. Olivier Vanderpaele a alcançou com passadas largas. Ele parecia descansado e bem-disposto.

– Não é uma manhã lá muito boa, Olivier.

– É, eu sei.

Ele colocou o braço em volta do ombro dela num gesto consolador. Tinha certeza de que Van In não ia dar as caras por ali inesperadamente depois do que acontecera na noite passada. Tratara disso pessoalmente. Um pouco de sonífero fazia milagres.

– Quer um café? – o advogado ofereceu.

Ele apertou suavemente o ombro dela e olhou direto em seus olhos. Quase todos os obstáculos já tinham sido removidos. Sentia o corpo de Hannelore estremecer e ansiava pelo momento em que o apertaria contra si.

– Vi o Van In lá no cassino ontem – Vanderpaele disse quando ele e Hannelore já estavam lá em cima, sentados à uma mesa da cafeteria. – Ele estava com aquela loira. Como é mesmo o nome dela?

– Carine Neels – ela disse de maneira inexpressiva.

– Lamento muito por você.

– Pois é.

Hannelore sabia que Vanderpaele estava dando em cima dela, e bastava dizer uma palavra que ele estaria a seus pés. Talvez até chegasse a fazer isso algum dia, mas não naquele momento. Ainda não conseguia acreditar que Van In tinha largado mulher e filhos assim, sem mais nem menos. Ele não tinha mais muito dinheiro para ser apostado. Limpara as economias deles, e o dinheiro do fundo da polícia também logo acabaria. Quem sabe então ele voltasse com o rabo entre as pernas. A questão era se ela o aceitaria de volta.

– Eu não sabia que vocês tinham uma vila na Toscana – disse

Vanderpaele, mudando de assunto ao perceber que sua tentativa de consolá-la não estava dando em nada.

– Quem te contou isso?

De vez em quando, Van In falava algumas baboseiras, mas uma vila na Toscana não era baboseira. Por que será que ele dissera a Vanderpaele que eles tinham uma vila na Toscana?

– O Van In, é claro.

– Que estranho – disse Hannelore. – Ele não costuma revelar isso.

– É, eu entendo.

– Você sabia que a avó dele era de lá?

"Van In deve ter tido um motivo muito grande para convencer Vanderpaele de que tem uma vila na Toscana", ela pensou.

– Eu não sabia, não.

Ele deu um sorrisinho. Imaginou que Van In devia tê-la enganado dizendo que herdara a vila da avó. Como é que ela podia ser tão ingênua para acreditar naquilo? Bem, ela era casada com ele – algo que Vanderpaele entendia menos ainda.

– Se eu puder te ajudar com qualquer coisa, qualquer coisa mesmo, não hesite em me ligar. A minha porta está sempre aberta pra você – ele se ofereceu.

Hannelore acenou com a cabeça. "A porta do seu quarto, sem dúvida", ela pensou.

Nathan Six estava no banheiro diante do espelho, só com uma toalha enrolada na cintura. Na pia, uma máquina elétrica para cortar cabelo. Ele se analisou no espelho, passou os dedos pelos cabelos mais uma vez e se pôs a trabalhar. Enfiou o plugue na tomada, ligou a máquina e raspou a cabeça. Em seguida, com muita espuma e uma navalha, removeu os restos.

A operação toda mal levou vinte minutos. O homem que olhava para ele no espelho nem de longe lembrava Nathan Six. Um óculos de sol preto completou a metamorfose. Depois disso, ele se vestiu e fumou um Cohiba, enquanto estudava o dossiê da próxima vítima: um homossexual mais velho que morava com um namorado mais novo e que jogava bilhar toda quinta-feira à noite.

Van In ligou para Hannelore de um telefone público, ficou esperando até ela atender, mas desligou quando ouviu a sua voz. "Não", ele pensou. Ela nunca aprovaria. Não era a primeira vez em sua carreira que participava de uma operação clandestina, mas nunca fora tão longe assim. Ergueu a gola do casaco e foi para o centro da cidade.

– Sente, Versavel.

O comissário-chefe De Kee usava seu uniforme apenas em ocasiões oficiais ou quando queria fazer valer sua autoridade. As mortes misteriosas haviam levantado muita poeira nos meses passados e, agora que Van In havia desaparecido de cena, ele decidira tomar as rédeas do caso.

– Vou direto ao ponto, Versavel – ele disse sério. – A partir de agora, eu assumo a investigação.

Versavel acenou afirmativamente com a cabeça. Klaas Vermeulen acabara de ligar dizendo que precisava falar urgentemente com ele. Seus pensamentos se voltaram para Van In e Hannelore.

– E desta vez nós vamos obter resultados. O senhor entendeu bem?

De Kee ficou falando ininterruptamente por mais de dez minutos, mas, se alguém perguntasse sobre o que havia sido o monólogo, Versavel não saberia responder. Depois de terminada a reunião, o investigador-chefe, cabisbaixo e de ombros caídos, se dirigiu até a sala 204, colocou uma dose de bebida forte no copo e tomou tudo de um trago só.

– Desculpe o atraso – Carine havia chegado.

Perplexa, ela olhou para a garrafa de gim e para o copo na mesa de Versavel, mas não disse nada. A tensão naquele momento era grande demais.

– Quer café? – ela perguntou.

– Não, obrigado – Versavel respondeu.

– Posso fazer alguma coisa por você?

Ela podia muito bem imaginar como é que ele estava se sentindo.

— Vermeulen quer falar conosco com urgência – disse Versavel.

— Conosco?

— Ordens do De Kee.

— Tudo bem.

— Van In está hospedado na sua casa?

Versavel usou o verbo hospedar de propósito, em vez do verbo dormir. Não lhe daria esse prazer. Carine sentiu o veneno pingando de suas palavras.

— Ele dormiu no sofá esta noite – ela disse.

Versavel arqueou as sobrancelhas. Carine fazia marcação cerrada em cima de Van In. Ela até chegara a alardear que, certa vez, ele cedera ao charme dela. Então por que essa história de que ele tinha dormido no sofá?

— E?

— Dê um crédito a ele, Guido.

Versavel se virou. Neels nunca se dirigia a ele pelo primeiro nome. O que é que aqueles dois estavam aprontando? A melhor maneira de descobrir era não acossá-la demais.

— Ele disse alguma coisa?

Ela fez um resumo do que havia acontecido no dia anterior. Mas omitiu o fato de que haviam sido convidados por Oreels para uma festa naquela noite.

— Eu acho que vou querer um café, sim – disse Versavel.

— Tem certeza?

Versavel só tomava o café que ele mesmo fazia. Ele chamava o café de Carine de "água suja".

— É claro que tenho.

— Com ou sem açúcar?

— Com – disse Versavel dando um suspiro.

Sem açúcar? Nem pensar.

Muitas vezes, o gosto de pessoas abastadas é proporcionalmente inverso à riqueza que possuem. A vila pomposa de Evarist Oreels era uma prova gritante disso. O complexo contava com vários prédios, um mais horroroso do que o outro. Elementos góticos e barrocos se misturavam, temperados com uma pitada de Walt Disney. O amplo estacionamento estava cheio de carros de organizadores de festas e promotores de eventos. Willy Gevers estacionou, desceu do carro e, com um semblante preocupado, andou até a porta de entrada, na qual foi recebido por um mordomo uniformizado que o conduziu até o escritório de Oreels.

– Estou preocupado, Evarist – ele disse quando o mordomo saiu da sala e fechou a porta.

Oreels estava sentado numa cadeira toda esculpida. Ele vestia um roupão bordado e chinelos de couro de salmão.

– Preocupado? – riu Oreels. – E desde quando você se preocupa com alguma coisa?

Gevers andou até um aparador antigo, que devia ter custado uma pequena fortuna, e encheu um copo com uísque, apesar de ainda ser cedo para isso.

– Não confio no tira.

– Ex-tira.

Gevers tomou um gole de seu uísque e foi se sentar à frente de Oreels. No jardim, alguns operários estavam intensamente ocupados montando uma enorme tenda para a festa.

– Ainda não tenho tanta certeza disso. Mandei investigar o passado dele e me asseguraram que ele é completamente íntegro.

– Ou muito esperto – disse Oreels. – Passei a vida inteira levantando informações sobre as pessoas.

– Esperto ele é.

– E por que continuou sendo tira?

Oreels sorria o tempo todo, mas Gevers o conhecia bem demais. Atrás daquele sorriso, havia um homem totalmente desapiedado. E isso se aplicava à maioria dos que tomavam parte no Jogo.

– Mesmo assim, não confio nele.

– Você já disse isso, Willy.

Oreels estendeu a mão e pegou uma caixinha ricamente

ornamentada com marfim, abriu-a e tirou um charuto de dentro dela. Qual era a do Gevers? Estava achando que ele, Oreels, era um idiota qualquer? É claro que havia levado em conta que Van In poderia estar tentando se infiltrar no meio da jogatina. Já havia mandado levantar a ficha do policial bem antes de Gevers sequer pensar nisso.

– Você precisa confiar no julgamento do Mestre do Jogo – ele disse. – E ele acha que o tira pode participar.

Klaas Vermeulen recebeu Versavel e Carine num escritório empoeirado e cheio de estantes abarrotadas de livros técnicos. Quando não estava ocupado no laboratório, geralmente era possível encontrá-lo ali. É verdade que não era uma pessoa muito agradável, mas ninguém poderia acusá-lo de leviandade em seu trabalho. Nos últimos meses, ele havia se ocupado dos assassinatos em série tanto quanto Van In. O fato de as investigações da perícia técnica não terem apresentado nenhum resultado o deixava extremamente frustrado. Mas, no dia anterior, algo havia mudado.

– O senhor queria falar urgente comigo?

Versavel foi sentando sem a menor cerimônia. Carine seguiu seu exemplo.

– Isso mesmo, investigador-chefe Versavel.

Vermeulen lançou um rápido olhar para Carine, e ela sentiu o menosprezo estampado na cara do homem. Todos sabiam que ele era machista. Para ele, era o fim da picada a presença das mulheres na polícia.

– Ontem eu descobri que o suspeito dos assassinatos é soropositivo.

Versavel estremeceu internamente quando ouviu a palavra "soropositivo". Lembrou-se de uma breve aventura com um jovem turista alemão, um episódio que quase lhe fora fatal. Vermeulen apertou as pontas dos dedos umas contra as outras e apoiou os cotovelos na mesa.

– Na blusa de Freddy Verbeke, a última vítima, havia alguns fios de cabelo e um pouco de sangue – ele disse, dando uma de professor.

– A análise do material revelou que o sangue não era da vítima, e é praticamente certo que os cabelos sejam do assassino.

– Como o senhor tem tanta certeza disso? – perguntou Carine.

O olhar que ela recebeu de Vermeulen foi aniquilador. Por que aquela sirigaita ficava se intrometendo?

– Porque encontrei fios de cabelo no carro do suspeito do assassinato com a mesma característica genética, minha senhora.

Carine não se deixou tirar do sério e retrucou em tom cortante:

– E o sangue então?

Vermeulen sentiu alternadamente frio e calor. Mesmo Van In nunca ferira tão profundamente o seu orgulho profissional.

– Pergunte isso ao investigador-chefe Versavel – ele disse, contendo-se a todo custo.

Carine virou a cabeça para Versavel e o olhou, fingindo espanto.

– Eu disse algo de errado? – perguntou ela.

– Acho melhor não incomodarmos mais o senhor Vermeulen, Carine. Ele está muito ocupado, e nós também.

– É mesmo? – retrucou ela.

Versavel achou que já era suficiente. Levantou-se e disse:

– Vamos, Carine.

Van In tomou a primeira Duvel do dia num café onde não o conheciam. Pelo menos, era o que ele achava. Bem na hora em que ia pedir a segunda, entraram três peões de obra. Um deles, um baixote musculoso, reconheceu-o na mesma hora.

– Você não é o tira que eu vi na televisão ontem? – ele perguntou.

A televisão é uma mídia poderosa, e os escândalos dão um ibope incrível. Um tira corrupto levantava mais poeira ainda. Van In deveria saber disso. Ele pagou a conta e saiu. Já que o reconheciam mesmo, podia muito bem ir para o L'Estaminet e tomar a Duvel lá.

Tinha voltado a nevar e, desta vez, Van In não achou isso tão ruim assim. Os grandes flocos criavam uma proteção emaranhada que o camuflava. A caminho do L'Estaminet, repassou mais uma vez os acontecimentos dos últimos dias, sem parar de se questionar se havia tomado a decisão certa. Será que a suspeita de que Vanderpaele tinha alguma coisa a ver com os assassinatos se confirmaria? Ou será que tal hipótese se fortalecia pelo fato de o jovem advogado estar dando em cima de Hannelore?

A neve rangia sob os sapatos de Van In, e seus pés congelavam por causa da água que infiltrava por um rasguinho lateral no couro. Ainda bem que no L'Estaminet era sempre quentinho no inverno. No corredor, bateu a neve dos sapatos e cogitou pedir um conhaque em vez de uma Duvel. Antes mesmo que tivesse fechado a porta atrás de si, uma voz conhecida gritou:

– Olá, Pjetr.

Zlotski estava sentado ao balcão. Diante dele fumegava um irish coffee. Não tinha como Van In dar meia-volta. Ele estendeu a mão para o legista e, por força das circunstâncias, foi sentar-se ao seu lado.

– Mais um irish coffee para o meu bom amigo – pediu Zlotski ao barman.

Com isso, deixou imediatamente claro que não estava dando a menor importância para toda aquela confusão em torno de Van In.

– Dei uma escapada do necrotério – ele sorriu irônico.

Van In acenou com a cabeça. Zlotski não precisava explicar por que estava ali.

– A necessidade mostra quem são os nossos verdadeiros amigos – disse Van In.

Zlotski tomou um gole do café e, com o dorso da mão, limpou o chantilly que ficara grudado em seu lábio superior.

– Você não acha que estou pondo fé em todo esse bafafá, não é? – disse o médico. – E tem mais: nada tira da minha cabeça que você está tramando alguma coisa. Ou estou enganado, caríssimo amigo?

Ele deu um tapa pesado com a mão aberta no ombro de Van In. Zlotski tinha uma voz alta. Todo mundo no café ouviu o que ele tinha acabado de dizer, e isso não era nem um pouco bom. Ninguém podia saber que ele estava engendrando alguma coisa.

– É a pura verdade, Zlot.

O legista corpulento se empertigou na banqueta e, em seguida, fez algum comentário engraçado. Ouviu-se uma risada coletiva, o que provou para Van In que ele estava certo: o pessoal estava de orelhas em pé.

– Quer fazer o favor de falar mais baixo, Zlot? – pediu Van In.

O polonês arqueou as sobrancelhas, e um sorrisinho triunfante surgiu em seus lábios.

– Então quer dizer que estou certo mesmo. Você está arranjando sarna pra se coçar.

– Por favor, fale mais baixo! – insistiu Van In.

Zlotski fez uma careta de espanto.

– Mas eu falo baixo.

Outra vez, houve risadas, porém não tão altas quanto as de antes.

– Você está de carro?

– Quer que eu te leve pra algum lugar?

– Não – sussurrou Van In. – Mas lá, pelo menos, a gente pode conversar sossegado.

Versavel parou o Golf no estacionamento para visitantes do Palácio da Justiça.

– Se eu fosse você, ficaria esperando aqui – ele disse para Carine.

– Você não está achando que eu tenho medo daquela coisa, não é?

Carine apertou os maxilares. Van In não tinha encostado um dedo sequer nela, mas isso a perua não precisava saber. Uma confrontação falaria por si só.

– É uma ordem, investigadora Neels.

– Tá bom, tá bom. Não precisa ficar nervoso, Versavel.

– É pro seu próprio bem.

– Tudo bem, papai.

Versavel saiu do carro e foi até a entrada do prédio. Se o assassino era soropositivo – e soubesse disso –, estaria registrado em algum lugar. Era só uma questão de saber se Hannelore emitiria um mandato que lhe daria permissão para solicitar os dados médicos de pacientes que estavam se tratando dessa doença. Entretanto, a única coisa de que dispunham para identificar o assassino era o retrato falado. O que será que Van In faria numa situação dessas?

Versavel seguiu pelo corredor até o elevador. No terceiro andar, tocou a campainha do escritório da juíza instrutora Martens. Era estranho estar ali sozinho. Com Van In, ele simplesmente ia entrando na sala, mas agora precisava esperar até que surgisse um "pode entrar" no visor abaixo da campainha.

– Guido. O que é que você está fazendo aqui?

Hannelore se espantou quando Versavel entrou.

– Vim pedir uma coisa, Hanne...

Ele engoliu as últimas sílabas. Será que ainda podia chamá-la pelo seu primeiro nome?

– Sente, Guido – disse Hannelore, pois ele continuava em pé na frente da mesa dela. – Aceita um café?

– Aceito, sim. Obrigado.

– Você está sozinho?

– Ela está no carro.

Versavel viu que Hannelore não gostou muito do fato de ele ter de trabalhar com Carine. Já era muito ruim Van In ter sido expulso da polícia por causa de roubo, mas ele ter ido morar com aquela garota era o mesmo que tê-la apunhalado pelas costas.

– Você deixou as chaves no contato?

– Não. Por que a pergunta?

– Assim ela não pode ligar o aquecimento.

Os dois sorriram, mesmo que por motivos diferentes. Hannelore porque, pelo menos, podia se vingar um bocadinho de sua rival sabendo que estava passando frio. E Versavel porque agora sabia que Hannelore ainda não tinha desistido completamente de Van In. Ela se levantou e foi até a mesinha onde estavam o café e as xícaras.

– Você não está com pressa, não é, Guido?

Versavel balançou a cabeça.

– Tenho todo o tempo do mundo, Hanne.

Ela encheu duas xícaras e as colocou em sua mesa. Versavel percebeu um leve tremor nas mãos da amiga.

– Você acha que ele é mesmo culpado?

Hannelore se sentou e jogou a cabeça para trás.

– Não sei, Guido. As provas contra ele são claríssimas. Ele sacou o dinheiro pessoalmente da conta, e testemunhas comprovaram que perdeu uma pequena fortuna na roleta. Te contei que ele também torrou todas as nossas economias?

– Sério?

– Vinte e dois mil euros, Guido.

O silêncio tomou conta da sala por um instante. Os dois fixaram o olhar no vapor que subia do café. Ela estava desgostosa, e ele, incrédulo.

– Tem uma coisa que eu não consigo entender – disse Hannelore subitamente. – Seja lá o que tenha acontecido nas últimas semanas, ele continua indo treinar na academia três vezes por semana.

Versavel pensou que talvez Van In estivesse fazendo aquilo para impressionar Carine, mas achou melhor ficar calado. Outra explicação plausível seria o fato de ele estar passando por uma crise de meia-idade, mas isso também era algo que não valia a pena mencionar. Afinal de contas, uma coisa não excluía a outra. Muito pelo contrário.

– Era melhor ele fumar e beber menos – foi o que Versavel acabou dizendo.

– É – disse Hannelore com uma leve hesitação.

Versavel era um amigo muito confiável, mas ela não se sentia à vontade para contar a ele que, nos últimos tempos, ela e Van In andavam transando bem menos do que antes.

– Quer que eu vá procurá-lo hoje à noite e...

– Isso é muito gentil da sua parte, Guido, mas é melhor não. Eu sei que você provavelmente é o único que pode fazer o Pieter mudar de idéia. Mas não acho legal ele voltar pra casa convencido por outra pessoa.

Versavel deu um suspiro longo e um sorriso triste.

– Sabe, fiquei contente de ver que você não o descartou completamente.

– Meu coração não consegue aceitar, Guido. Ou talvez eu simplesmente não goste de ficar sozinha.

Lágrimas brilharam no canto de seus olhos. Versavel se levantou da cadeira num pulo, postou-se na frente dela e a abraçou.

– Eu sei que não é lá um grande consolo, Hanne, mas, se você concordar, posso dar uma passada na sua casa hoje à noite. Pelo menos, poderemos conversar com calma.

Ela inclinou a cabeça e apertou sua face contra a mão dele.

– Só se eu puder cozinhar pra você.

– Então eu levo uma garrafa de vinho.

Ela beijou a mão dele.

– Você é um doce, Guido.

Nathan Six lançou um olhar por cima do ombro antes de entrar na Vette Vispoort. No bolso do casaco, levava um conjunto de cavilhas de ferro e ganchos com os quais poderia abrir quase qualquer fechadura em menos de um minuto. Seus pés afundavam, desaparecendo na neve. O rastro que deixava atrás de si poderia revelá-lo, mas ele não se preocupava com isso. O céu estava cinza escuro, e o homem do tempo previra fortes tempestades de neve para logo mais. Dentro de uma hora, ninguém mais saberia que ele estivera por ali.

Como esperado, a fechadura não ofereceu muita resistência. Isso geralmente acontecia com casas velhas. Ele entrou e fechou a porta atrás de si. "Então é aqui que ele mora", pensou Six. Na mesa da cozinha, havia um jornal intocado e, na pia, uma xícara e um prato. Com a maior calma do mundo, Nathan Six analisou o interior da casa. O comissário Van In gostava de bem-estar, isso era evidente. O cheiro de madeira queimada o levou até a sala, onde uma lareira bocejava para ele. Um antigo armário de sacristia, todo de carvalho, brilhava um tom de amarelo-dourado na luz difusa que entrava pela janela. As marcas no estofado do conjunto de sala mostravam que os moradores passavam muito tempo ali.

Nathan Six se lembrou de como as coisas eram antigamente. Crescera em condições precárias, numa casa úmida com janelas que provocavam correnteza, tapetes puídos fedendo a urina de cachorro e móveis tortos de madeira aglomerada. Segundo advogados e psiquiatras, uma criança que se desenvolve num ambiente desses tem mais chances de entrar para o mundo do crime do que uma que cresce num lar quentinho e confortável. Nathan Six matava pessoas pelo simples prazer de matá-las. Ele gostava de olhar nos olhos de suas vítimas bem no momento em que se davam conta de que iriam morrer. Deter o poder sobre a vida e a morte era uma sensação na qual se viciara.

Ele pôs a mão no bolso do sobretudo e tirou um pequeno disco de metal quase do tamanho de uma moeda de 5 centavos; em seguida, fixou-o com fita adesiva na parte de trás do armário antigo. Depois disso, colocou um CD para tocar em um volume bem baixo e foi até a cozinha. O microfone instalado na parte traseira do armário funcionava perfeitamente. Voltou para a sala, desligou a música e foi outra vez para a cozinha.

Na parede da chaminé, havia uma foto emoldurada de Hannelore e Van In. Ele estendeu o braço para pegar o retrato, mas, no último minuto, pensou melhor. Não podia quebrar o ritual. Isso atraía desgraça. Todos os souvenirs que guardava em casa, sem exceção, um dia haviam sido propriedade de suas vítimas. Six analisou a foto com atenção. Mais tarde, aquela mulher voltaria sozinha para casa e...

O pensamento de estuprar Hannelore e depois assassiná-la o deixou excitado, mas ele tinha de se ater às regras combinadas com o Mestre do Jogo.

– Estou bem?

Carine perguntou, puxando para baixo a saia que havia subido quando desceu do carro.

– Você fica ótima de vermelho – disse Van In.

– Eu não sabia que você era daltônico, Pieter.

– Eu não me referia à cor da sua saia – disse Van In na maior cara de pau.

– Seu safado.

– Ah, se fosse verdade.

Van In vestia seu terno Hugo Boss e usava uma corrente de ouro que havia comprado naquela manhã por 20 euros num brechó. Também calçava sapatos de bico fino que apertavam seus pés como uma calça jeans molhada. O estacionamento tinha uma iluminação bem clara e estava lotado de carros ostentosos: BMWs, Jaguars, Mercedes. O carro simples de Carine fugia completamente à regra. Na porta de entrada, havia dois "Rambos" carecas com fones de ouvido e óculos escuros, embora já estivesse escuro há algum tempo.

– Pieter Van In e Carine Neels – disse Van In quando um dos brutamontes pediu que informassem sua identidade.

– Olhem para a câmera, por favor.

O outro brutamontes apontou para a câmera acima da porta e esperou até receber, pelo fone de ouvido, a autorização para deixá-los entrar.

– Tudo bem.

Os brutamontes se afastaram e deram passagem ao casal, que, no saguão, foi recebido por uma série de recepcionistas de topless que recolhiam casacos e chapéus. Dava para notar que Carine estava se sentindo meio constrangida no meio daquele monte de carnes malhadas. Ela puxou sua saia para baixo, mas agora por outro motivo.

– Parece que vamos ter uma noite e tanto – disse Van In.

Eles atravessaram a sala de estar até as portas de deslizar, atrás das quais havia um jardim com uma enorme tenda de festa. Logo em seguida, Evarist Oreels foi ter com eles. Ele trajava um smoking branco e sapatos vermelhos.

– Comissário Van In e Carininha – ele disse com a mão estendida. – Sejam muito bem-vindos a esta festa.

Uma garçonete com os seios à mostra lhes serviu champanhe. Estava na cara que Evarist Oreels gostava de peitos.

– Estamos muito honrados por nos ter convidado – disse Van In.

Oreels quase enfiou o nariz no decote de Carine, como se não houvesse mais nenhum outro peito por ali. Van In passou os olhos pelos convidados. Quase todos eram homens de pele bronzeada, de meia-idade e barrigudos, com relógios chamativos – o tipo de homem que já estava com a vida feita e se achava irresistível por causa desse status. As poucas mulheres usavam uma maquiagem pesada, e suas formas mostravam que entravam na faca pelo menos uma vez por ano.

– Estou contente por vocês terem vindo – disse Oreels, que agora olhava as coxas de Carine na maior cara de pau.

A vontade de Van In era dar uma boa lição naquele bode velho, mas se conteve. Não podia deixar Carine perceber que estava com um pouco de ciúmes dela. Oreels os acompanhou até o outro lado da tenda, onde havia um farto bufê com porções refinadíssimas. Olivier Vanderpaele estava ao lado de uma enorme travessa de caviar, enchendo seu pratinho.

– *We meet again* – ele disse em tom meio teatral. – Não sabia que o senhor também havia sido convidado, comissário.

Van In respirou fundo. Por que é que ele continuava a chamá-lo de comissário. Só para provocá-lo?

– E eu só posso dizer que você se enturmou bastante rápido, dr. Vanderpaele.

Na verdade, Van In ficou bem contente por encontrá-lo ali. Pelo menos, sabia que aquele monte de merda não estava paquerando a Hannelore.

Um pouco longe dali, Willy Gevers conversava com uma mulher mais velha. Por um instante, Van In achou que estava enganado, mas, quando ela se virou, ele confirmou sua suspeita.

– O senhor me dá licença? Volto num instante – disse Van In.

Dessa vez, ele não precisou dar um empurrãozinho em Carine. Ela já tinha se aproximado de Vanderpaele espontaneamente.

Van In se misturou aos convidados e foi até a mulher que estava perto de Willy Gevers.

– Sra. Blontrock.

A mulher sorriu para ele e apertou a mão estendida em sua direção.

– Comissário Van In – ela disse surpresa. – O que o senhor faz por aqui?

— O que é que eu devo responder? Que o crime compensa?

— Eu não me atreveria a dizer isso, comissário.

— Pode me chamar de Pieter — disse Van In.

— Tudo bem então, Pieter.

Nathan Six digitou um número e ficou pacientemente esperando até ser atendido.

— Alô, Nathan falando.

— Estou ouvindo — disse a voz do outro lado.

No fundo, dava para ouvir um burburinho e o tilintar de pratos e copos.

— Estou atrapalhando?

— Não. Diga o que tem a dizer.

Nathan fez um relatório da conversa que acabara de escutar entre Hannelore e Versavel.

— Pode ter 100% de certeza de que o Van In não está encenando nada — ele disse. — A mulher dele está na pior, e o seu melhor amigo não tem nem idéia do que está acontecendo.

— Muito bem — o Mestre do Jogo agradeceu e desligou.

Depois da meia-noite, a festa na casa de Oreels ficou realmente decadente. As garçonetes tinham tirado também as calcinhas e se deixavam tocar pelos homens que ainda estavam presentes. Elas não precisavam ter medo. A maioria deles estava completamente embriagada, e o resto tinha problemas de próstata. Carine era a única mulher abaixo de 35 anos que ainda estava vestida.

— O que está achando, Van In?

Oreels estava apoiado em duas jovens nuas que lhe davam champanhe para beber cada vez que ele dava um tapa em suas bundas. Era difícil para Van In, que já tinha passado por muita coisa na vida, disfarçar sua desaprovação.

— Estou achando muito interessante, mas não sei se isso ainda vale de alguma coisa para o senhor.

A resposta embutia um duplo sentido considerável e, na verdade, um tanto ofensivo para Oreels, que estava muito bêbado para entender ou simplesmente não quis dar bola para a provocação.

– Você é sempre bem-vindo, caro amigo. Aliás, até digo mais. Se este tipo de festa estiver começando a aborrecê-lo (e, creia-me, depois de algum tempo, você vai estar cheio de ver peitos e bundas), vou convidá-lo para um evento que você nunca mais vai esquecer.

– Duvido que você ainda possa me surpreender com alguma coisa, sr. Oreels.

– Quer apostar?

– É claro que quero.

De canto de olho, Van In viu Vanderpaele tentando dar um beijo de língua em Carine, mas ela o afastou.

♦

Capítulo 12

O comissário-chefe De Kee dormira muito bem e levantara com um ótimo humor. Seu astral melhorou mais ainda quando, às 9 horas, conseguiu falar ao telefone com o procurador Beekmann, que lhe comunicou que o juiz instrutor havia decidido emitir uma ordem de prisão contra Van In. Assim que encerrou a conversa, De Kee entrou em ação. Prender Van In não era tarefa simples. Ele conhecia todos os procedimentos, e ninguém sabia ao certo onde ele estava. Assim, o comissário-chefe reuniu uma equipe de investigadores que não se davam lá muito bem com Van In e chamou Carine para vir à sua sala.

– Sente, investigadora Neels.

Carine ainda estava com a cabeça pesada por causa da festa na casa de Oreels. Também estava com frio, apesar do casaco grosso que vestia. Ela tinha pensado em ligar dizendo que estava doente, mas Van In a havia desaconselhado a fazer isso.

– Não vou dificultar as coisas pra você, investigadora Neels. Diga onde Van In está e esqueceremos o resto.

– O que o senhor está querendo dizer com resto? – Carine perguntou abismada. – Afinal de contas, eu não cometi nenhum crime.

No fundo de seu cérebro, soou um alarme. Naquela manhã, Van In lhe dissera que suspeitava que De Kee estava planejando alguma coisa.

– Quer que eu faça um esquema?

De Kee não tinha contado com nenhuma resistência por parte dela. Um subalterno nunca discutia uma ordem. O que é que aquela sirigaita estava pensando? Já não bastava o fato de ter contato com um colega criminoso?

– Um esquema?

Carine tinha bebido muito na noite anterior. Ela realmente não estava entendendo o que De Kee queria dizer. Ela e Van In eram pessoas adultas. O que faziam juntos em suas horas de folga não era da conta dele. Ela sorriu involuntariamente por causa do pensamento que lhe passou pela cabeça, mas era muito pequena a chance de que, algum dia, aquilo se concretizasse. Van In não a tocara nem com um dedo, e nada indicava que algum dia faria isso.

– Se eu fosse você, não riria, Neels.

O comportamento dela estava começando a irritá-lo. Ele fechou o punho e deu um soco estrondoso na mesa. Carine levou um baita susto, mas, quando viu De Kee tremendo de raiva, quase não conseguiu reprimir a risada.

– E por que eu haveria de rir, senhor comissário-chefe?

– Eu quero saber onde é que está o Van In, porra.

– E como é que eu vou saber?

Carine franziu a testa.

– Todo mundo sabe que ele está dormindo com você, Neels. E, enquanto eu for o chefe por aqui, não vou admitir que meus subalternos fiquem se engraçando uns com os outros.

A maioria das empresas não gostava de relacionamentos entre os colaboradores, mas só intervinham na história se a relação tivesse conseqüências negativas para a produtividade ou se ameaçasse contaminar o ambiente de trabalho. Na polícia, essas regras normalmente eram um pouco mais rígidas, mas isso não dava a De Kee o direito de tratá-la daquela forma.

– Ninguém se mete na minha vida pessoal, senhor comissário-chefe. O senhor deveria saber disso.

Carine procurava desesperadamente uma solução imediata. Precisava encontrar um jeito de avisar Van In que De Kee estava tentando encontrá-lo, mas não tinha como fazer isso naquele momento. Ele não tinha celular, e ela não tinha telefone fixo em casa.

– Vou perguntar só mais uma vez, Neels.

Carine fez de conta que estava pensando. Um silêncio enorme tomou conta da sala. Então, ela empinou a cabeça e olhou decidida para De Kee.

– Eu não sei onde o Van In está. E, mesmo que soubesse, não diria pro senhor.

Ela se preparou para ouvir uma enxurrada de xingamentos, mas ele se conteve, embora seu lábio inferior tremesse de raiva.

– Espero que você esteja falando a verdade, Neels. Por Deus, espero mesmo que seja verdade.

– Estou falando a verdade, senhor comissário-chefe.

De Kee respirou bem fundo duas vezes. Não ia adiantar de nada pressioná-la mais ainda. Acharia um jeito de descobrir onde Van In estava enfiado. Com ou sem a ajuda de Carine.

– Pode ir, Neels.

De Kee girou a cadeira e olhou para fora através da janela. "Quem não está do meu lado está contra mim", ele pensou. "E você vai sentir isso na pele, Carine Neels."

Van In ergueu a gola do casaco e fechou a porta atrás de si. Um vento cortante atingiu seu rosto em cheio. Estava se sentindo miserável, mas qualquer coisa era melhor do que ficar metido dentro de casa esperando Carine voltar. Imerso em pensamentos, foi caminhando ao longo dos muros da cidade branca de neve. Naquela noite, participaria do supra-sumo do jogo da roleta. Pelo menos era o que Oreels tinha dado a entender. O que deveria fazer? Cuidar do caso sozinho como planejado ou buscar ajuda? No pé em que as coisas estavam, dificilmente alguém acreditaria em sua história. Por outro lado, seria muito difícil conseguir reunir provas sólidas se agisse sozinho.

Ele atravessou a Rua Markt diagonalmente na direção da Rua Wolle. Uma viatura policial, saída da Rua Steen, passou bem devagar por ele. Van In procurou passar despercebido. Deu uma parada na vitrine da delicatessen Deldycke e pensou em comprar um lanche, pois não tinha comido nada desde a noite anterior. A viatura policial passou por ele e seguiu reto. "Então, nada de lanche", pensou Van In.

Na Ponte Nepomucenus, ele deu uma olhadinha para a direita. Outra viatura, diferente da anterior, vinha em sua direção a uma velocidade consideravelmente alta. Tudo bem que a polícia precisasse zelar pelo bem-estar dos cidadãos, mas duas viaturas que aparentemente patrulhavam a esmo a mesma região era algo bom demais para ser verdade.

Van In entendeu na hora o que estava acontecendo e não hesitou um segundo sequer. Saiu correndo e virou à esquerda na Praça Huidenvetters. Isso lhe deu uma pequena dianteira, pois os carros não podiam trafegar pela praça. Um poste baixinho impedia a entrada das viaturas. Quando subiu correndo a rua do mercado, ele viu dois investigadores vindo em sua direção, dois sujeitos jovens em condições físicas bem melhores do que as dele. Haveriam de alcançá-lo antes de chegar à ponte. E quem sabe lá houvesse uma segunda patrulha, pronta para agarrá-lo. Estava encurralado. Finalmente, De Kee tinha conseguido o que tanto queria. Iriam algemá-lo e jogá-lo na cadeia. Certa vez, Van In passara uma noite numa cela e não tinha gostado nem um pouco da experiência. Quase enlouquecera.

Ele entrou correndo na Rua Blinde Ezel. Sua vantagem em relação aos investigadores que o perseguiam reduzira-se a 50 metros. E, para complicar mais ainda, outros dois investigadores vinham correndo do lado oposto em sua direção. A Blinde Ezel passava entre dois muros laterais, o da prefeitura e o do Oude Griffie, um belíssimo edifício que atualmente funciona como centro de informações. Uma porta dava acesso aos fundos do prédio e, por um corredor e uma escada, chegava-se ao saguão da prefeitura. Van In agiu ditado pelo impulso. Com um empurrão, abriu a porta e correu até o gabinete do prefeito. Jogou-se sala adentro e trancou a porta.

– Começou a terceira guerra mundial?

O prefeito Moens levantou os olhos do dossiê que estava analisando.

– Desculpe, senhor prefeito, mas neste momento não estou com muito humor pra piadinhas.

Arquejando, Van In abriu a janela que dava para o jardim e jogou a chave do gabinete do prefeito no Rio Reie. Também se podia chegar ao jardim pelo porão do prédio da prefeitura, mas seus perseguidores haveriam de perder um tempo precioso até encontrarem alguém que lhes pudesse indicar o caminho, o que dava a ele uma chance de escapar pelo jardim e alcançar um beco que saía na Rua Breydel. Seu coração batia desenfreado, parecia que estava na garganta, e o ar não chegava em quantidade suficiente aos pulmões. Malditos cigarros. Ele diminuiu um pouco a velocidade e, como um ébrio, foi balançando ao longo do muro do cais.

Carine estava com Versavel a caminho do hospital AZ Sint Jan quando ouviu o informe de que Van In tinha escapado. Suspirou aliviada. Versavel sorriu discretamente.

– É como tentar pegar uma enguia só com as mãos – ele disse.

– Achei que você queria que ele fosse agarrado depois de tudo o que aconteceu.

– É, eu também achei – disse Versavel entristecido.

Ele ainda não conseguia acreditar que Van In fosse um ladrão.

Continuava sendo seu melhor amigo.

Carine mordeu o lábio inferior. Havia jurado não contar nada a ninguém, mas manter a promessa foi um verdadeiro sacrifício frente à reação de Versavel.

– Não podemos perder a esperança – ela disse.

Versavel acenou positivamente com a cabeça e estacionou o Golf no local reservado para carros da polícia. O saguão do hospital estava movimentado apesar de ainda ser cedo. No setor de internação, havia centenas de pessoas nas rampas, e os elevadores estavam lotados de gente que se dirigia a suas consultas. A maioria parecia completamente saudável, mas, hoje em dia, não era preciso estar com cara de doente para ter algum problema.

– Marquei uma reunião com o dr. Goderis – disse Versavel à moça que atendia no balcão do terceiro andar.

– E o senhor é...

– Versavel, Guido Versavel.

– Um momento, por favor.

A moça olhou de relance para o uniforme dele enquanto digitava o número do dr. Goderis.

– O dr. Goderis poderá recebê-lo dentro de cinco minutos – ela disse. – Peço que aguarde ali, na sala de espera.

Os cinco minutos num instante se transformaram em vinte, mas finalmente Versavel e Carine entraram na sala do dr. Goderis, um quarentão charmoso com rosto angular e ombros largos. Goderis se desculpou pela demora e os convidou a sentar. Carine não conseguia desgrudar os olhos dele, e Versavel também tinha dificuldade para fazer isso.

– Eu sei que o senhor precisa manter o sigilo entre médico e paciente, mas este é um caso especialmente grave. O homem que estamos procurando é um assassino em série que pode atacar de novo a qualquer momento. A única coisa que sabemos a respeito dele é que é soropositivo e que provavelmente deve estar se tratando. Esta é mais ou menos a cara dele.

Versavel mostrou o retrato falado a Goderis. O médico o analisou com as sobrancelhas arqueadas e um traço perspicaz em volta da boca. Ele tratava 47 homens soropositivos que vinham regularmente ao seu consultório.

— Desculpem, mas infelizmente ele não é meu paciente – ele disse após um tempo.

Versavel acenou afirmativamente com a cabeça. Havia mais hospitais em Bruges, e também era possível que o assassino estivesse se tratando num hospital universitário, mas tinham de começar por algum lugar.

— Mesmo assim, obrigada por seu tempo, doutor – disse Carine com os olhos brilhando.

Após a sua fuga espetacular, Van In pegou um táxi e foi para Blankenberge, onde esperava encontrar Zlotski. Isso, quando muito, lhe dava algumas horas de vantagem, pois logo seus colegas haveriam de rastreá-lo através das centrais de táxi. O caçador se tornara a caça, e isso era muito estranho. Durante a corrida, ficou se perguntando pela enésima vez se tudo aquilo valia mesmo a pena e, a cada vez, chegava à mesma conclusão: era tarde demais para voltar atrás.

— Pode me deixar aqui – ele disse ao chofer quando estavam na altura de uma igreja, a Sint-Antoniuskerk.

Ele pagou a corrida, esperou o veículo desaparecer e só então atravessou a rua e entrou na Avenida De Smet De Naeyerl. Era inútil imaginar que ninguém ligaria Blankenberge a Zlotski, mas, em todo caso, melhor descer ali do que na frente da casa do médico-legista. Um vento gelado cortava a respiração de Van In e secava as calçadas molhadas. Já quase não havia mais neve no centro da cidade. Os serviços de limpeza a haviam tirado das ruas rapidamente. Ele entrou na Avenida Karel Deswert, na qual Zlotski morava, e soltou um suspiro de alívio quando viu o velho Mercedes estacionado. Graças a Deus, o amigo estava em casa.

— O que aconteceu com você?

Zlotski agarrou Van In pelo braço e o puxou para dentro. Van In só entendeu por que o colega tinha perguntado aquilo quando se viu no espelho do corredor.

Seu rosto estava todo arranhado, e as pernas das calças, encharcadas até a altura dos joelhos. Os arranhões provavelmente tinham sido causados pelos galhos baixos do jardim, e ele se lembrava de ter caído pelo menos uma vez.

– Preciso da sua ajuda, Zlot.

Na sala, a temperatura era de clima tropical, e um aroma de café forte impregnava o ambiente.

– Tire as roupas.

Com um aceno de cabeça, Zlotski pediu à esposa que saísse da sala. Em seguida, ele se ajoelhou diante de Van In, que estava meio abestalhado, e começou a desamarrar os cadarços dos sapatos dele. Enquanto estava ocupado com isso, gritou alguma coisa em polonês para a mulher, que se retirara para a cozinha. Nem dois minutos depois, abriu-se uma fresta na porta da sala. A sra. Zlotski enfiou uma trouxa de roupas pela abertura e ficou esperando até seu marido vir pegá-las. Van In ficou aliviado com o fato de ela não entrar na sala. Estava nu em pêlo, e a visão era ridícula. Por causa do frio lá fora, seu pênis estava todo encolhido, num formato meio feio.

– Não temos muito tempo – ele disse enquanto rapidamente vestia as roupas que lhe eram estendidas.

Zlotski acenou paternalmente:

– Primeiro, você vai me contar o que é que está acontecendo.

Zlotski foi até um armário antigo, que ficava entre a lareira e a parede, e dali tirou uma garrafa de conhaque e dois copos.

– A maior parte você já sabe.

– Então me conte o resto.

Os sapatos que Van In recebeu eram meio grandes, mas estavam secos e quentinhos. Já a calça e a camisa pareciam ter sido feitas sob medida para ele.

– Essas roupas têm quase vinte anos – disse Zlotski quando notou o espanto no olhar de Van In. – Naquela época, eu era um pouco mais esbelto.

Eles deram uma gargalhada, e isso quebrou a tensão.

– É claro que vou te ajudar – disse Zlotski quando Van In terminou de falar. – Mas, se eu fosse você, entraria em contato com a Hannelore e com o procurador Beekman.

Van In encheu uma segunda dose de conhaque e a virou de uma vez só, como fizera com a primeira. A bebida forte espalhou uma onda de calor dentro dele.

– Eles nunca vão acreditar em mim, Zlot. E, mesmo que acreditem, jamais apoiariam essa ação.

Zlot fez uma cara de preocupado.

– É, honestamente, tenho de admitir que a sua história é meio incrível. Não pode ser verdade que alguns apostadores podres de ricos estejam investindo grana em vidas inocentes.

– Isso eu só vou descobrir se estiver lá esta noite.

– Por mim, tudo bem, mas...

– Você está se perguntando por que é que eles me incluíram nessa?

– É, algo do gênero.

Van In também já tinha feito essa pergunta a si mesmo inúmeras vezes nas últimas vinte e quatro horas, e tinha conseguido chegar a uma resposta apenas.

– Imagino que queiram me comprometer. Se puderem provar que estou envolvido na história, vão ter certeza de que vou manter a boca fechada.

Pensativo, Zlotski ficou fitando o vazio à sua frente. Quase nunca Van In se enganava, mas não dava para imaginar que a justiça fosse parar as buscas ao assassino em série só porque ele não estava mais lá.

– Você não está achando que...

– Eu sei o que você está pensando, Zlot, e também sei que é meio desdenhoso, mas duvido muito que as pessoas que assumiram essa investigação levem em conta a história de Blontrock.

– E Versavel?

Van In balançou a cabeça.

– Se eu não estiver mais por lá, o Guido vai cair em desgraça. Não ficaria nem um pouco espantado se o De Kee o transferisse para a polícia do trânsito.

– Hannelore?

Era uma pergunta besta, como mostrou a resposta de Van In.

– Hannelore é minha mulher. Todos vão achar que ela está tentando limpar a minha barra.

– É, mas ainda sobro eu – disse Zlotski, insistindo no assunto. – E Carine Neels.

– A Carine vai comigo hoje à noite.

– Só sobro eu então.

– É, Zlot, só.

– Você está querendo dizer que o meu testemunho é irrelevante?

Era um momento delicado, mas a verdade precisava ser dita.

– Você acabou de prometer que me ajudaria, Zlot, e isso o torna meu cúmplice.

– Ah, é mesmo.

Zlotski encheu o copo com uma dose dupla de conhaque. Muitos anos antes, emigrara com sua família da Polônia para Flandres e construíra uma bela carreira. Ganhava bem e morava numa casa confortável, e suas crianças estavam indo bem na escola. Será que podia pôr tudo isso na balança?

– Acredite, Zlot. Eles estão nos meus calcanhares. Preciso sair daqui o mais depressa possível.

Melancólico, Zlotski olhou à sua volta. Acima do armário onde guardavam a louça, pendia uma foto emoldurada de seus pais e, na parede da chaminé, uma imagem esculpida em tília por seu pai. Não era nenhuma obra de arte, mas não queria perdê-la de forma nenhuma, pois o lembrava da época de pobreza e miséria.

– Mesmo assim, não vou te deixar na mão, Pjetr.

Essas palavras comoveram Van In. Ele abraçou seu amigo e o apertou forte contra si. Sentiu-se feliz, apesar da péssima situação em que estava metido.

— *Kann ich Ihnen helfen*?

A sra. Zlotski enfiou a cabeça para fora e deu um sorriso largo para os dois investigadores da polícia que tinham acabado de tocar a campainha. Ambos os lados da rua estavam interditados por viaturas.

— Podemos entrar?

A sra. Zlotski fez que sim com a cabeça e deixou os investigadores entrarem. Fazia dez minutos que seu marido e Van In tinham saído, levando consigo as roupas e os sapatos molhados. Ela lavara os copos de conhaque e despejara o conteúdo do cinzeiro no vaso sanitário, dando a descarga em seguida.

Em Oostende, Van In comprou um terno novo, um par de sapatos e um celular. Depois disso, ele e Zlotski foram até o café De Drie Koningen, em Houtave, e pediram uma torta de cerejas pretas e café.

— A que horas você marcou com o Oreels?

— Oito — disse Van In entre uma mordida e outra na torta.

— Você não receia que mandem seguir a Carine?

Van In acenou afirmativamente com a cabeça.

— E por que é que você acha que eu comprei um celular?

Van In ligou para Carine às 18 horas.

— Você está em casa?

— Pieter?

— Você está sozinha, né?

— É claro que estou.

Ela se largou no sofá e tirou os sapatos.

— Sua vizinha está em casa?

— Acho que sim.

— Vá até a casa dela agora. Te ligo lá em cinco minutos.

Van In cortou a ligação e ficou torcendo para que Carine fizesse o que ele tinha pedido. Havia grandes chances de que De Kee tivesse grampeado o celular dela, mas era impossível grampear também o telefone da vizinha dentro dos próximos quinze minutos. E ele não precisava de mais do que dez minutos para instruir Carine a despistar o pessoal que porventura a estivesse seguindo.

Carine estacionou o carro no lugar combinado e abriu a janela lateral. Seguira à risca as instruções recebidas por telefone e agora esperava por Van In. Os minutos se arrastavam. Eram 19h40 e nada de ele aparecer. Ela pegou o celular que estava ao seu lado, olhou-o por um instante e o colocou de volta no banco do passageiro. "Você não pode me ligar, aconteça o que acontecer", ele dissera. Ela inspirou fundo e acendeu um cigarro.

– Fumar mata.

Van In enfiou a cabeça pela janela do carro. O olhar assustado dela fez com ele desse um sorriso irônico.

– Desculpe o atraso, mas eu queria ter certeza absoluta de que você não havia sido seguida por ninguém.

Zlotski e Van In, propositadamente, tinham chegado lá meia hora antes.

– Você me deu um susto e tanto.

Carine jogou o cigarro pela janela enquanto Van In entrava no carro e, em seguida, apertou o botão para fechar o vidro. Por que tinha de ser tão desconfiado?

– Que horas são agora? – perguntou ele.

– Dez pras oito.

– Certo. Pé na tábua.

Carine deu partida no carro e subiu a rua. Zlotski os seguiu a uma distância segura. Na frente da vila de Oreels, havia um Mercedes preto estacionado com o motor ligado, esperando por eles. Willy Gevers, sentado ao lado do chofer, estendeu um capuz preto que eles tiveram de vestir.

– Desculpem pelo desconforto – ele disse cortês. – Mas temos de ser precavidos.

– Eu entendo – disse Van In.

O trajeto demorou mais ou menos meia hora, mas os dois policiais não conseguiram ter nem idéia do lugar para onde estavam sendo levados.

– Podem tirar os capuzes – disse Gevers quando o Mercedes foi lentamente parando.

Eles desceram do carro e seguiram na direção de um galpão de madeira, do qual somente a entrada estava iluminada. O terreno em volta do galpão estava lotado de carros caros.

Zlotski olhou estupefato para a agulha do mostrador de gasolina quando ouviu o motor falhar e, em seguida, começou a praguejar em voz alta em polonês. Não era a primeira vez que esquecia de encher o tanque e, sempre que isso acontecia, ele se propunha a carregar um recipiente reserva de combustível no porta-malas, mas nunca tinha posto a idéia em prática. E agora lá estava ele, parado no meio da estrada justamente no momento em que Van In necessitava urgentemente de ajuda.

No galpão, havia cinco mesas de roleta e, pelo menos, vinte jogadores, dos quais Van In só reconheceu alguns. Para sua surpresa, Olivier Vanderpaele não estava entre eles. Mas, quem sabe, aparecesse mais tarde. As mesas só abriam às 21 horas.

– Boa-noite, sra. e sr. Van In – Evarist Oreels caminhou na direção deles com a mão estendida. – Vamos primeiro até o bufê? – sugeriu.

Van In não estava com muita fome, mas não ousaria recusar a oferta de Oreels. Carine, ao contrário, estava morta de fome. Mal tinha comido alguma coisa durante o dia. Ela podia escolher o que quisesse: batata-doce assada com muçarete e toucinho italiano, scone de ervas com rillette de camarão, creme de rábano, canudos de champinhom silvestre com mousseline de faisão, harmonia de truta com cubos de pepino, bruschettas, sushi de lagosta com tomate e manjericão, porções de flan de manga e foie gras, crème brûlée com fígado de pato, caviar de salmão, ostras com salsão e um monte de outros pratos finos cujo nomes ela nem conhecia. E, é claro, champanhe.

– O Jogo só começa à meia-noite – disse Oreels enquanto Van In, por cortesia, chupava uma ostra. – E lhe garanto que o senhor não vai se sentir nem um pouco entediado.

– Estou muito curioso – disse Van In.

Às 21 horas, abriram-se as mesas, e os primeiros jogadores tomaram seus lugares. Van In tinha 20 mil euros no bolso, mas isso não era lá grande coisa frente aos valores que estavam sendo apostados.

– Quero lembrá-lo de que a aposta mínima é de mil euros – disse Oreels. – E que a mesa não dá crédito.

– Eu sei – disse Van In. – Mas gostaria de saber uma coisa: a que devo a honra de poder estar presente aqui? O que lhe dá tanta segurança para confiar em mim?

Oreels sorriu misteriosamente e pegou Van In intimamente pelo braço.

– Nós investigamos a fundo a sua história, comissário.

Ele contou sobre a escuta que haviam mandado colocar na casa de Van In e sobre as ligações telefônicas que fizera para um diretor de banco amigo seu.

– O senhor não tem mais como voltar atrás, *mon cher*.

Van In não deixou transparecer o quanto a arrogância de Oreels o incomodava. Pessoas ricas eram mimadas, desagradáveis e achavam que podiam fazer tudo o que quisessem; só quando estavam entre seus pares é que mostravam a verdadeira cara.

– Se o senhor não se incomodar, vou jogar um pouco – Van In disse com um falso sorriso.

Às 23h55, Van In já tinha perdido 4 mil euros, fato que até podia ser considerado um sucesso. Outro jogador, um corretor podre de rico, perdera 56 mil euros em uma hora e meia.

– Peço a atenção de todos vocês por um instante – Oreels se pronunciou.

Ele subira num pequeno estrado trazido alguns minutos antes. Foi só nesse momento que Van In notou que todos os garçons haviam sumido. Também os crupiês se preparavam para ir embora.

– Hoje jogaremos no número 16. Peço àqueles que não quiserem participar que se retirem agora.

Oreels esperou dez segundos, mas ninguém além dos crupiês, que saíram discretamente, arredou pé.

– Então podemos dar início à extração.

Willy Gevers apareceu, arrastando uma urna com dificuldade. Um de cada vez, todos podiam enfiar a mão na urna e tirar uma ficha numerada. Esses números indicavam a seqüência dos jogadores. Depois que cada um estava de posse de um número, o Jogo teve início.

As regras eram simples. Quem tirasse primeiro o 16 ganhava. Todos os presentes rodearam uma mesa de jogo. Willy Gevers assumiu a função de crupiê. A bolinha girou pela primeira vez. O valor da aposta era de 15 mil euros. Van In prendeu a respiração. Santo Deus, onde é que tinha se metido? A bolinha parou no 29. O segundo jogador anunciou a sua aposta: 20 mil euros. Van In e Carine, na primeira fileira, assistiam a tudo curiosos.

No decorrer da noite, Oreels foi explicando detalhadamente como as coisas aconteciam. Se a bolinha caísse no 16, o ganhador receberia o montante total investido até então, desde que, em troca, concordasse que alguém fosse assassinado. E esse montante poderia se tornar bastante considerável conforme o jogo se estendesse. Se o número não saísse até as 5 horas, e isso acontecia às vezes, todo o valor apostado naquela noite ficaria acumulado para o Jogo seguinte. Um detalhe picante era que os jogadores também tomavam conhecimento do nome da vítima, de modo que poderiam confirmar pelo jornal que o assassinato realmente fora cometido. Outra regra dizia que a vítima tinha de ser assassinada dentro de vinte e quatro horas. A única coisa que Van In podia fazer era esperar até o número sair. Só assim poderia provar que estava certo.

– Número 11.

Houve um burburinho na sala quando ninguém se manifestou. Carine deu um cutucão em Van In e disse que ele tinha o número 11.

– Cinco mil euros.

Van In colocou as fichas no número 16. Estava com os nervos à flor da pele. O que haveria de fazer se fosse premiado com o número ganhador? Seus olhos não desgrudavam da bolinha.

– Quatro – ouviu-se.

Van In respirou aliviado e tomou um gole de champanhe que, nesse ínterim, já não estava mais gelado.

Às 2h30, um grito de alegria, em coro, encheu o galpão quando finalmente a bolinha parou no número 16. O montante total jogado até o momento era de 354 mil euros. A cabeça do ganhador, um advogado criminalista podre de rico, brilhava coberta de suor. Van In acendeu um cigarro. Seu coração pulsava forte. Oreels subiu no estrado e chamou o ganhador.

– O que o senhor escolhe, doutor? Lucro ou vida?

O advogado sentiu o choque da adrenalina percorrendo suas veias. Um formigar incrível deslizou pela sua espinha e, por um triz, ele não teve uma ereção. Em toda a sua carreira, defendera vários assassinos, e muitas vezes se perguntara como era a sensação de acabar com a vida de uma pessoa. Em assassinatos passionais, os criminosos quase sempre acabavam se arrependendo do que haviam feito, mas os poucos assassinos que agiam a sangue-frio – justamente aqueles que havia defendido – admitiam, sem exceção, que assassinar alguém os deixava eufóricos. Essa era justamente a sensação que o advogado sentia naquele momento.

– Lucro – ele disse.

Um júbilo frenético tomou conta do galpão. O vencedor recebeu as felicitações de todos, e o champanhe se espalhou pelo ambiente. Era difícil Van In acreditar no que via, e também Carine parecia completamente atordoada. Até que ponto um ser humano podia descer? Passado algum tempo, quando o burburinho tinha amainado, Oreels subiu no estrado pela terceira vez. Um silêncio penetrante se apoderou do salão quando ele tirou um envelope do bolso do paletó; no envelope, em algarismos bem grandes, estava escrito o número 16. Ele o rasgou, o abriu e, de dentro dele, tirou uma folha de papel dobrada ao meio.

Oreels a desdobrou e a segurou à sua frente, com o polegar e o indicador.

– E o perdedor é... Guido Versavel. Rolweg 16, Bruges.

Van In congelou. Aquilo não podia ser mero acaso. Como uma criancinha, ele tinha caído na cilada que Oreels e seus comparsas haviam armado. Todas as cabeças se viraram para Van In.

– O senhor concorda com a escolha, comissário?

Na verdade, Van In deveria ter mantido a calma. Era o que teria feito se a vítima fosse um desconhecido. Nesse caso, teria dado um jeito de fazer que o homem ou a mulher fosse levado o mais depressa possível a um lugar seguro e, com a Equipe Cobra, teria esperado na casa da vítima até o assassino aparecer. Mas a sua reação acabou sendo impulsiva, pois não podia acreditar que a escolha de Versavel fosse aleatória.

Ele se contorceu através de um grupinho de jogadores até a entrada do galpão. Nenhum dos presentes tentou detê-lo. Oreels ficou parado no estrado com um sorriso de escárnio nos lábios. A porta do galpão se abriu num ímpeto, e um homem de cabeça raspada entrou. Na mão direita, segurava uma pistola. Van In olhou assustado à sua volta, mas não encontrou nenhuma outra saída. Retardou o passo. O homem com a pistola estava a 5 metros da porta e vinha lentamente em sua direção.

Van In parou e pensou rápido. Os jogadores estavam atrás dele. Mesmo um atirador treinado fica sob estresse quando está a ponto de atirar em alguém. Se desse um salto brusco de lado, existia uma chance considerável de que o primeiro disparo errasse o alvo e atingisse um dos jogadores, e esse era um risco que o homem com a pistola não podia correr. Três metros. Van In respirou fundo e, subitamente, pulou de lado. A teoria estava certa. Não se ouviu nenhum disparo. O homem com a pistola ficou esperando até Van In passar correndo por ele para se virar e puxar o gatilho. O policial já estava com a mão na maçaneta quando o impacto do projétil, que o atingiu no ombro, o fez vacilar. Sua mão deslizou pela porta, e ele caiu no chão.

Levou mais de meia hora até que Zlotski conseguisse que um motorista parasse, mas não podia culpar ninguém. Estava escuro, e o seu porte lembrava o de Frankenstein.

O médico-legista ficou extremamente abismado com o fato de o bom samaritano ser uma mulher mais velha. Ele só foi entender por que ela havia parado quando a senhora se apresentou como irmã Agnes. A freira foi extremamente gentil, a ponto de levá-lo até o posto de gasolina mais próximo e depois, com um reservatório cheio de gasolina, conduzi-lo de volta até o lugar onde fora obrigado a largar o Mercedes.

Resolvido esse impasse, por desencargo de consciência, Zlotski foi dar uma olhada na vila de Oreels, mas, como era de se esperar, não havia nenhum carro no imenso terreno do estacionamento. Conseqüentemente, só lhe restava voltar. Durante o caminho de retorno, ficou refletindo sobre o que seria melhor fazer. Ficar esperando até o dia seguinte e torcer para que Van In entrasse em contato parecia arriscado demais. E se tivesse acontecido alguma coisa? E se Van In e Carine precisassem de ajuda? Depois de ficar algum tempo remoendo as idéias, decidiu ir para Bruges e pôr Hannelore a par da situação.

– Zlot. Santo Deus, o que é que você veio fazer aqui? – Hannelore estava confusa e espantada.

Ela vestia um robe verde-escuro e chinelos. Seus olhos estavam vermelhos de tanto chorar.

– Acho que temos um problema – disse Zlotski aflito. – Posso entrar?

– É sobre Van In?

O legista confirmou com a cabeça.

– Acho que ele se enfiou fundo nessa história.

Ele seguiu Hannelore para dentro e se sentou à mesa da cozinha sem nenhuma cerimônia. Hannelore lhe serviu uma dose de bebida forte, que não foi recusada.

♣

Capítulo 13

Depois de tocar a campainha da casa de Carine três vezes, com um aceno da cabeça Hannelore autorizou que o chaveiro extraísse a fechadura cilíndrica, operação que mal levou alguns minutos. Em seguida, tomada por uma mistura de sentimentos, ela entrou, com Versavel e dois investigadores atrás de si. Para seu grande alívio, na sala de estar encontrou um sofá com um edredom e um travesseiro. Então eles não estavam tendo um caso. Só para ter certeza absoluta, ela enfiou o nariz fundo no travesseiro e inspirou. Era o cheiro dele. Enquanto isso, Versavel e os dois investigadores inspecionaram os outros cômodos da casa. Não encontraram nenhuma indicação aproveitável.

– O que vamos fazer agora? – perguntou Versavel.

– Interrogar o Oreels, é claro – foi a resposta de Hannelore.

O cheiro do travesseiro a havia convencido de que a história apresentada por Zlotski era verdadeira. O fato de nem Van In nem Carine estarem ali também corroborava a suspeita de que algo havia cruzado o caminho deles. Portanto, não havia tempo a perder. Eles entraram nas viaturas e, com as sirenes ligadas, dirigiram-se para vila de Oreels.

– O sr. Oreels ainda está dormindo e não pode ser incomodado por nada neste mundo – disse a empregada com semblante inflexível.

– Então vá acordá-lo e diga a ele que um juiz instrutor está aqui com um mandado para vascular a casa. Entendeu bem? – falou Hannelore.

Versavel franziu a testa. Nunca a vira tão cordata assim. Não se passaram nem cinco minutos, e Oreels apareceu no vão da porta.

– Em que posso ajudá-la, senhora? – ele perguntou cortês.

– Eu quero que você diga onde está o comissário Van In. Sabemos que ontem à noite ele esteve na sua festinha e, depois disso, não voltou pra casa.

– Festinha?

– Será que a minha dicção é tão ruim assim, ou você é meio surdo, Oreels?

Oreels estava acostumado a ser tratado com consideração e respeito, mesmo quando estava dando bronca nas pessoas. Foi um tremendo esforço manter a calma.

– A senhora pode ser juíza instrutora, mas nada lhe dá o direito de me tratar dessa maneira.

– A sua opinião não me interessa nem um pouco. Eu só quero saber onde aconteceu a festinha de apostas ilegais ontem à noite.

Oreels gargalhou.

– E ainda por cima uma festinha de apostas ilegais? Quando quero apostar, vou até um cassino legal. Mas imagino que isso a senhora já deva ter investigado.

Hannelore colocou as duas mãos abertas nas coxas e olhou Oreels com um olhar de Medusa. Então, com um gesto de cabeça, deu a entender aos investigadores que podiam entrar em ação.

– O senhor está me deixando irritada, sr. Oreels.

Os investigadores seguiram a ordem na mesma hora. Empurraram Oreels de lado, dando passagem a Hannelore.

O chão gelado acabou despertando Van In de um sonho bizarro que ainda o assombrou por um tempo. Ele e Hannelore estavam assistindo a um espetáculo em que guerreiros seminus combatiam entre si com armas perfurantes e contundentes. Tudo estava correndo bem até que um dos contendores despencou ensangüentado no chão, e seu oponente o liquidou com um golpe certeiro. Van In olhou à sua volta sem saber o que fazer. Hannelore não estava; tinha ido pegar uma bebida no bar. Ele foi procurá-la enquanto a luta prosseguia sem interrupção, sob o júbilo de um público ensandecido. Não conseguiu encontrá-la em nenhum lugar, então imaginou que ela tivesse corrido lá para fora ao presenciar todo aquele horror. Sem nem se perguntar por que ela não o tinha avisado primeiro, ele correu como um zumbi para a saída, em cujas portas agora pendiam máscaras horripilantes e outros apetrechos esquisitos. Acelerou o passo. Quando estava a 1 metro de distância da porta, ela se abriu. Ele foi parar num recinto penumbroso, entulhado de imagens de santos. No canto da sala, estava Hannelore nua, deitada num sofá, com o corpo todo pintado com uma tinta cintilante fúcsia e amarela.

– Olá, meu amor – Hannelore ergueu a cabeça e sorriu para Van In.

– O que significa tudo isso?

– Eu só quis fazer uma surpresa pra você.

– Me fazer uma surpresa? Será que você não se deu conta de que qualquer um pode entrar aqui sem mais nem menos?

– Eu sabia que você seria o primeiro, meu amor.

Ela se levantou e o pegou pelo braço. Por algum motivo inexplicável, Van In não perguntou como é que ela sabia que ele seria o primeiro a entrar, mas continuou com uma sensação muito esquisita. Ele acabou fazendo outra pergunta, que achou muito mais pertinente:

– Será que eu posso saber quem foi que te pintou desse jeito?

Ela envolveu a cintura dele com os braços e o puxou contra si.

– Você se lembra daqueles dois homens mais velhos com quem fiquei conversando na quermesse na semana passada?

– Não são aqueles dois ciganos, são?

– Eles mesmos.

A simples idéia de que dois homens velhos haviam visto Hannelore nua e tocado em seu corpo o deixou furioso.

Ele a afastou com um empurrão e correu outra vez para dentro do salão.

– Está se sentindo um pouco melhor? – Carine estava agachada ao lado de Van In.

Ela secava a testa dele com um pedaço do pano que sobrara de sua blusa, a qual cortara em tiras e usara para envolver a ferida no ombro do homem.

– Estou com frio.

Só então foi que Van In percebeu que Carine estava sem blusa e que sua saia estava cheia de sangue.

Ele tentou se erguer, mas uma dor lancinante o fez se contrair. Tateou até o ombro e se lembrou do que acontecera.

– Onde estamos?

– No galpão.

Logo depois de Van In ter sido baleado na noite anterior, Carine tentara correr até ele, mas o homem com a pistola a fizera parar com um gesto ameaçador. Em seguida, dois jogadores a agarraram e a enfiaram ali.

Cinco minutos mais tarde, o homem da pistola, que havia colocado Van In sobre uma lona para evitar rastros de sangue, o arrastara até o galpão.

– Que horas são agora? – ele perguntou.

– Quinze pras dez.

– Da manhã?

– Sim.

O lugar onde estavam não tinha janelas, mas Carine não pregara o olho a noite inteira, tampouco parara de conferir as horas a todo momento. Ainda bem que tinha um interruptor ali dentro; assim, pelo menos havia luz.

– Precisamos dar um jeito de sair daqui.

Van In tentou se levantar novamente, mas outra vez não conseguiu. Ele virou a cabeça para a porta. Ela parecia maciça; a fechadura e as dobradiças pareciam bem resistentes. No canto da sala, havia duas estantes de metal com duas caixas.

– O que tem dentro dessas caixas?

– Bolas de Natal e guirlandas – ela disse com um sorriso cansado.

Tivera a noite inteira para inspecionar o local detalhadamente, atividade que normalmente levaria cerca de meia hora, mas que ela estendera ao máximo para ter certeza absoluta de que não lhe havia escapado nada. Além das bolas de Natal e das guirlandas, havia também algumas pilhas de revistas velhas, algumas garrafas de vinho vazias e três pincéis endurecidos. Havia ainda uma caixa de madeira cheia de latas de cera.

A busca na casa não trouxe nenhum resultado, muito menos o interrogatório. O sr. e a sra. Oreels afirmaram ter passado a noite inteira em casa e ter ido para a cama por volta das 23 horas, declaração confirmada pela empregada que havia aberto a porta e que residia na casa dos patrões. Além disso, Oreels tinha ligado para seu advogado e ameaçara processar Hannelore por abuso de poder, mas a ameaça não a impressionou nem um pouco.

– Eu é que vou ficar atrás de você, Oreels – ela disse ao ir embora.

Eram palavras impensadas, e Hannelore sabia que não iam adiantar de nada se não pudesse apresentar provas concretas de que Oreels estava envolvido no desaparecimento de Pieter, mas ela estava tão furiosa que não conseguiu se segurar. Quando entraram no carro, Versavel tentou acalmá-la. Sugeriu mostrar o retrato falado do possível assassino a médicos nas redondezas de Bruges, proposta com a qual Hannelore concordou na mesma hora.

– É, você tem razão, Guido. Estou metendo os pés pelas mãos. Mas será que isso é tudo o que podemos fazer?

Versavel deu partida e se dirigiu ao portão de saída da vila, mas teve de parar por causa de dois quarentões que faziam jogging.

– Nós continuamos sem saber por que Van In ia treinar na academia três vezes por semana – ele disse quando o carro entrou na via pública.

– E o que isso tem a ver, Guido? – Hannelore olhou para ele incrédula.

– Não tenho a menor idéia. Só sei que Van In se agarra a qualquer coisa quando está desesperado.

– Vamos até lá então.

– Quer que eu te deixe na academia?

– Você não vem junto?

Versavel não tinha coragem de dizer que ela estava fazendo mais mal do que bem à investigação. Estava muito envolvida emocionalmente, portanto era melhor que ele tratasse do resto sozinho.

– Eu ligo assim que tiver alguma novidade dos hospitais – ele disse. Hannelore acenou afirmativamente com a cabeça.

– Entendi, Guido.

A academia estava bem movimentada. Um cheiro de suor e óleo de massagem impregnava o ambiente. Homens e mulheres se esfalfavam incansavelmente em geringonças estranhas, que mais lembravam aparelhos de tortura da Idade Média. Uma moça de cerca de 25 anos de idade, com um corpinho que mais parecia ter saído de uma matriz da Barbie, aproximou-se de Hannelore e a cumprimentou com um sorriso brilhante.

– Em que posso ajudá-la, senhora? – ela perguntou com o olhar cintilando.

– É você que dirige este lugar?

A moça balançou a cabeça.

– Um momento – ela disse. – Vou chamar o John.

A maioria das clientes mulheres queria falar pessoalmente com John antes de se inscrever, e até que ele gostava que fosse assim. Era solteiro, e todos sabiam disso.

– Eu espero, obrigada – disse Hannelore.

A moça deu meia-volta e, balançando os quadris, dirigiu-se a um pequeno escritório no outro lado do salão de ginástica. "Quando o John vir esse pedaço de mulher, vai ficar radiante", ela pensou. E acertou na mosca. Quando, dois minutos depois, John apertou a mão de Hannelore, ele contraiu os glúteos – sempre fazia isso quando uma mulher o impressionava.

– Meu nome é Hannelore Martens. Sou a mulher de Pieter Van In.

O sonho que acabara de passar pela cabeça de John se desvaneceu no mesmo instante. Ele descontraiu os glúteos.

– Ah, sim – ele disse meio confuso. – O que posso fazer pela senhora?

– Eu preciso saber o que o Pieter vem fazer aqui e se você o viu nas últimas vinte e quatro horas.

O semblante de John ficou sério.

– Pieter vem aqui para se exercitar.

– Isso eu também sei – reagiu Hannelore ríspida.

– E eu não o vi nas últimas vinte e quatro horas.

Hannelore sentiu a tensão. John estava escondendo alguma coisa, e ela estava determinada a descobrir o que era. Portanto, lançou mão de armamento pesado.

– O Pieter desapareceu sem deixar vestígios – ela disse. – Acho que aconteceu alguma coisa com ele.

John ficou preocupado. Van In estava com pressão alta, e o médico havia lhe dado duas alternativas: tomar remédio ou dar um jeito em sua condição física. Na verdade, a medicação apresentava um certo efeito colateral nos homens – eles ficavam menos potentes. Assim, Van In se inscrevera na academia para seguir um programa intensivo de condicionamento físico na esperança de poder resolver o problema dessa forma. Mas e se só os exercícios não tivessem sido suficientes e a pressão alta tivesse causado um infarto? John seria considerado co-responsável?

– Pieter me fez prometer que não contaria nada a ninguém – ele disse.

– Contar o quê?

– Que ele tem problema de pressão alta e...

John contou tudo a Hannelore. Primeiro, ela ficou preocupada, mas, quando saiu, não pôde evitar um sorriso. Van In seguindo uma recomendação médica – isso era algo tão inusitado quanto uma ave migratória permanecer em casa no inverno.

Carine arrancou as folhas das revistas velhas e com elas cobriu Van In, que, ardendo em febre, tremia de frio. Nas últimas horas, seu estado havia piorado consideravelmente. Seus lábios tinham rachado de tão ressecados e, de vez em quando, ele gemia baixinho. As tiras de tecido que usara para enfaixar o ombro dele estavam ensopadas de sangue. Era só uma questão de tempo até a ferida infeccionar. Ela também estava congelada até os ossos, mas, pelo menos, ainda conseguia se mexer. A cada quinze minutos, socava a porta e gritava por ajuda, mas ninguém vinha ver o que estava acontecendo. Tudo permanecia no maior silêncio.

Às 14h45, Versavel entrou no hospital Henri Serruys, em Oostende, onde tinha marcado hora com o dr. Annys. Estava completamente exausto e desanimado. A chance de que pudessem identificar o suspeito com base num retrato falado era cada vez menor – se é que ainda existia. A procura em outros hospitais não havia dado em nada até então, embora todos os médicos tivessem sido bastante prestativos.

– Sr. Versavel.

Uma enfermeira jovem, no vão da porta do consultório do dr. Annys, chamou-o para entrar.

Versavel agradeceu com um aceno de cabeça e se levantou da cadeira. Embaixo do braço, trazia o envelope pardo com o retrato falado do suspeito.

– Sente, por favor.

O dr. Annys era um homem alto e magro com um nariz aquilino e olhos azuis bem claros. Versavel o cumprimentou com um aperto de mão mole.

– O que posso fazer para ajudar, sr. Versavel?

O dr. Annys colocou óculos de leitura quando Versavel lhe mostrou o retrato falado; em seguida o analisou com atenção.

– O senhor pode me dizer do que esse homem é acusado?

Versavel segurou um suspiro. Havia explicado detalhadamente à secretária do dr. Annys do que se tratava, mas parece que essa informação não chegara claramente a ele. Será que ninguém mais lia o jornal?

– Trata-se de um assassino em série que está atuando em Bruges há alguns meses – ele disse.

– É mesmo?

O dr. Annys colocou os óculos para leitura na ponta do nariz e encarou Versavel, enquanto coçava atrás da orelha.

– O senhor o conhece? – perguntou o investigador.

Demorou algum tempo até que o dr. Annys respondesse. Versavel estava morto de nervoso. Ele cruzou as mãos no colo.

– Não posso negar que se parece um pouco com um dos meus pacientes, mas... – o dr. Annys olhou a foto mais uma vez. – Um momento.

Ele apertou o botão do interfone e pediu que a secretária desse um pulinho na sala dele. Os olhos de Versavel se estreitaram. Era quase impossível controlar a tensão. Suas mãos tremiam. Onde é que aquela moça tinha se metido?

– Me parece ser o Nathan Six – disse o dr. Annys.

– Tem certeza?

A porta se abriu. O dr. Annys ergueu os olhos.

– O que você acha, Nathalie?

A secretária se pôs ao lado dele e examinou o retrato falado.

– Parece, sim – ela respondeu.

– Pegamos o cara – disse Versavel. – Ele se chama Nathan Six e mora em Blankenberge.

Uma onda de felicidade fluiu pelo corpo de Hannelore quando ela ficou sabendo da novidade pelo telefone.

– Onde é que você está agora?

– Em Oostende – disse Versavel.

Uma hora mais tarde, uma força policial impressionante cercava a casa de Nathan Six, uma residência isolada na Avenida Koninklijke, perto do lugar onde Merel Deman fora encontrada.

– Você tem certeza de que Six é o homem que estamos procurando, não tem? – disse Hannelore.

– Não tenho certeza de nada, mas vamos torcer para que o dr. Annys esteja certo.

Versavel vestiu um colete à prova de balas e lançou um olhar preocupado na direção da casa. Não tinha coragem de dizer a Hannelore que o fato de prenderem Six não significava que iam achar Van In imediatamente.

– Precisamos salvar... o Guido, Carine.

Na última hora, Van In recobrara a consciência algumas vezes, e sempre as mesmas palavras afloraram à sua boca. Seu rosto estava completamente acinzentado, e sua pele parecia feita de mármore. Carine deitou ao seu lado e apertou seu corpo contra o de Van In, torcendo para que ele se esquentasse um pouco.

– Que... que horas são agora?

– Quatro e vinte.

– Então... preci... precisamos sair daqui o mais depressa possível.

Van In começou a espernear violentamente e a sacudir a cabeça.

Carine tentou acalmá-lo, mas foi em vão.

– Eles... vão... o... Guido...

Sua respiração parou, e ele arregalou os olhos.

– Pieter.

Carine se levantou num pulo e segurou a cabeça dele entre as mãos. Os olhos arregalados de Van In pareciam duas bolinhas de gelo. Eles a olhavam de modo estático e frio.

Nathan Six digitou um número no celular:

– Você não recebeu a minha mensagem? – perguntou.

– Que mensagem?

– Sobre o Van In.

– O que tem ele?

– Está ferido.

Por um instante, tudo ficou em silêncio do outro lado da linha.

– Onde você está agora?

– Estou do outro lado da rua – respondeu Six.

Marie-Louise Blontrock foi até a janela e empurrou a cortina de lado.

– Você ficou louco? – indignou-se a mulher.

– Preciso urgentemente falar com você.

Marie-Louise Blontrock arrastou a cortina de volta para o lugar e foi até a porta de entrada. Nathan Six atravessou a rua e, quando a porta se abriu, entrou rapidamente.

Dois homens da Equipe Cobra invadiram a casa de Nathan Six pela porta dos fundos, enquanto os colegas mantinham a porta da frente sob a mira de suas armas.

Nervosa, Hannelore estava numa viatura escondida um pouco mais acima. Nem dez minutos após a invasão, Versavel apareceu para informá-la de que não havia ninguém na casa.

– E agora? O que vamos fazer? – ela perguntou com os olhos marejados de lágrimas.

– Esperar até ele voltar pra casa – disse Versavel.

– E se ele não voltar?

Versavel sentou no banco de trás do carro e colocou o braço no ombro dela.

– Ele vai voltar, Hanne. Acredite em mim. Ele vai voltar.

– Eu quero parar, Marie-Louise.

Nathan Six acendeu um cigarro, acomodou-se na poltrona do falecido Hubert Blontrock e assoprou uma espessa nuvem de fumaça à sua frente. O último exame do dr. Annys mostrara que as coisas não estavam indo nada bem e, na melhor das hipóteses, Nathan teria apenas dez anos de vida, os quais gostaria de desfrutar da melhor forma possível.

– Não antes de você dar um jeito nessa confusão que aprontou, Nathan.

– Você nunca poderia ter introduzido Van In e essa moça na história.

– Eu não tive escolha – ela disse. – Cedo ou tarde, Van In ia descobrir como a coisa toda funciona, e eu não podia correr esse risco.

Ela puxou a cadeira para mais perto de Nathan e colocou a mão na coxa dele.

– Há quanto tempo já nos conhecemos? Dez meses?

– Quase onze – disse Nathan.

– No dia em que descobri que estávamos falidos.

Marie-Louise Blontrock sempre vivera na sombra do marido. Ela sabia que ele apostava, mas nunca sequer imaginou que ele tinha apostado todo o patrimônio e, pior ainda, que tinha feito empréstimos pesados no banco para poder pagar suas dívidas.

No dia em que o gerente do banco disse a Marie-Louise que a casa iria a leilão público, seu mundo desabou. Ela fez uma tremenda cena no balcão e gritou alto, para todo mundo ouvir, que haveria de se vingar. Um dos clientes que estava no banco aquele dia era Nathan Six. Ele então a seguiu e lhe propôs assassinar Hubert Blontrock. A idéia inicial era essa, mas, em seguida, o plano cresceu para que ela pudesse recuperar todo o dinheiro perdido. Eles planejaram o Jogo juntos. Ela conhecia todos os apostadores fanáticos e sabia que, assim como o marido, seriam capazes de qualquer coisa. Nathan Six cuidou da parte burocrática: entrou em contato com Willy Gevers e Oreels e perguntou se eles gostariam de financiar o projeto. O resto foi fácil. Ela permaneceu nos bastidores como o misterioso Mestre do Jogo, e Nathan cumpria as suas instruções.

– Bem, pelo menos, o pior já passou – disse Nathan.

– Isso é verdade.

As dívidas haviam sido quitadas, e a conta bancária nas Ilhas Caiman crescia a olhos vistos. Só era uma pena ela não poder ficar com a casa, pois isso despertaria a desconfiança do fisco.

– Então por que não paramos com tudo? – perguntou Nathan.

Marie-Louise Blontrock cruzou as mãos no colo. Do jeito que estava sentada, parecia uma senhorinha meiga e normal. Ninguém jamais suspeitaria que era cúmplice no assassinato de cinco pessoas, inclusive o do próprio marido. Além do mais, era grande a chance de eles saírem ilesos daquela história toda se não forçassem a sorte.

– Van In e aquela garota ainda estão trancafiados no galpão de Gevers?

Nathan Six fez que sim com a cabeça. Se os tivesse matado lá, teria sido obrigado a se livrar dos corpos, algo que não lhe agradava nem um pouco. Preferia dar cabo de suas vítimas nas próprias casas delas, pois assim podia largar os corpos para trás. As coisas quase tinham dado errado com Merel Deman. Em vez de voltar para casa depois da operação, ela foi curtir a noite em Blankenberge, o que o obrigou a assassiná-la ali e jogar seu corpo na praia. O regulamento do Jogo era muito rígido nesse aspecto. O perdedor tinha de liquidar sua dívida dentro de vinte e quatro horas.

– Vou precisar do seu carro para transportar os corpos – ele disse.

– Isso não vai dar, Nathan.

– Sem carro não posso fazer nada.

– Então pegue emprestado um dos carros do Gevers.

– Ainda preciso ir até Blankenberge. Minha pistola ficou em casa.

– Vou chamar um táxi pra você – disse Marie-Louise Blontrock. – Dê um jeito nisso ainda esta noite. E não se esqueça do outro. Como é mesmo o nome dele?

– Guido Versavel.

– Esse mesmo. Depois, nós paramos.

– Definitivamente?

– Por um tempo, pelo menos – disse Marie-Louise Blontrock.

– Então é melhor eu ir logo.

A casa ainda continuava cercada pela Equipe Cobra quando Nathan Six desceu do táxi.

– Aí está ele – sussurrou Versavel, que vigiava a rua por trás da janela da sala.

Havia mais dois investigadores postados na cozinha, para o caso de Six opor resistência.

– Acho que é melhor você esperar na cozinha até tudo ter acabado, Hanne. Pode ser que ele esteja armado. Não dá pra saber.

Versavel destravou sua pistola e se colocou ao lado da porta da frente. Hannelore não protestou e foi se esconder na cozinha. Lá fora, os agentes da Equipe Cobra mantinham suas armas apontadas para o baixote careca que já tinha quase alcançado a porta da frente. Versavel ouviu a chave girando na fechadura. Ele prendeu a respiração e se preparou para disparar. A porta se abriu, e a luz se acendeu. Versavel deu um pulo para a frente e apontou a arma para Six.

– Polícia. Mãos ao alto.

Nesse momento, os dois investigadores escondidos na cozinha também entraram em ação: correram sala adentro para dominar Six e o algemarem. Eles conseguiram agarrá-lo, mas Six reagiu violentamente contra um deles. O investigador atingido caiu no chão gemendo de dor, com as duas mãos no escroto. Six aproveitou o momento de confusão que se seguiu para correr e fugir, mas, antes que tivesse saído da casa, soaram dois tiros.

O médico da equipe de emergência balançou a cabeça. Uma bala havia perfurado a aorta de Nathan Six, ocasionando uma hemorragia fatal. Preocupada, Hannelore estava sentada na cozinha. Agora que Six estava morto, seria impossível encontrar Van In e Carine. Versavel tentou consolá-la, mas ele também temia o pior.

– Eles não podem ter desaparecido assim, sem mais nem menos – disse Hannelore.

Ela até poderia vir a aceitar o fato de Van In tê-la largado para ficar com Carine e de que, naquele momento, os dois estavam juntos curtindo a vida em alguma praia exótica, mas, nem em sonho, podia imaginar que ele estava morto, apodrecendo em algum lugar embaixo da terra.

Uma equipe da perícia técnica vasculhava a casa de Nathan Six. Na gaveta de um armário, encontraram a estatueta que tinha sido levada da casa de Blontrock, a foto do álbum de Merel Deman e mais um monte de outros objetos que, à primeira vista, não tinham nenhuma relação entre si. Havia 11 objetos no total. Encontraram a arma de Six no criado-mudo.

– Vejam só o que eu achei.

Um investigador da polícia técnica tinha nas mãos uma caixa de papelão cheia de pastas numeradas. Eram 36, e cada uma possuía um dossiê relacionado às pessoas que estavam na lista de vítimas.

– Vocês encontraram mais alguma coisa? – perguntou Hannelore.

Os investigadores da perícia técnica balançaram a cabeça negativamente.

– E o que é isso?

Ela apontou para um saco de papel marrom que alguém havia trazido para dentro.

– Os pertences pessoais dele.

– Posso dar uma olhada?

Hannelore não esperou o consentimento do investigador da perícia técnica. Agarrou o saco e o esvaziou sobre a mesa. Havia uma caixa de charutos Cohiba, uma carteira com muito dinheiro, um molho de chaves e um celular.

– Onde está o Guido?

– Lá em cima – disse um dos investigadores.

Hannelore foi até o corredor. Na ponta da escada, gritou:

– Guido, onde você está?

– Já vou, Hanne.

Mais que depressa, Versavel enfiou um envelope pardo grosso embaixo da blusa do uniforme e desceu. Na sala, Hannelore mostrou a ele o celular de Six.

Versavel analisou o aparelho e apertou algumas teclas. No visor do celular, apareceu o último número para o qual Six havia ligado. Era o de Marie-Louise Blontrock.

– Ele também mandou uma mensagem pra ela.

Versavel mostrou a mensagem para Hannelore: *Van In está ferido. O que eu faço?*

Finalmente o cansaço os venceu, apesar das condições tremendamente adversas. Van In adormeceu por volta das 22 horas. Carine, cerca de uma hora depois, ao perceber que ele respirava calmamente. Ela passara a tarde inteira rasgando e amassando folhas de revista e, com elas, tinha construído uma espécie de ninho, que agora lhes proporcionava um pouco de proteção contra o frio. Às 2h05, os dois acordaram ao mesmo tempo, assustados com um barulho metálico. Ouviram passos e vozes. Carine se levantou aos tropeços e começou a socar a porta desesperadamente.

Van In abriu os olhos. Estava numa cama de hospital. Hannelore, Versavel e Carine estavam ao pé da cama. Ele sentia a boca para lá de seca, mas nenhuma dor.

– Ele acordou – suspirou Hannelore com lágrimas nos olhos.

Ela sentou na beirada da cama e começou a beijá-lo na boca. Marie-Louise Blontrock havia sido capturada às 19h15 da noite anterior, mas demorou horas para revelar onde Van In e Carine estavam. Depois disso, tudo aconteceu rapidamente. Ainda bem. O estado de Van In era crítico quando o encontraram e, segundo o médico, provavelmente não teria resistido ao ferimento se tivesse passado mais tempo no chão frio daquele lugar.

– Posso saber o que foi que aconteceu? – perguntou Van In quando Hannelore finalmente o largou.

– O que você quer saber? – perguntou ela.

– Tudo – disse Van In. – E quero uma Duvel.

– Antes disso, tenho uma surpresa – disse Versavel.

Ele pegou um envelope pardo grosso que estava embaixo da blusa do uniforme e o abriu. Estava recheado de notas de 200 e 500 euros, dinheiro de jogo que ele havia encontrado na casa de Six e que cobria com folga tudo o que Van In havia perdido. Hannelore olhou de um jeito meio esquisito para aquele dinheiro, mas não protestou. Se sobrasse alguma coisa, ela o empregaria de uma boa forma.

– E eu também tenho algo pra contar – disse ela.

Hannelore se curvou e encostou os lábios no ouvido de Van In.

– Agora eu sei por que você ia treinar três vezes por semana, Pieter – ela sussurrou. – E pode acreditar: assim que você estiver melhor, quero conferir se ajuda mesmo.